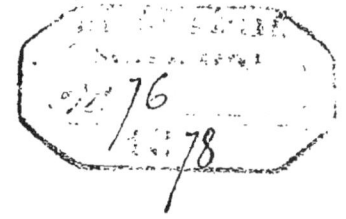

TUTEUR

ET

PUPILLE

COULOMMIERS. — TYP. ALBERT PONSOT ET P. BRODARD.

JULIA KAVANAGH

TUTEUR

ET

P·U·PILLE

ROMAN ANGLAIS

TRADUIT AVEC L'AUTORISATION DE L'AUTEUR

PAR Mme H. LOREAU

TOME PREMIER

PARIS

LIBRAIRIE HACHETTE ET Cie

79, BOULEVARD SAINT-GERMAIN, 79

1877

JULIA KAVANAGH

TUTEUR

ET

P·UPILLE

ROMAN ANGLAIS

TRADUIT AVEC L'AUTORISATION DE L'AUTEUR

PAR Mme H. LOREAU

TOME PREMIER

PARIS

LIBRAIRIE HACHETTE ET Cie

79, BOULEVARD SAINT-GERMAIN, 79

1877

TUTEUR ET PUPILLE.

CHAPITRE I.

Ce soir, tandis que j'étais seule, assise sous le porche de notre maison, le vent d'automne se leva, passa au milieu des arbres et alla mourir au loin, en murmurant tout bas. Un frisson étrange parcourut mes veines, le présent s'effaça, je ne vis plus les étroites limites de mon séjour bienaimé ; à la place du petit jardin, si calme sous les teintes brumeuses du crépuscule, la mer gonfla ses vagues, le murmure des feuilles devint pour moi le bruit de la marée qui se retire, l'horizon assombri se transforma en une courbe lumineuse qui sépara l'immensité des eaux des profondeurs du ciel ; et je n'étais plus une femme assise aux portes d'une grande ville, mais un enfant rêveur caché dans l'herbe, d'où je guettais les navires qui glissaient dans le lointain, et d'où je laissais flotter mes regards sur les rochers de la côte ou sur les détours que décrivait la plage.

En un instant les années s'évanouirent, et mon enfance, avec ses joies et ses chagrins, passa devant moi comme si elle eût été d'hier.

Le cottage du Rocher, c'est ainsi que mon père avait appelé sa demeure, se dressa sur la falaise qui dominait la mer. Ce n'était qu'une maison basse, aux murs blanchis à la chaux, ayant des persiennes vertes, et qui, placée au milieu d'un jardin mal entretenu, paraissait être à cent lieues d'une habitation quelconque. Devant le jardin serpentait la route qui, des collines de Ryde, conduisait à la petite ville de

Leigh; et la mer baignait le pied de la falaise où la maison était construite.

Les habitants de la petite ville se demandaient comment le docteur Burns pouvait vivre dans cet endroit solitaire qui leur paraissait désolé; ils ignoraient que pour le docteur, le charme de Rock-Cottage était précisément dans cette solitude, dans cet horizon sans bornes, dans les murmures du vent qui soufflait sans cesse autour de ses murailles, dans l'aspect de la mer qui, paisible ou furieuse, mais toujours belle, se déployait à l'horizon.

Tout cela néanmoins n'était pas le seul avantage de la retraite du docteur; elle se trouvait convenablement placée entre Leigh et Ryde, dont mon père était l'unique médecin. A vrai dire il y avait un chirurgien dans le premier de ces deux bourgs, mais jamais il n'avait franchi le seuil des nobles manoirs où le docteur Burns était fréquemment appelé, et d'où celui-ci tirait la plus grande partie de son revenu. Sans être considérable, le produit de la clientèle du docteur suffisait à l'entretien de cette maison isolée où il vivait seul avec moi, qui étais sa fille unique.

Je n'ai aucun souvenir de ma mère; il était rare que son nom fût prononcé devant moi; mais son portrait en miniature se trouvait à la cheminée du petit salon; et quand, le soir, nous étions au coin du feu, il arrivait souvent à mon père d'attacher un long regard sur la figure douce et triste de celle qui n'était plus. Il me donnait alors une caresse silencieuse, tandis qu'assise à ses pieds, sur un petit tabouret, je contemplais son visage avec ce regard attentif qui appartient à l'enfance.

J'étais délicate, maladive, et il me gâtait à l'excès. J'avais, disait-il, l'intelligence trop développée pour un enfant de mon âge; l'étude, suivant lui, ne pouvait que m'être nuisible, et il remettait de jour en jour le projet, qu'il mûrissait depuis longtemps, de m'envoyer dans l'un des pensionnats les plus distingués de Londres. Le fait est qu'il n'avait pas assez de courage pour se séparer de moi, et il se réjouissait au fond du cœur d'avoir trouvé un prétexte pour me garder près de lui.

Jamais il n'est parti le matin sans me donner une caresse, et quelle que fût l'heure de la nuit à laquelle il rentrât, sa première action était de venir dans ma chambre et de m'embrasser plusieurs fois sans troubler mon sommeil. Je l'aimais passionnément, d'une manière exclusive, et ses traits, aussi bien que sa mémoire, sont restés dans mon cœur. C'était un homme d'environ trente-cinq ans, pâle, distingué, d'une taille élégante, avec des cheveux bruns à reflets d'or, et des yeux gris foncé d'un éclat sans égal et d'une beauté singulière. Je ne sais pas ce que les autres pensaient à son égard; mais il réalisait pour moi tout ce qu'il y a de grand et de bon.

Je me trouvais heureuse de vivre seule avec lui, je ne souhaitais rien en dehors de notre maison; le repos, la solitude, si antipathiques à l'enfance, étaient pour moi du bonheur. Ma mauvaise santé, d'une part, en était cause, et de l'autre j'avais hérité de mon père une sorte de réserve jalouse qui n'est aucunement dans le caractère de ses compatriotes.

Les instants les plus heureux de ma vie étaient ceux que je passais dans un coin du jardin auquel j'ai fait allusion; un bouquet d'arbres verts, qui croissaient au bord de la falaise, défendait cet endroit préféré contre la violence du vent; à quelques pas débouchait un sentier rapide qui descendait au rivage, et où l'on entrait par une porte dont la serrure était toujours ouverte. Plus heureuse que ne le fut jamais Ève dans le paradis terrestre, je n'avais pas dans mon Éden un seul fruit défendu; je pouvais y passer tout un jour et oublier que cette porte, facile à franchir, était placée entre moi et la liberté la plus complète. Mon père, voyant la prédilection que j'avais pour cet endroit, avait fait placer un petit banc sous les arbres, et quand il faisait beau je n'avais pas de plus grand bonheur que d'aller m'y asseoir; j'y portais mon livre, j'y rêvais pendant longtemps, les yeux fixés sur cet immense horizon de ciel et de mer, dont aucun paysage n'a la splendeur ni la sublimité.

C'est ainsi, je m'en souviens, que j'avais passé l'après-midi d'une belle journée d'automne, relisant pour la vingtième fois l'histoire touchante de *Pracovia Loupoulouff;* non pas celle que nous a donnée Mme Cottin sous le nom d'*Élisabeth*, mais l'histoire bien autrement pathétique de la véritable héroïne; et pour la vingtième fois je pensais avec une sorte de jalousie que j'en aurais fait autant pour mon père si on l'avait exilé, quand celui-ci vint s'asseoir auprès de moi. Il allait partir, et comme toujours il ne voulait pas quitter la maison sans m'avoir embrassée; il me prit sur ses genoux, aperçut mon livre, qui était à côté de lui, me regarda d'un air triste et me dit en soupirant :

« Tu te fatigues, mon pauvre ange; tu es toujours à lire. J'ai trouvé sur ma table un volume ouvert de l'*Histoire de la médecine :* quel besoin avais-tu de regarder dans ce gros livre ?

— J'y ai lu quelque chose sur la circulation du sang.

— Et qui l'a découverte?

— William Harvey; j'en suis bien fâchée.

— Pourquoi cela? demanda mon père avec surprise.

— Parce que tu l'aurais trouvée, » répliquai-je en lui passant mes bras autour du cou, et en appuyant ma joue contre la sienne.

Ma réponse le fit sourire; il me baisa au front, se leva, fit quelques pas, revint près de moi, s'inclina pour m'embrasser encore, posa ses lèvres sur mon visage, les y laissa longtemps et finit par s'éloigner. Je le vis entrer dans la maison, je l'entendis partir; je l'aperçus de loin, sur sa jument brune, comme il suivait la montée qui conduisait à Ryde. Il avait disparu depuis longtemps que je continuais à regarder la route qu'il avait prise; puis je reportai mes yeux sur un bateau pêcheur, qui s'effaça au loin, et je pensais toujours que mon père eût été bien célèbre, si Harvey n'avait pas trouvé la circulation du sang. Je restai au même endroit, perdue dans ma rêverie, jusqu'au moment où Sarah descendit au jardin, et me cria d'une voix lamentable :

« Miss Marguerite, voulez-vous venir prendre le thé?

— Non, » lui répondis-je d'un ton sec.

Elle tourna vers le ciel un regard désespéré. J'avais des caprices, j'en conviens, et je n'étais pas toujours polie; mais je n'ai jamais martyrisé Sarah, comme elle aimait à le croire et surtout se plaisait à le dire.

« Dieu vous pardonne et veuille changer votre âme! » s'écria-t-elle pieusement.

Je ne lui répondis pas; beaucoup d'enfants sont aristocrates par nature, et j'avais pour les domestiques une sorte de mépris instinctif que je ne dissimulais pas toujours; il y avait d'ailleurs peu de temps que Sarah était avec nous.

« Voulez-vous venir? » demanda-t-elle encore. Je continuai ma lecture comme si elle n'avait rien dit.

« Miss, reprit Sarah d'un ton solennel, un jour viendra où vous serez jugée comme les autres. »

Elle s'éloigna après m'avoir donné cet avertissement, et je revins à la maison quand il me plut de le faire. En entrant dans le parloir, j'aperçus deux tasses sur le plateau.

« Est-ce que papa est revenu? demandai-je à ma bonne, sans détourner les yeux.

— Les domestiques ne sont pas des chiens, répondit-elle avec indignation.

— Est-ce que papa est revenu ? » demandai-je de nouveau avec toute l'insolence que donne la certitude de n'être jamais grondée.

Sarah m'aurait battue si elle l'avait osé; mais je savais qu'elle n'oserait pas; la bonne que j'avais avant elle avait été congédiée pour avoir eu l'audace de me menacer d'une tape, et Sarah en avait été prévenue ; elle maîtrisa donc sa colère et me répondit avec irritation :

« Non, miss; le docteur n'est pas rentré.

— Je prendrai mon thé seule, » répliquai-je d'un ton impérieux, en regardant les deux tasses.

Sarah devint cramoisi; et se mettant à rire, elle ajouta :

« Non, miss, non, vous ne le prendrez pas seule; M. O'Reilly est arrivé; et comme il n'a pas le malheur d'être un pauvre domestique, vous lui permettrez sans doute de prendre le thé avec vous. »

Je fus vivement contrariée de ces paroles. Cornélius O'Reilly était l'ami et le compatriote de mon père, qui le connaissait depuis l'enfance, et qui avait contribué, pour une large part, à son éducation. Il venait chaque automne passer une quinzaine de jours avec nous; jamais il ne manquait de m'apporter un cadeau; mais cela n'empêchait pas sa visite de m'être désagréable; pendant ce temps-là j'étais moins caressée, moins gâtée; mon père ne m'appartenait plus entièrement, et je ne le pardonnais pas à M. O'Reilly.

En voyant ma figure se refrogner, Sarah donna cours à son indignation.

« Vous devriez rougir, s'écria-t-elle; c'est honteux d'être jalouse de son père. Croyez-vous donc que vous êtes la seule personne dont il doive s'occuper? Supposez qu'il se remarie.

— Il ne le fera pas, vous le savez bien, répondis-je avec aigreur; il vous a défendu d'en parler. »

Battue sur ce point, elle ajouta vivement :

« Est-ce une raison, parce que notre papa ne cherche point à se remarier, pour que nous soyons désagréables envers son meilleur ami? Un jeune homme excellent!

— Non, répondis-je.

— Il n'y a pas de gentleman pour avoir un air plus doux. »

Je gardai un silence obstiné.

« Et qui soit plus bel homme; on ne trouverait pas son pareil depuis Ryde jusqu'à Leigh, poursuivit l'impitoyable Sarah, sur laquelle le jeune Irlandais paraissait avoir produit une fort vive impression.

— Il n'est pas aussi beau que papa, répliquai-je indignée.

— Vous avez raison, Marguerite, » répondit une voix joyeuse. Et Cornélius O'Reilly qui avait entendu les dernières phrases de notre débat, entra dans le parloir en répétant : « Vous avez bien raison, Marguerite. »

Sarah poussa un petit cri et baissa les yeux en rougissant; puis, afin de cacher sa confusion ou peut-être pour prolonger son séjour dans la chambre, elle remua les tasses et les cuillers, tandis que Cornélius, s'asseyant auprès de la table, me faisait signe de venir à côté de lui. Je répondis à son appel d'une façon peu gracieuse. Il me prit les deux mains et me regarda en souriant. Je l'avais vu bien des fois; mais lorsque j'évoque le passé, le premier souvenir clair et distinct que j'aie gardé de Cornélius, date précisément de ce soir d'automne où j'étais devant lui, mes deux mains dans la sienne.

Il pouvait avoir une vingtaine d'années; il était grand, d'une beauté frappante, avait les manières pleines de franchise et de détermination, et une masse de cheveux noirs qu'il rejetait souvent en arrière avec un mouvement d'impatience. Sa figure, très-caractérisée, était fière et loyale; il avait le front large, les yeux bruns, à fleur de tête, et brillants comme ceux du faucon; les lignes de son visage, sans être grecques ni romaines, se gravaient dans la mémoire avec autant de puissance que celles d'une médaille antique; son regard était à la fois doux et pénétrant; chacun aimait son sourire, mais peu de personnes en comprenaient la signification; ce sourire était si près d'être railleur, en même temps si bon, si indulgent, et avec cela d'une insouciance si provocante! il exprimait, comme tout le reste du visage, un caractère mobile, sincère jusque dans ses revirements les plus opposés; un esprit qui cédait à toutes les impressions et ne se laissait dominer par aucune.

Tel était Cornélius O'Reilly, non pas tel qu'il me paraissait alors; mais le regard de l'enfance n'est pas moins attentif qu'ignorant, et je remarquais, sans le savoir, des signes qui pour moi n'avaient aucune valeur.

« Comment allez-vous, Marguerite? demanda Cornélius après quelques instants de silence.

— Je me porte bien, » répondis-je tout bas en faisant un effort pour retirer mes mains de la sienne.

Il ne parut pas s'en apercevoir, tourna la tête vers un paquet entouré de papier brun qui se trouvait sur la table, et ajouta :

« C'est un gâteau que ma sœur Kate vous envoie; elle m'a chargée de vous le remettre avec mille amitiés de sa part.

— Je ne mange jamais de gâteaux, répliquai-je.

— Miss! proféra ma bonne avec indignation.

— Je vous apporte encore ceci, » continua Cornélius en tirant un livre de sa poche. Le livre avait une couverture brillante, un beau titre doré; la tentation était grande, mais mon orgueil était plus grand encore.

« Papa me donne autant de livres que j'en veux, répliquai-je d'un air maussade.

— Fort bien, reprit le jeune homme en souriant; je lui donnerai celui-ci pour qu'il vous le donne à son tour. »

La bonne humeur et l'indulgence de Cornélius commençaient à m'inspirer des remords, quand Sarah malheureusement laissa tomber un « Fi donc! miss, » qui détruisit tout l'effet des paroles du jeune homme.

« C'est de la timidité, reprit-il avec douceur.

— Oh! monsieur, nous sommes trop méchante pour être timide, répondit ma bonne avec un sourire pincé; vous ne nous connaissez pas; si nous le pouvions, nous nous serions déjà sauvée; mais qu'elle le fasse, et nous verrons! ajouta Sarah en m'adressant un signe de tête. Ah! monsieur, que cette enfant est désagréable.

— Nullement, répondit Cornélius en prenant mon parti; Marguerite m'aime beaucoup, mais elle n'ose pas me le dire. N'est-ce pas, Marguerite? ajouta-t-il avec confiance.

— Non! répliquai-je avec plus de franchise que de politesse.

— Oh! que si, continua le jeune homme; et la preuve, c'est que de votre propre mouvement vous allez m'embrasser. »

Tant d'audace me confondit. Je n'avais jamais embrassé que mon père, et je croyais, hélas! que mes caresses étaient d'un prix inestimable. Cornélius se mit à rire et s'inclina vers mon front; mais il avait lâché mes mains; j'éludai son baiser, et m'échappant aussitôt, je m'enfuis au premier étage.

Sarah voulait courir après moi; Cornélius l'en empêcha en répétant que j'étais timide.

« Timide, monsieur, timide! s'écria ma bonne avec un rire saccadé; c'est de l'orgueil, vous ne la connaissez pas; elle est aussi vaine, aussi entêtée que Lucifer; elle se laisserait moudre plutôt que de consentir à m'embrasser, moi qui adore les enfants! J'ai été dans des maisons où les petites filles raffolaient de moi et ne se souciaient guère de leurs mamans et de leurs papas; mais avec miss Marguerite, c'est l'opposé : qu'on la gronde ou qu'on la câline, cela lui est bien égal; elle n'a d'yeux et d'oreilles que pour son père, dont elle est jalouse, monsieur, mais jalouse à un point! et si elle ne vous aime pas, c'est là qu'en est le motif. »

Elle s'arrêta pour reprendre haleine. Cornélius ne put s'empêcher de rire; mais je n'en entendis pas davantage et me glissai dans ma chambre. Je ne craignais ni la solitude ni les ténèbres; d'ailleurs la lune s'était levée, et sa pâle lumière éclairait toute la pièce. Je m'assis à côté de mon lit, je posai ma tête sur l'oreiller; je me trouvais en face de la fenêtre et je regardai le ciel, où glissaient des nuages blancs et légers qui voyageaient avec lenteur. Je voulais rester ainsi jusqu'au moment où le cheval de mon père descendrait la route pierreuse; mais je fermai les yeux sans m'en apercevoir, et je m'endormis presque aussitôt.

J'ignore combien de temps avait duré mon sommeil; je sais seulement que j'avais fait un rêve affreux que je ne me rappelais même pas, et que je m'éveillai saisie d'une vive terreur et le front couvert de sueur froide. Je jetai en tremblant les yeux autour de moi : un nuage épais couvrait la lune, la nuit remplissait ma chambre de son obscurité, mais non pas de son silence. Notre demeure, si calme d'ordinaire, était pleine de tumulte. Je prêtai l'oreille; je distinguai des voix d'hommes, qui m'étaient étrangères, et que dominaient ces paroles de Sarah : « Oh! mon maître! mon pauvre maître! »

Je me retrouve, dans mes souvenirs, sur les premières marches de l'escalier; je me penchai pour voir quelque chose qui passait dans le vestibule, un courant d'air froid monta de la porte qui donnait sur la cour, j'aperçus le ciel étoilé par cette porte, qui était toute grande ouverte. Sur le seuil du parloir je vis trois hommes vêtus d'habits grossiers; ils me tournaient le dos et regardaient dans la chambre. Sarah, tout en pleurs, tenait une bougie dont la flamme vacillait, tandis que Cornélius était penché au-dessus de mon père, qui, assis dans son fauteuil et complétement immobile, était d'une pâleur extrême. Mon père agita les lèvres, Cornélius regarda Sarah; elle posa sa lumière, sortit, ferma la porte, et la vision disparut.

J'aurais cru rêver sans les paroles que j'entendais. Sarah pleurait dans le corridor.

« Du courage, ma pauvre fille, disait un homme à voix basse. A quoi bon se désoler! tout est fini : la chose est claire.

— Oh! ne dites pas cela, répondit ma bonne en sanglotant.

— Il nous l'a dit lui-même, et il doit bien le savoir : « Tout est fini, murmura-t-il, à la place où l'avait jeté son

« cheval; portez-moi à la maison, John, que je meure au
« moins chez moi ! »

Sarah sanglotait toujours; les deux autres hommes ne
parlaient pas; s'ils avaient dit un seul mot, je me le rappel-
lerais bien, car il me semble entendre encore non-seulement
les paroles, mais l'accent même de cette voix que j'écoutais
avec stupeur. A peine avait-elle cessé de retentir qu'on ouvrit la porte du parloir. Cornélius, dont le visage pâle exprimait la douleur, apparut sur le seuil : «Marguerite !» dit-il,
en élevant la voix.

En une seconde, je fus à côté de mon père; je lui passai
mes bras autour du cou, et je posai ma figure auprès de la
sienne. Il ne paraissait avoir aucune blessure; mais son
regard était voilé, son front livide, ses lèvres étaient blanches. Il me reconnut, car ses yeux se ranimèrent en s'arrêtant sur moi, et allèrent de mon visage à celui de Cornélius. Le jeune homme posa sa main droite sur mon épaule;
des larmes couvraient ses joues, et d'une voix tremblante :
« Que Dieu, dit-il, m'abandonne si j'abandonne votre enfant. »

Mon père fit un effort, il parvint à se soulever :

«Dites à Kate..., » balbutia-t-il; mais les paroles s'éteignirent, on n'entendit plus qu'un murmure incohérent, sa tête
retomba en arrière, un soupir s'échappa de sa poitrine et
fut suivi du calme le plus profond. Je sentis la main de
Cornélius peser lourdement sur mon épaule. « Sarah ! » dit
le jeune homme en regardant vers la porte; et il parla tout
bas à ma bonne.

Elle me prit par la main et me fit sortir du parloir; je
la regardais sans pleurer; je ne comprenais pas ce que
j'éprouvais; mais c'était de la crainte, de la stupeur, une
affreuse agonie.

J'apprenais alors combien il y a d'amertume dans le calice
qu'un pauvre enfant peut être appelé à boire.

CHAPITRE II.

Mon père était mort; lui qui m'avait embrassée, il n'y avait pas trois heures; lui que j'attendais et dont les caresses avaient cessé pour toujours; mon père qui m'aimait tant!

Je ne comprenais qu'une chose au changement d'existence qu'il me faudrait subir, c'était que je ne le verrais plus, que je ne l'entendrais plus; mais, hélas! je le comprenais trop bien. Cornélius vint me trouver dans la chambre où Sarah m'avait laissée. « Marguerite, me dit-il, il faut accompagner votre bonne. » Je ne fis pas de résistance, je ne demandai même pas où l'on allait me conduire. J'avais été orgueilleuse et obstinée, à présent j'étais humble et soumise; je sentais d'une manière poignante que je n'avais plus aucun pouvoir. Celui qui n'avait jamais rien refusé à mes prières était maintenant froid et inanimé; les paroles, les caresses de son enfant ne pouvaient plus l'attendrir.

Sarah me conduisit chez miss Murray, la prétendue belle-mère dont on m'avait fait peur. C'était une femme de trente ans, malade, pâle et blonde, qui habitait une petite maison, propre et soignée qu'on appelait le Chèvrefeuille; elle vivait là comme une abeille solitaire, assise, et travaillant toute la journée à quelque ouvrage de patience, ou parlant de ses douleurs d'une voix faible qui faisait songer au bourdonnement d'une ruche éloignée. Elle détestait le bruit et la lumière; ses planchers étaient couverts de tapis moelleux, ses fenêtres voilées de rideaux épais; elle ne pouvait pas souffrir les animaux parce qu'ils remuent sans cesse, et ne tolérait les fleurs que parce qu'elles sont immobiles et silencieuses; elle ne faisait pas de visites et n'en recevait jamais; sa vie était une espèce de rêve crépusculaire, approprié à sa santé débile et à son esprit somnolent.

Lorsque nous arrivâmes chez elle, miss Murray savait

déjà la mort de mon père ; elle était dans son fauteuil et avait à la main un mouchoir de batiste dont elle s'essuyait les yeux ; une lampe, couverte d'un abat-jour d'un vert foncé brûlait obscurément sur la table.

« Je n'y survivrai pas, Abbey, murmurait-elle à sa servante, qui cherchait à la consoler ; je ne le pourrai jamais... un ami....

— Les meilleurs amis doivent se séparer, madame.

— Il comprenait si bien ma constitution ! Abbey, qu'est-ce qui est là ?

— Pardon, madame, lui dit Sarah en me conduisant auprès d'elle, M. O'Reilly vous sera très-reconnaissant de vouloir bien....

— Je comprends, Sarah ; vous n'avez pas besoin de continuer ; c'est un sujet pénible. Vous pouvez me laisser la chère enfant ; je suis sûre, qu'ayant égard à mon état de faiblesse, elle s'abstiendra de me faire souffrir par des regrets inutiles. Personne, plus que moi, n'a de motifs pour déplorer la perte d'un ami auquel je dois plusieurs années d'existence.

— Elle ne pleure pas ! dit Abbey en me regardant.

— Elle ne pleure jamais, répliqua ma bonne ; c'est un enfant d'un orgueil....

— Elle a bien raison, répliqua miss Murray d'un air grave, les larmes sont très-mauvaises pour la santé ; venez-vous mettre à côté de moi, » ajouta-t-elle en me désignant un tabouret.

Je me laissai conduire au siége qu'elle indiquait, et Sarah, en m'y faisant asseoir, fit un signe mystérieux.

« Elle n'est pas folle ! s'écria miss Murray d'un ton d'alarme, en reculant son fauteuil avec vivacité.

— Oh ! non, madame ; elle serait plutôt idiote.

— C'est fâcheux, soupira miss Murray ; mais elle a au moins l'avantage d'être tranquille. Bonsoir, Sarah. Abbey, surveillez, je vous prie, cet affreux garnement ; j'ai les nerfs dans un état.... »

Les deux bonnes sortirent du parloir sur la pointe du pied, fermèrent la porte sans bruit, et je restai seule avec miss Murray.

« Chère petite, commença-t-elle, vous n'allez pas vous

désoler; ce ne serait pas du tout chrétien. J'ai perdu un excellent père, une mère inestimable, une tante chérie, le plus affectueux des frères.... » La porte, qui s'ouvrit tout doucement, interrompit cette liste et laissa passer un collégien d'une douzaine d'années, très-grand pour son âge, très-vigoureux, ayant une belle tête, mais l'air et les manières d'un ourson mal léché. C'était William, le neveu de miss Murray; son père était mort depuis six mois, l'avait légué à sa tante, qui s'était empressée de l'envoyer au collège, et pour qui les jours de congé étaient une source de misères. En le voyant entrer, la pauvre fille leva les yeux au ciel comme une personne qui est préparée à tout.

« Avez-vous vu Abbey, William? demanda-t-elle d'une voix affaiblie.

— Oui, répondit le collégien.

— Dans ce cas-là, je vous conjure de respecter ma douleur et les sentiments de cette chère petite. »

William me regarda sans rien dire. « Ne vous conduisez pas comme un jeune sauvage, si toutefois c'est possible, » ajouta miss Murray d'un air résigné.

Pour toute réponse, William fit la grimace et plongea les mains dans ses poches.

« Vous avez traversé la même épreuve, continua sa tante, et bien que votre langage n'ait pas toujours été suffisamment respectueux envers la mémoire de mon frère....

— Pourquoi m'a-t-il soumis au gouvernement d'un cotillon? interrompit le neveu; je ne suis pas d'humeur à me laisser insulter par des femmes. J'arrive en chantant, sans rien savoir, Abbey m'appelle une hyène; j'entre dans la chambre, vous me saluez du nom de sauvage. Eh bien! je vous dis que ça me déplaît. »

Ces paroles faisaient probablement allusion à quelque scène antérieure, car miss Murray déplora son triste sort, tandis que William alla s'asseoir en grognant au bout de la table, d'où il me regarda d'un air bourru.

« Je serais désolée de manquer à la mémoire de mon frère, continua miss Murray d'une voix expirante, mais s'il avait eu un peu de considération pour mon état de faiblesse, il aurait pris plus de soin de lui-même et aurait tâché de vivre plus longtemps. William! que signifient ces grimaces?

— Je ne voudrais pas qu'elle.... non, je voudrais l'empêcher de pleurer, » répondit le collégien dont la figure se contournait de la façon la plus bizarre.

La tante suivit le regard de William et ses yeux tombèrent sur moi, qui étais un peu en arrière.

« La malheureuse! s'écria miss Murray d'un ton de détresse, la voilà qui pleure, qui sanglote! William, sonnez bien vite, appelez Abbey.... Ma chère, comment pouvez-vous.... Abbey, dit-elle lorsque la porte s'ouvrit, n'y a-t-il pas moyen d'empêcher cela?

— Elle pleure donc? » fit observer la gouvernante.

J'avais posé ma tête sur mes genoux et je sanglotais amèrement. Après avoir demandé plusieurs fois s'il n'y avait pas moyen d'arrêter *cela*, miss Murray voyant qu'on n'y parvenait pas, déclara qu'il fallait me mettre au lit. Abbey me prit par la main, et je me laissais emmener sans résistance, lorsque William s'écria : « C'est honteux, je ne le souffrirai pas; » et courant après la bonne, il essaya de me retenir. La lutte qui s'ensuivit fut courte et décisive : William, repoussé avec perte, se retira derrière la table, les cheveux en désordre et le visage cramoisi.

« Le tigre! s'écria mistress Abbey, tout essoufflée de sa victoire; cet enfant-là finira mal, c'est moi qui vous le dis, madame. »

William jeta sur elle un regard méprisant. Miss Murray, qui avait reculé son fauteuil dès le commencement de la lutte, dit à son neveu d'un air blessé :

« Vous rentrerez demain au collège, William. Abbey, allez coucher cette petite, et dorénavant choisissez le corridor pour vos batailles. »

Abbey ferma la porte avec colère, me conduisit dans sa chambre et me mit au lit après m'avoir déshabillée. Mes larmes coulaient toujours.

« Miss, dit-elle d'un ton brusque, il est inutile de pleurer, vous le savez bien. »

Elle se pencha pour m'embrasser. Je me détournai avec des sanglots. Qu'étaient pour moi les baisers de cette femme le soir où j'étais privée pour toujours des caresses de mon père!

« Petite orgueilleuse! » dit la bonne, qui s'éloigna.

Le lendemain j'étais abattue par la douleur, plongée dans un muet hébétement dont miss Murray fut ravie, et que pendant le déjeuner elle proposa pour exemple au turbulent William.

« Je ne me changerai pas en fille pour vous plaire, répondit le collégien.

— Vous pourriez garder le silence par respect pour le chagrin de cette petite, répliqua miss Murray en buvant son thé du bout des lèvres.

— Pourquoi ne mangez-vous pas? me dit William.

— Je n'ai pas faim, répondis-je.

— Tous les enfants ne sont pas voraces comme vous, reprit miss Murray.

— Avez-vous une tante? poursuivit le collégien.

— Non, répliquai-je d'un ton bref.

— Vous êtes bien heureuse! dit-il avec un regard et un soupir d'envie.

— C'est affreux! balbutia miss Murray en posant sa tasse sur la table ; à douze ans! c'est affreux!

— Chez qui allez-vous demeurer? » continua William sans faire attention aux paroles de sa tante.

Miss Murray était l'une de ces excellentes personnes qui détestent les entretiens pénibles. « Ne vous occupez pas de lui, chère petite, s'écria-t-elle d'un air agacé.

— Vous n'aimez donc pas ceux chez qui on vous envoie? » poursuivit-il.

Je gardai le silence.

« Très-bien, dit miss Murray ; William, prenez cette enfant pour modèle.

— C'est un petit singe boudeur, » s'écria-t-il avec indignation ; et il ne m'adressa plus la parole jusqu'à son départ, qui eut lieu dans l'après-midi.

Le seul incident de la semaine fut qu'on m'habilla de noir des pieds jusqu'à la tête. Je continuais à enchanter miss Murray par une apathie de plus en plus prononcée. Je passais tout mon temps à regarder son aiguille qu'elle tirait avec lenteur, ou assise sur un petit banc qui était auprès de la porte. C'est là qu'un soir, huit jours après la mort de mon père, Abbey et Sarah vinrent me trouver. Je ne bougeai pas à leur approche ; elles se regardèrent en hochant la tête d'un air significatif, et toutes les deux échangèrent des paroles mystérieuses.

« Hein? fit Sarah d'un air interrogateur.

— Oui! répondit mistress Abbey.

— Jamais? s'écria Sarah.

— Oh! ciel, non! » répliqua l'autre.

Sarah vint s'asseoir auprès de moi en soupirant, me demanda si je l'avais reconnue, si je dormais bien, si j'avais froid. Je ne lui fis aucune réponse et ne la regardai même pas. Elle se leva, dit à mistress Abbey de se tenir pour avertie, et de ne pas trop s'attacher à M. William. Abbey répondit qu'il n'y avait pas de danger; Sarah prit un air solennel et me pardonna mon ingratitude.

Comme elles venaient de partir, je crus entendre la voix de M. O'Reilly dans le corridor; mon abattement disparut tout à coup, je m'éveillais révoltée. Je n'avais pas vu Cornélius depuis la mort de mon père, et je pensais qu'il venait me prendre pour m'emmener avec lui. Je regardai autour de moi, une porte de derrière me permettait de m'enfuir, je l'ouvris, personne ne m'aperçut, je me glissai dans l'allée déserte, et quelques minutes après j'avais gagné le cottage.

Le foyer paternel est un instinct du cœur; et comme un oiseau blessé vole à son nid, je venais me réfugier dans ces murs qui m'avaient abritée depuis ma naissance.

La porte du jardin était ouverte, mais celle du vestibule était fermée, ainsi que les fenêtres; je fis le tour de la maison, et me sentis défaillir en la trouvant close et silencieuse. J'allai m'asseoir sur la dernière marche du perron, je me disais que peut-être quelqu'un viendrait m'ouvrir; j'attendais le bruit des pas ou des voix, mais rien d'humain ne se fit entendre. Le ciel était sombre, le vent soufflait avec violence, les arbres du jardin se courbaient sous la tempête et se redressaient en gémissant; la marée montait, et le fracas des vagues se brisant contre la falaise était suivi du profond soupir que murmurent les flots qui s'éloignent.

Une désolation indicible m'envahit tout entière; je compris tout ce que j'avais possédé, tout ce que j'avais perdu; mon cœur éclata sous l'excès d'un chagrin qu'il ne pouvait contenir, je croisai mes mains sur ma tête, et retombant ac-

cablée sur le perron, je sanglotai amèrement au seuil de
mon Éden perdu.

Une voix pleine de douceur me tira de cet accès de
désespoir.

« Que faites-vous ici, Marguerite? » demandait Cornélius.

Je ne pus pas lui répondre; il s'assit auprès de moi et
me releva doucement; je le regardai, son beau visage s'at-
trista :

« Pauvre enfant! dit-il, pauvre ange ! » Il prit mes mains
dans les siennes et m'attira vers lui. Vaincue par le chagrin,
je ne lui résistai pas. J'avais refusé ses présents, éludé ses
caresses; j'avais été fière à son égard, jalouse, insolente:
j'avais détesté jusqu'au souvenir de sa présence dans la
maison de mon père, et c'était lui qui venait me rejoindre
au seuil de cette maison fermée, lui dont les bras s'ouvraient
pour me recevoir.

Une émotion rapide ébranla tout mon être; je dégageai
mes mains des siennes, je lui jetai mes bras autour du cou,
ses lèvres s'appuyèrent sur ma figure, je lui rendis ses caresses en silence : Cornélius m'avait conquise.

Enfant que j'étais alors, je ne pouvais sentir qu'avec le
cœur d'un enfant, et je le lui donnai sans réserve. Je ne sus
ni comment, ni pourquoi; mais à dater de ce jour, il eut
toute ma tendresse.

CHAPITRE III.

Cornélius avait trop de pénétration pour ne pas voir immédiatement l'empire qu'il venait de prendre sur sa nouvelle conquête. Il me regarda en souriant d'un air pensif; je
vis dans son sourire qu'il s'amusait du changement qui
s'était opéré dans mon cœur; mais cela ne modifia pas même
l'attitude que j'avais prise; je me sentais heureuse de la
soumission que je lui avais faite, et qui impliquait une

ferme espérance en lui. C'était de ma part la foi bénie d'un enfant; de la sienne, le plaisir qu'un être fort éprouve à sauver un être faible; pour tous les deux une affection réciproque, sans laquelle la confiance est un esclavage, et la protection un fardeau.

Cornélius était d'un caractère franc et allait droit au but; il s'empara tout de suite de l'autorité que je lui accordais, et me trouva plus docile que je n'avais été rebelle; il n'était pas plus dans ma nature d'obéir à moitié que de partager ma tendresse.

« Il faut partir, Marguerite, » me dit-il avec douceur, mais d'un air qui n'admettait pas d'objection; et je lui donnai la main sans murmure.

Nous revînmes chez miss Murray, qui se demandait avec calme ce que j'avais pu devenir. Cornélius s'informa de l'heure à laquelle la diligence passait à Ryde.

A neuf heures et demie lui répondit Abbey.

—Apprêtez-vous, me dit-il, en regardant à sa montre, qui était un cadeau de mon père. »

J'allai dans ma chambre avec Abbey; elle m'habilla et me ramena au parloir.

« C'est une chose à surveiller, disait gravement miss Murray à Cornélius, au moment où nous rentrions.

— Marguerite, me dit celui-ci, faites vos adieux à mademoiselle, et remerciez-la de toutes les bontés qu'elle a eues pour vous.

— Est-ce que vous ne m'embrassez pas? » me demanda miss Murray à qui j'avais tendu la main.

Je regardai Cornélius, il était facile de comprendre ce qu'il attendait de moi, et j'embrassai miss Murray. Elle tira son mouchoir, déplora de n'avoir pas une nièce à la place de son neveu, échangea une poignée de main avec M. O'Reilly, fit un effort pour se lever, retomba dans son fauteuil et agita la sonnette.

Abbey nous reconduisit jusqu'à la porte; Cornélius lui glissa quelque chose dans la main, et me lança un coup d'œil significatif.

« Adieu, Abbey, lui dis-je en l'embrassant, comme j'avais embrassé sa maîtresse.

— Voilà qui est bien, miss, très-bien, s'écria-t-elle! » Cornélius ne fit que sourire, me prit par la main et nous nous éloignâmes.

Nous suivîmes pendant quelque temps la route qui conduisait à Ryde, et nous passâmes près du cottage; mais laissant bientôt la maison de mon père à notre droite, nous entrâmes dans une allée déserte. La nuit était venue, le chemin que nous parcourions traversait des champs entourés de haies et de grands arbres, dont la silhouette noire se découpait sur le ciel, éclairé par la lune. Nous ne rencontrâmes personne, et mes yeux n'aperçurent ni ferme ni chaumière. Une ligne sombre et vaguement découpée, comme la crête de quelque vieille futaie, se dessinait à l'horizon; je me tournai vers Cornélius afin de le questionner, mais il me parut tellement pensif que je n'osai lui rien dire.

Après avoir marché pendant un quart d'heure, nous arrivâmes au bout de l'allée, qui se terminait devant un grand mur en briques, surmonté par de vieux arbres, dont la ligne se prolongeait au loin. Je vis à travers les barreaux d'une grille, que gardait une loge délabrée, une longue avenue à l'extrémité de laquelle brûlait une lampe solitaire. Cornélius tira la sonnette, un portier de mauvaise humeur sortit de la loge, ouvrit la grille, la referma aussitôt que nous fûmes passés, nous fit signe de prendre à droite, et rentra sans avoir dit un mot.

Au bout de l'avenue que le concierge nous avait fait prendre, et qui traversait un parc négligé, se trouvaient deux candélabres en fer; l'un était brisé et gisait dans l'herbe, qui le recouvrait à demi, l'autre, encore debout, portait une lanterne aux vitres sales, où brûlait une mèche fumeuse. Ces deux candélabres avaient autrefois éclairé l'entrée d'une cour quadrangulaire, où se voyaient les ruines d'une fontaine, et par delà ces ruines, un vieux manoir en briques, du règne d'Élisabeth, sur lequel tombait les pâles rayons de la lune. Brunie par le temps, cette demeure, couverte d'un manteau de lierre, s'appuyait sur une arcade massive; elle regardait l'avenue, et ses deux ailes étaient flanquées d'un bouquet d'ifs et de cyprès immobiles qui donnaient à son aspect quelque chose de funèbre. Pas une lueur ne s'échappait des fenêtres closes; l'ombre et le silence régnaient partou comme au milieu des ruines. Cornélius frappa à la porte,

située dans une espèce de tour qui se détachait sur la fa-
çade.

« Est-ce ici que vous demeurez? lui demandai-je.

— Non; vous savez que j'habite Londres avec ma sœur. »

Tandis qu'il me parlait, une petite servante, les pieds
dans des savates, avait tiré les verrous et entr'ouvert la
porte; elle tenait sa chandelle d'une main, de l'autre elle
empêchait la porte de s'ouvrir davantage, et nous montra
la moitié de sa figure ronde et surprise.

« M. Thorntone, commença Cornélius.

— Il ne vous recevra pas, interrompit la servante en essayant de fermer la porte, ce que M. O'Reilly empêcha en y
mettant la main.

— Je viens pour affaire, dit-il.

— Où est la lettre? reprit la petite servante.

— Je n'en ai pas, mais voici mon nom. »

La jeune fille secoua la tête, ne voulut pas prendre la carte
de M. O'Reilly, et déclara d'un ton convaincu, que cela ne
servirait à rien.

« Je vous dis que je viens pour affaire, répéta Cornélius
avec vivacité.

— Dans ce cas-là, donnez-moi la lettre? »

Cornélius ne put s'empêcher de rire, malgré son impatience.

« Je voudrais bien en avoir une puisque vous y tenez tant,
répondit-il, mais je n'en ai pas; je viens pour parler à
M. Thorntone d'une affaire importante et non pour autre
chose.

— Vous n'avez pas de lettre à me donner?

— Pas la moindre, retourna Cornélius en fouillant dans
ses poches.

— Alors vous n'entrerez pas, répondit la petite bonne
de l'air d'un jeune chien qui apprend à faire le guet.

— Je vous demande pardon; j'entrerai, dit Cornélius d'un
ton froid, mais poli.

— Retirez votre main, ou je vous brûle, s'écria-t-elle
d'une voix aigre!

— Pas le moins du monde, répondit Cornélius qui souffla
la chandelle. »

La petite bonne poussa un cri, laissa tomber le flambeau

lâcha la porte, et nous pénétrâmes dans un vestibule faible-
ment éclairé par une lampe située au premier étage.

« Me prenez-vous pour un voleur? demanda Cornélius à
la paysanne, qui s'était réfugiée au bout du vestibule. Je vous
le répète, il faut que je voie M. Thorntone.

— Monsieur ne veut voir que le gentleman qui arrive de
Londres.

— Je viens précisément de Londres, répondit Cornélius. »

Elle le regarda d'un air tout effaré, ouvrit une porte d'où
s'échappa un flot de lumière, marmotta une ou deux phrases,
où le mot Londres fut la seule parole intelligible, sortit et
ferma la porte derrière elle.

Nous nous trouvions dans une grande pièce où les chaises
et les fauteuils étaient rares, mais où il y avait tant de livres, de sphères, de cartes, d'animaux empaillés, de vitrines
remplies d'insectes, de minéraux et d'instruments bizarres,
que c'est tout au plus si nous avions assez de place pour
y poser les pieds. Un grand feu brûlait dans la cheminée,
qui était énorme, et n'empêchait pas cette vaste salle d'être
humide et de sentir le moisi. Une lampe, suspendue au
plafond ajoutait à l'effet singulier de cet étrange caphar-
naüm; sa clarté circulaire tombait sur une table couverte
de papiers, auprès de laquelle se trouvait assis l'un des
nombreux magiciens des temps modernes; celui-ci était habillé comme le premier venu, mais sa figure sévère, son
teint bronzé, sa barbe blanche n'avaient pas besoin de la robe
flottante, ou de la ceinture mystique, pour produire une vive
impression.

L'œil appliqué au tube d'un microscope, le savant était
trop absorbé par un insecte curieux pour se déranger à notre
approche; il agita la main pour nous recommander le silence, et pour nous signifier en même temps qu'il lui serait
impossible de nous répondre. A la fin, il releva la tête, et
attachant ses yeux noirs sur Cornélius :

« Monsieur, lui dit-il, je suis extrêmement occupé ; mais
vous êtes le bienvenu, ayez la bonté de prendre un siége. »

Cornélius regarda autour de lui; une seule chaise était
libre ; il me la donna et se tournant vers M. Thorntone :
« Je suis venu, lui dit-il, pour vous entretenir au sujet de
l'affaire dont je vous ai parlé dans ma lettre du 5, lettre à

laquelle, monsieur, vous n'avez pas eü le temps de répondre. »

Le savant se plongea dans son fauteuil, après avoir examiné Cornélius des pieds jusqu'à la tête.

« Monsieur, dit-il avec un air de surprise et d'incrédulité, vous êtes bien jeune, extrêmement jeune, et je ne vous connais pas. »

Cornélius rougit et lui présenta sa carte.

« Je n'ai jamais entendu parler de Cornélius O'Reilly, jamais, répondit M. Thorntone. A vrai dire j'ai voyagé pendant longtemps ; vous pouvez être célèbre sans que j'en aie connaissance ; mais je le répète, monsieur, vous êtes bien jeune pour cela.

— Je n'ai aucune prétention à la célébrité, répondit froidement Cornélius, et mon âge n'a rien à faire avec ce qui m'amène. Je suis venu.... » Il s'arrêta court en voyant que M. Thorntone, après avoir jeté des regards pleins de désirs à son coléoptère, avait peu à peu, comme l'aiguille attirée par l'aimant, approché son œil du microscope, et s'était replongé dans l'examen du scarabée. Toutefois lorsqu'il n'entendit plus la parole du jeune homme, le savant se redressa et dit en soupirant : « Vous êtes venu pour éclairer quelque difficulté ? Fort bien, monsieur. Il y a quarante-huit heures tout au plus que je suis de retour en Angleterre, et je ne me plains pas de vous voir ; mais cet échantillon est merveilleux ; je vous en prie, soyez bref. » Il repoussa le microscope et s'éloigna de la table pour résister à la tentation.

« Je ne viens pas vous consulter, monsieur, dit Cornélius.

— Vous m'apportez un spécimen, s'écria M. Thorntone dont les yeux étincelèrent, un Melolo....

— Un échantillon de la race humaine, interrompit Cornélius ; je vous apporte un enfant.

— Un enfant ! répéta M. Thorntone qui m'aperçut pour la première fois ; et une fille ! ajouta-t-il en se renversant dans son fauteuil avec un dégoût mêlé de surprise.

— Elle a dix ans, elle est orpheline, et je vous l'amène parce que vous êtes son protecteur naturel, poursuivit Cornélius avec calme.

— Elle peut avoir dix ans, elle peut être orpheline, mais

je ne vois pas pourquoi vous l'amenez, répliqua M. Thorn-tone.

— Vous ne le devinez pas?

— Non, monsieur ; je passe pour un homme très-instruit; mais sur ce point j'avoue mon ignorance.

— Elle est votre petite-fille, monsieur, » reprit Cornélius d'un ton ferme, et sans s'inquiéter de l'irritation du vieillard.

M. Thorntone fit un bond qui faillit renverser la table : « Votre audace me confond, dit-il d'une voix indignée. Non satisfait de vous introduire chez moi comme étant l'un des savants les plus connus de la ville de Londres, ce qui est formellement contredit par votre aspect juvénile, vous avez la prétention de me gratifier de vos marmots! Ma petite-fille! mais, monsieur, je n'en ai pas. »

Un éclair traversa les yeux de Cornélius, qui, faisant un effort sur lui-même, répondit néanmoins avec calme : « Si vous aviez pris la peine de lire une lettre que je vois là-bas, et dont le cachet n'a pas même été brisé, vous auriez appris que cette orpheline est la fille de Marguerite Thorntone, morte depuis plusieurs années, et du docteur Édouard Burns qui mourut il y a huit jours à la suite d'une chute de cheval. »

M. Thorntone prit une lettre qui était sur un monceau de livres, la décacheta, en fit la lecture, et la reposa sur la table.

« Monsieur, dit-il, après une pause, et cette fois du ton d'un homme du monde, je reconnais ma méprise et je vous fais mes excuses; mais je ne lis jamais une lettre d'affaires, et j'avais pris la vôtre pour un papier de ce genre. »

Il continua de parler avec infiniment de politesse, toute-fois sans faire allusion au sujet de notre visite. Cornélius le lui rappela d'une façon non moins courtoise.

« Les faits, dit-il, qui sont mentionnés dans cette lettre ont besoin d'être appuyés de certaines preuves et je....

— Votre parole me suffit, interrompit M. Thorntone.

— Je n'ai pas l'honneur d'être connu de vous, monsieur, reprit Cornélius en s'inclinant, et je serais bien aise....

— Il ne faut à un gentleman qu'un seul regard pour en reconnaître un autre, monsieur, répliqua mon grand-père, et je suis complétement satisfait. »

M. Thorntone s'inclina d'une façon quelque peu railleuse,

et Cornélius, dont le sourire, plein de grâce, n'était pas sans ironie, répliqua en saluant de nouveau :

« Je suis enchanté, monsieur, que vous soyez satisfait ; il ne me reste plus dès lors qu'une question à vous adresser. Je vais être bref, car je suis attendu à Londres, et la voiture passera bientôt ; d'ailleurs la franchise est la meilleure façon d'agir entre deux gentlemen. Je suis venu, monsieur, pour vous demander si Georges Thorntone de Thorntone-House consent à recevoir sa petite-fille ? »

Mon grand-père me regarda, sa figure s'assombrit. « Monsieur, répondit-il, Georges Thorntone avait jadis une fille qu'il aimait à sa manière. Il se prit également d'amitié pour un jeune médecin irlandais établi dans les environs et qui, je dois le reconnaître, avait pour son âge des connaissances fort étendues en chimie. « Je lui donnerai Marguerite, » se disait Georges Thorntone ; et pendant qu'il songeait à les marier tous deux, le médecin irlandais partit un soir en enlevant la jeune fille. Georges Thorntone ne jeta pas les hauts cris, il se dit tout simplement qu'il ne pardonnerait jamais ni à l'un ni à l'autre, et il s'est tenu parole.

— Votre petite-fille est innocente, fit observer Cornélius.

— Elle est l'enfant de son père.... et son image ; mais peu importe. N'êtes-vous pas attendu à Londres, monsieur ?

— J'ai eu l'honneur de vous le dire.

— Et vous êtes venu ?...

— Pour vous amener cette enfant ; telle était ma mission.

— Votre mission est remplie, monsieur ; vous pouvez laisser la petite fille ; je pourvoirai à ses besoins.

— Sans être riche, le docteur Burns avait quelque chose et....

— Je n'ai rien à voir aux choses du docteur Burns, » interrompit mon grand-père d'un ton bref. Cornélius se tourna de mon côté et posant la main sur ma tête :

« Au revoir, enfant, et que Dieu te protége, » dit-il d'une voix émue.

Il se dirigea vers la porte, mais je m'attachai à lui : Emmenez-moi, lui dis-je, emmenez-moi avec vous !

— C'est impossible, Marguerite.

— Je ne veux pas rester ici, m'écriai-je.

— Il le faut, » répliqua-t-il d'une voix ferme.

Je lâchai sa main, que j'avais gardée, et je me mis à fondre en larmes.

« On ne peut pas faire autrement, ajouta Cornélius d'un air triste ; adieu, Marguerite, je reviendrai dans quelques jours. »

Il me tendit la main ; mais il me sembla que c'était une trahison et je me détournai avec colère.

« Vous ne me dites pas adieu ? » me demanda-t-il en s'inclinant vers moi.

Je tombai dans ses bras et m'écriai tout en larmes : « Oh ! pourquoi ne pas m'emmener ? » Il m'embrassa sans rien dire, se détacha de mon étreinte, échangea un salut glacial avec M. Thorntone, et me quitta avec autant d'indifférence que s'il ne m'avait pas consolée une heure auparavant, dans le jardin du cottage, où prenant sa pitié pour de la tendresse, je lui avais donné une affection dont il ne se souciait pas, et qui n'avait plus d'autre asile que la tombe de mon père.

CHAPITRE IV.

Quand j'entendis la porte se refermer sur Cornélius j'essuyai mes larmes ; elles ne l'avaient pas attendri, elles étaient inutiles ; mon sort était fixé. J'allai m'asseoir et je regardai tristement le visage brun de mon grand-père. Celui-ci éleva la voix et s'écria d'un air impatienté : « Molly, Polly, Mary, Chose !... où êtes-vous ? » La petite servante répondit à ce vague appel et montra sa figure ronde. « Vous avez vu ce jeune homme qui vient de venir, » lui dit M. Thorntone, les deux mains appuyées sur la table, et en se penchant vers elle pour donner plus de force à ses paroles, « Qu'il ne rentre jamais ici ! Vous comprenez ? » Elle secoua la tête plusieurs fois d'une manière affirmative et la porte se referma.

« Je reverrai M. O'Reilly, je le veux, » m'écriai-je avec

violence, car en dépit de son abandon je le regardais toujours comme mon seul protecteur.

M. Thorntone releva les sourcils et fit entendre un grogne-
ment ironique. Au même instant la porte se rouvrit, et une
jeune fille élégante et belle, comme la princesse d'un conte
de fée, apparut dans la chambre.

« Mon oncle, » dit-elle ; mais en me voyant, elle s'arrêta
court et demanda d'un ton bref : « Quelle est cette petite ?

— Elle s'appelle Burns, » répliqua sèchement M. Thorntone.
La jeune femme me regarda en hochant la tête d'un air pensif. « Je me suis chargé d'elle, en attendant que j'avise,
poursuivit mon grand-père ; dites à mistress Mark d'en avoir
soin, et de veiller surtout à ce qu'elle ne me dérange pas,
jusqu'au moment où j'en aurai disposé. » On me traitait
comme une balle de coton.

« Vous aurez donc la charité de ne pas la garder ici ?
demanda la jeune miss avec amertume.

— J'aurai celle de ne pas permettre qu'elle vous ressemble, répondit mon grand-père d'une voix railleuse.

— Avez-vous l'intention de faire une institutrice de votre
petite-fille, comme vous le feriez de votre nièce, si vous en
aviez le pouvoir ?

— Vous oubliez, ma chère, que ma nièce ne pourrait pas
être institutrice, alors même qu'elle en aurait le désir ;
quant à cette enfant, elle ne sera ni institutrice, ni grande
dame ; une éducation vulgaire, quelque métier décent, tel
est l'avenir que je lui réserve ; et maintenant, soyez assez
bonne pour vouloir bien me laisser.

— A vos scarabéides ; vous ne pensez qu'à eux, vous n'aimez que vos insectes, répondit la jeune fille avec emporte-
ment. Je suis lasse de la vie que je mène, je voudrais être
morte ; oh ! que je suis malheureuse d'être venue dans cette
tanière.

— Il ne fallait pas coqueter avec le fiancé d'une autre, et
vous faire congédier. Essayez du mariage ; c'est un conseil
que je vous donne ; mon intention est de repartir bientôt, et
il serait triste pour vous de rester ici toute seule.

— Je m'enfuirai.

— C'est précisément ce que je veux dire ; faites-vous enlever ma chère, faites-vous enlever.

— Je me laisserai mourir de faim! s'écria la belle Edith, rouge de honte et de fureur.

— Quand vous serez morte, nous vous embaumerons et vous ferez une ravissante momie, » répliqua M. Thorntone dont les petits yeux étincelèrent. La belle Edith n'en put supporter davantage, elle fondit en larmes, appela son oncle un tyran barbare, et allait sortir quand mon grand-père lui dit froidement : « Edith, emmenez-la. » Elle me donna la main, et jeta vers son oncle un regard plein de douleur et d'indignation; mais M. Thorntone avait déjà repris son microscope et ne voyait plus autre chose que le précieux coléoptère. « Je voudrais que ce fût le dernier des scarabées! » s'écria Edith en fermant la porte. Elle me quitta la main, se dirigea vers l'escalier de chêne, en monta les marches noircies, tourna la tête pour voir si je la suivais, et ne fit plus attention à moi. Au premier étage, elle rencontra une vieille dame, grande et sèche, qui était habillée de noir.

« Mistress Mark, lui dit-elle, chargez-vous de cette petite; » et sans ajouter un mot, elle continua son chemin.

— Comme si elle ne pouvait pas.... » murmura la vieille dame, qui, d'un signe majestueux, m'ordonna d'approcher. Après m'avoir examinée des pieds jusqu'à la tête, sans avoir l'air de deviner qui j'étais, mistress Mark allongea son index vers l'étage supérieur : « En haut, » dit-elle. Je la suivis en silence, tournant toujours et croyant qu'elle ne s'arrêterait jamais; je n'en pouvais plus, mais la vieille dame paraissait infatigable, et la tour de Babel ne l'aurait pas essoufflée. Nous arrivâmes enfin dans un grand corridor, garni de portes nombreuses; mistress Mark s'arrêta, ouvrit l'une de ces portes, ou du moins l'entre-bâilla autant que la rouille qui en jaunissait les gonds pouvait le lui permettre, et m'ordonna d'entrer.

J'hésitai d'abord, puis je me glissai par cette ouverture, où mistress Mark s'introduisit après moi; la porte se referma d'elle-même avec un bruit sec, et nous nous trouvâmes dans une petite chambre où il y avait un bon tapis, des rideaux épais, soigneusement croisés, un grand feu sur lequel fredonnait une bouilloire, et un chat qui filait devant la cheminée; à côté de cette cheminée étaient un fauteuil d'une profondeur engageante, et une petite table où se trouvaient des tasses et une théière.

« Asseyez-vous, » me dit la femme de charge en m'indiquant une chaise. Elle s'approcha du feu, tourna le dos à la cheminée, ramena devant elle les plis de sa robe, et m'examina d'un œil attentif. Passée de miss Murray à Cornélius, de Cornélius à M. Thorntone, de M. Thorntone à sa nièce, de la nièce à mistress Mark, j'étais plongée dans un abattement qui tenait du vertige. Mais cette dernière était en face de moi et il m'était impossible de ne pas la voir. C'était, comme je l'ai dit plus haut, une grande femme décharnée, dont la pâleur et la fixité du regard l'auraient fait prendre pour son propre portrait. Ses yeux mornes étaient éclipsés par deux épingles de jais brillant qui faisaient saillie de chaque côté de son bonnet, et qui semblaient avoir avec son front quelque rapport mystérieux. Elle portait une robe noire que le temps avait rougie, très-serrée du corsage, et dont la jupe était d'une ampleur insuffisante. « Je verrai, » dit-elle d'un air grave après m'avoir contemplée pendant assez longtemps ; puis elle sortit de la chambre, où je restai seule avec le chat qui filait toujours, les yeux à demi fermés, et qui ne paraissait pas plus s'intéresser à moi que les personnes de la maison.

Sa maîtresse revint bientôt, s'installa dans le fauteuil et me regardait encore, lorsqu'elle fut troublée dans sa contemplation par quelqu'un qui frappait à la porte.

« Entrez, mistress Digby, n'ayez pas peur, » dit la femme de charge d'un ton encourageant.

Mistress Digby était sans doute très-nerveuse, car elle fit plusieurs tentatives pour s'introduire dans la chambre, et recula deux ou trois fois avant d'accomplir cette opération délicate.

« Quelle porte, s'écria-t-elle ; miséricorde ! Je ne comprends pas que vous puissiez la garder, mistress Mark.

— Elle a son avantage, répondit la femme de charge d'un ton philosopnique ; cela vaut mieux qu'une serrure ; et, comme un chien, elle ne mord que ceux qui en ont peur ; prenez garde, mistress Digby, si vous la retenez trop longtemps elle pourrait bien vous pincer.

— Bonté divine ! reprit mistress Digby avec effroi, comment pouvez-vous habiter cette chambre, mistress Mark ?

— Celles d'en bas sont obscures et n'ont pas de vue ; ici,

au contraire, assise auprès de la fenêtre, j'aperçois tout ce qui se passe; et quand une chose va de travers, je n'ai qu'à tirer le cordon que vous voyez, la cloche sonne et Richard me comprend.

— C'est fort agréable, je l'avoue, répliqua mistress Digby, mais j'en ai assez de vos vieux châteaux. On écrit tant de merveilles à leur égard, que je fus enchantée lorsque miss Grainger me dit l'autre jour : « Nous allons chez mon oncle « Thorntone. » Je ne savais pas que ces antiques masures sentaient plus le moisi qu'un vieux fromage, et qu'elles renferment tant de rats qu'on ne peut pas y dormir.

— Je conviens qu'on les entend, malgré ma chatte; mais nous avons le droit de vivre, mistress Digby, et nous devons laisser vivre les autres.

— Même les rats? quelle horreur, mistress Mark! des bêtes abominables; celles de M. Thorntone, au moins sont empaillées.

— M. Thorntone est un savant, répondit la femme de charge d'une voix sentencieuse; je dois avouer néanmoins qu'il accorde trop d'attention à l'entomologie. M. Mark ne faisait pas le moindre cas de l'histoire naturelle. C'était un chimiste de premier ordre.

— Ne s'est-il pas fait sauter ?

— Sauter! mistress Digby! il est mort en faisant une expérience scientifique. Pour en revenir à Monsieur, il est impossible qu'un homme de son mérite continue à s'occuper d'insectes, et n'en revienne pas à la chimie. Vous n'y verrez rien, mais vous entendrez des déflagrations....

— Miséricorde! s'écria mistress Digby d'un air alarmé; que je voudrais être partie de cet horrible château !

— Vous n'avez qu'à aider votre belle miss à trouver un mari, dit mistress Mark en ricanant au fond de son grand fauteuil.

— Si miss Grainger avait voulu, répliqua mistress Digby avec hauteur, elle serait maintenant comtesse du royaume, et si elle m'avait écoutée, elle serait aujourd'hui la femme du plus beau gentilhomme que l'on ait jamais vu.

— Édouard Thorntone! Il n'a ni sou ni maille, et Monsieur, dont il hérite, ne mourra pas de sitôt.

— Mais il est charmant, répliqua mistress Digby. »

En disant ces paroles, la femme de chambre de ma cousine se tourna de mon côté et je pus voir sa figure. C'était une femme blonde, maigre et flétrie, vêtue d'une robe bleu de ciel aussi fanée que son visage. Assise auprès de la table, où la pointe de son coude se trouvait appuyée, elle prit l'attitude penchée d'un saule, porta un lorgnon d'écaille à ses yeux, m'examina quelque temps, et laissant retomber son lorgnon avec grâce :

« Comment allez-vous, mignonne ? » soupira-t-elle d'une voix traînante.

J'étais encore plus fière que timide ; et profondément blessée d'être abandonnée aux domestiques de mon grand-père, je ne voulus pas répondre ; d'ailleurs la femme de charge m'en évita la peine.

« Vous pourriez tout aussi bien vous adresser à mon chat, dit cette dernière ; jusqu'à un certain âge les enfants ne sont que de vrais animaux ; ils parlent, mangent et boivent, mais n'ont aucun sentiment. Aussi M. Mark n'a-t-il jamais voulu en entendre parler.

— Oh ! mistress, un bébé !

— Vous avez eu des enfants ? »

Mistress Digby devint toute rouge et demanda ce que cela signifiait. Mistress Mark, à son tour, voulut savoir s'il n'y avait pas eu un M. Digby. Non certes ; mais il aurait pu y avoir un M. Wilkinson, deux MM. Jones, un M. Thompson, et M. Smith apparaissait dans le lointain, lorsque mistress Mark interrompit la liste en servant le thé. J'étais entre ces deux dames, mais je ne voulus rien prendre.

« Cette enfant-là ne vivra pas, dit la femme de charge après avoir fait preuve d'un excellent appétit. Elle est très-petite pour son âge, et il n'est pas naturel qu'un enfant, dont les seuls besoins sont physiques, ne prenne aucune nourriture. Pourquoi ne mangez-vous pas, Anna ?

— Je ne m'appelle pas Anna.

— Quel est votre petit nom ? »

— Je m'appelle miss Burns, répondis-je d'un air indigné.

— Elle ne comprend pas la différence qu'il y a entre un nom de famille et un nom de baptême ! s'écria mistress Mark. Voyons, poursuivit-elle charitablement, afin de venir en aide

à mon intelligence obtuse, comment nous appelons-nous ?
Jane, Louisa, Mary, Lucy, Alice ? »

Je ne répondis pas davantage.

« C'est de l'entêtement, dit mistress Mark de l'air d'une
personne qui fait une découverte. Mais parlons raison, ajouta-
t-elle, oubliant que je n'étais qu'un animal, si je ne sais pas
votre nom de baptême, comment pourrai-je vous appeler ?

— Ma bonne ne m'appelait jamais par mon petit nom,
répondis-je d'un ton sec.

— Prétendez-vous établir un parallèle entre cette fille et
moi ? Puis-je savoir pour qui vous me prenez ? me demanda
mistress Mark d'un air d'importance.

— Pour une femme de charge, » répondis-je.

Hélas ! pourquoi tant de gens s'offensent-ils de la vérité ?
Pourquoi refusent-ils d'attribuer à sa véritable cause la fureur qu'elle éveille dans leur âme ?

« Je vous ai demandé votre nom de baptême, s'écria
mistress Mark, vous n'avez pas voulu me le dire ; on vous
appellera Burns ; et pour vous apprendre à mieux répondre,
vous allez vous coucher immédiatement. »

Je fus aussitôt conduite dans la chambre voisine, déshabillée avec promptitude, hissée dans un grand lit à quenouilles,
et abandonnée au milieu des ténèbres à mes propres réflexions. Toutefois il m'avait toujours été fort égal d'être
punie ou grondée par ceux que je n'aimais pas, et je fus
bientôt endormie.

Les souvenirs se composent de peintures vivantes, entre-
mêlées de vides où la mémoire s'égare. Je me rappelle beaucoup mieux la première soirée que j'ai passée à Thorntone-
House que les incidents de la semaine dernière ; mais les
jours qui suivirent mon arrivée sont enveloppés d'un nuage,
et c'est plus tard que j'ai appris les détails qui m'ont permis
de comprendre ce que je voyais alors.

Mon grand-père était un gentilhomme de bonne maison,
et d'un caractère excentrique. Voué à la science dès sa plus
grande jeunesse, il avait complétement renoncé au monde.
Je ne crois pas qu'il existât une branche des connaissances
humaines qui lui fût étrangère ; mais tout son savoir n'avait
eu pour résultat que de diminuer sa fortune, et de grever de
plus en plus son patrimoine, déjà fort engagé. Que de fois j'ai

pensé à la triste existence que ma pauvre mère avait dû
mener au fond de ce vieux manoir; et lorsqu'un homme
aimable et bien fait de sa personne fut imprudemment placé
auprès d'elle, qui pourrait être surpris qu'elle n'ait pas su
résister à la double tentation d'aimer et d'être libre!

Quelque temps après le mariage de sa fille, M. Thorntone
avait entrepris un voyage scientifique, abandonnant ses affaires aux soins d'un homme de loi, et sa maison à ceux de
mistress Mark, veuve d'un savant sans fortune, et qu'il avait
prise en qualité de femme de charge. Il revint à Leigh à
l'époque de la mort de mon père. On a vu qu'il n'avait pas
oublié son ressentiment; et plus que jamais enfoncé dans
l'étude, ne voulant voir personne, condamné par le destin à
subir le double fardeau de sa petite-fille et de sa nièce, il
éludait cette sentence rigoureuse en faisant tous ses efforts
pour ne pas nous rencontrer.

Le séjour de miss Grainger à Thorntone-House provenait
d'une inconvenance que se permettent quelquefois les jeunes
personnes : elle avait commis la faute de détourner à son
profit le cœur d'un jeune homme qui devait épouser un lai-
deron, fille d'une tante chez qui elle demeurait alors. Ce
jeune homme, qui était l'héritier de mon grand-père et le
cousin de misss Grainger, perdit la dot qu'il devait recevoir
avec la main de sa promise, et la trop belle Edith échangea
la demeure élégante où elle avait été accueillie pour le
manoir peu hospitalier de mon grand-père. Une rose et un
hibou n'auraient pas été plus mal assortis que M. Thorntone
et sa nièce. Il en résulta, comme je vous l'ai dit plus haut,
qu'il évitait miss Edith, et que, ne pouvant oublier la faute
de mes parents, il ne me fuyait pas moins qu'elle.

Ma chambre était voisine de celle de mistress Mark; j'y
passais tout mon temps, sans autre distraction que le bruit
de la cloche de la femme de charge, sans autre société que
celle de mes livres et de mes anciens joujoux. Toutes les
fautes, même celles des enfants, entraînent avec elles un
châtiment quelconque. J'avais toujours été d'humeur inso-
ciable, exclusive, n'aimant qu'un être au monde, et personne ne s'intéressait à moi. Miss Murray m'avait envoyé
mes malles et ne s'était plus inquiétée de ce que j'étais devenue. Je ne voyais pas mon grand-père; ma cousine ne

venait jamais dans ma chambre, ne m'appelait jamais dans la sienne, et mistress Digby suivait l'exemple de sa maîtresse. Quant à mistress Mark, elle aurait pu être négligente à mon égard, me laisser mourir de faim ou me tyranniser impunément; mais bien qu'elle me considérât toujours comme un petit animal, et qu'elle continuât de m'appeler Burns, elle me soignait en conscience.

C'est-à-dire qu'elle ne me laissait manquer de rien; mais je languissais dans l'abandon. J'étais libre, puisque personne ne s'inquiétait de moi; j'aurais pu aller et venir, jouer dans la cour, me promener dans le parc ou dans le jardin, mais tout cela était au-dessus de mes forces. Je restais dans ma chambre, et je me contentais de regarder par la fenêtre; elle dominait de vastes prairies désertes où glissait un ruisseau qui brillait au soleil; on apercevait par delà ces prairies une bande de terrains cultivés, bornée par une ligne onduleuse de montagnes qui se déchirait tout à coup, laissait voir un coin de la mer, et permettait, comme en rêve, de plonger le regard dans l'infini auquel nous aspirons sans cesse.

Je passais des jours entiers à cette fenêtre, sans en détourner les yeux; mais l'Océan qui étincelait au soleil, qui soulevait ses flots d'écume ou brillait comme la surface d'un miroir, les pâturages fertiles qui se déroulaient au pied des montagnes, les vieux arbres du parc, les daims que je voyais bondir, les nuages qui passaient lentement dans l'air, étaient pour moi sans charme, et ce n'était pas pour les contempler que je restais immobile du matin jusqu'au soir.

L'avenue ombreuse, où le soleil, à travers les feuilles, émaillait d'or le sentier tracé dans l'herbe, avait mon premier et mon dernier regard; malgré mes déceptions de chaque jour, j'attendais Cornélius. Mon plan était arrêté; j'avais même eu, par hasard, l'occasion d'en faire l'essai. Une fois, trompée par une certaine ressemblance de taille, j'étais descendue en toute hâte, j'avais ouvert une petite porte à laquelle on ne songeait pas, et j'avais introduit dans le château un jeune homme élégant, qui, d'un air tout surpris, m'avait demandé miss Edith. Je m'étais sauvée sans lui répondre; mais le soir mistress Mark m'avait dit d'un ton sec :

« Est-ce vous, Burns, qui avez fait entrer M. Édouard par la porte de derrière?

— Oui, avais-je répondu nettement.

— Qui vous en a prié ?

— Personne ; je l'ai fait de moi-même.

— Vous l'avez fait exprès ?

— Je l'ai vu venir et je suis allée au-devant de lui.

— Pour quel motif ? »

Je gardai le silence, bien qu'elle répétât sa question sous toutes les formes.

« Malheureuse enfant ! s'écria mistress Mark en attachant sur moi ses yeux ternes, qui exprimaient la pitié, elle ne sait pas même ce qui la fait agir. »

Grâce à cette conclusion charitable, je ne fus ni grondée ni punie ; mais le lendemain je trouvai la porte fermée par un verrou que je ne pouvais pas atteindre. Cependant je ne perdis pas courage ; il y avait dans le jardin une petite porte à claire voie qui ouvrait sur la pelouse et d'où l'on apercevait l'avenue. J'allais m'y installer toutes les fois qu'il faisait beau, et j'attendais Cornélius.

C'est ainsi qu'il m'arriva de rencontrer ma cousine, dont l'élégance et la beauté m'impressionnaient vivement. Sa chambre était au-dessous de la mienne. Elle chantait une partie de la journée, et cette belle dame, dont j'entendais la voix mélodieuse et que j'entrevoyais à peine de loin en loin, me faisait l'effet d'une princesse de conte de fée, retenue par quelque mauvais génie dans un château mystérieux. « Comment vous portez-vous, chère ? » me disait-elle avec douceur, quand par hasard je me trouvais sur sa route ; et sans attendre ma réponse, elle continuait sa promenade. « Cette enfant, lui disait alors sa femme de chambre, ne se lasse pas de vous admirer.

— Chut ! Digby, » répondait-elle invariablement de manière à faire sentir qu'elle désapprouvait cette liberté, mais qu'elle la pardonnait en vertu de son indulgence ; et Digby ne manquait jamais de retomber dans la même faute, que sa maîtresse lui reprochait toujours avec la même douceur.

Une fois je trouvai miss Grainger, non pas avec mistress Digby, mais assise dans un bosquet à côté d'une femme élégante qu'elle appelait Berthe et qui pouvait avoir trente ans. Sans faire attention à elles, je pris ma place accoutumée, et la dame, après m'avoir regardée à travers son lorgnon, poursuivit l'entretien, que je n'avais pas même interrompu.

« Telles sont les conséquences d'un mariage d'amour, dit-elle d'une voix persuasive ; M. Langtone....

— Il est si vieux ! interrompit ma cousine en faisant une moue prononcée.

— C'est ce que je pensais de M. Brand, à l'époque de mon mariage ; mais il n'est pas charitable de s'occuper de l'âge des autres. Ah ! chère Edith ! l'amour est égoïste. »

Miss Grainger porta son mouchoir à ses yeux.

« Soyez généreuse, continua mistress Brand ; M. Langtone sera si bon ! il en a le moyen, vous le savez ; tandis que ce pauvre Édouard, pauvre selon toutes les acceptions du mot, pourrait à peine.... Édouard, que faites-vous là ? »

Ces dernières paroles, prononcées d'un ton bref, s'adressaient au jeune homme à qui j'avais ouvert la porte, quelques jours auparavant, et qui apparut tout à coup près de ces dames. Pour toute réponse il jeta un regard indigné sur l'orateur, et prenant Edith par la main, il l'entraîna dans une allée voisine en lui parlant avec agitation. Lady Berthe les suivit du regard en se mordant les lèvres, et attendit leur retour pendant assez longtemps. Le jeune homme revint enfin, il était pâle et semblait désespéré ; il ouvrit la porte auprès de laquelle j'étais assise, traversa la pelouse, franchit une palissade et disparut derrière les arbres. Edith arriva un instant après, elle était tout en pleurs et paraissait effrayée.

« Eh bien ! s'écria lady Berthe en allant au devant d'elle.

— Il se tuera, dit la jeune fille en sanglotant.

— Ma chère, répliqua son amie avec un soupir, Arthur disait la même chose lorsque nous nous quittâmes, et il se porte à merveille. Je suis la sœur d'Édouard, et cependant vous voyez combien je suis peu inquiète. Ne vous désolez pas ; vous viendrez ce soir avec nous chez les Milford.

— Je ne pourrai jamais, Berthe.

— Il le faut, chère enfant ; on ne doit pas couver son chagrin, c'est horriblement égoïste.

— Burns ! venez dîner, » cria la voix de mistress Mark.

J'obéis aussitôt ; et sans en connaître le motif, je fus enfermée dans ma chambre, où je restai à la fenêtre jusqu'au soir, épiant l'arrivée de mon ami avec une persistance que rien ne pouvait lasser.

« Burns ! pourquoi êtes-vous toujours à la fenêtre ? » me demanda la femme de charge, qui venait d'entrer sans que je l'eusse entendue ; mais avant que j'aie pu lui répondre, une voix sèche lui demandait à son tour :

« Quelle est, je vous prie, mistress Mark, la personne que je vous entends, aujourd'hui pour la seconde fois, appeler de ce nom étrange ? »

La porte était ouverte, et nous aperçûmes, dans le corridor, une échelle aboutissant à une trappe d'où sortait mon grand-père, qui faisait bâtir un observatoire.

« Elle n'a jamais voulu me dire son nom de baptême, monsieur, » répondit Mark en devenant écarlate.

Mon grand-père attacha sur moi ses yeux perçants et me fit signe d'approcher ; je m'avançai jusqu'au pied de l'échelle, où il se tenait toujours, il examina ma tête d'un coup d'œil rapide, et s'écria en posant sur mon crâne l'extrémité de son index :

« Fermeté, secrétivité très-développées, mais facultés morales et intellectuelles satisfaisantes. Comment vous appelez-vous ?

— Marguerite, » répondis-je.

C'était le nom de ma mère, et M. Thorntone s'éloigna immédiatement.

« Rentrez dans votre chambre, Marguerite, » me dit la femme de charge d'un ton bref.

M. Thorntone descendait l'escalier, il se retourna vers le corridor. « Miss Marguerite, dit-il en appuyant sur chacune de ses paroles, veuillez me faire le plaisir de rentrer dans votre chambre. »

Mistress Mark devint plus rouge encore, et après avoir déclaré qu'elle ne donnerait du *miss* Marguerite à personne, elle se retira de fort mauvaise humeur dans son appartement.

Je songeais à passer la soirée, comme à l'ordinaire, en tête à tête avec ma lampe et mes joujoux, lorsque entra ma cousine. Était-ce une pitié tardive qui l'amenait auprès de moi ? mon grand-père me l'avait-il envoyée, ou venait-elle, comme la marraine de Cendrillon, me visiter dans tout son éclat et remplir ma chambre de sa splendeur et de sa beauté ? Ses larmes ne coulaient plus ; elle allait chez les Milford, et avait l'air d'une princesse longtemps captive qu'un enchanteur rend à la liberté. Les boucles de ses cheveux noirs inondaient ses épaules, la joie rayonnait dans ses yeux bleus, et le plus doux sourire animait son visage. Une robe de soie rose drapait sa belle taille et couvrait ses petits pieds d'une masse de plis chatoyants; des rangs de perles étaient mêlées à sa chevelure, d'autres s'enroulaient à ses bras nus. Je la regardais en silence avec admiration; elle avait l'air si gracieux que je m'avançai pour la toucher; mais elle se recula avec effroi en étendant les mains pour me tenir à distance. « Oui, dit-elle avec un sourire, je sais.... bonsoir, petite. »

Et la vision s'évanouit.

Pourquoi me laissa-elle plus triste, plus désolée qu'avant son apparition? Pourquoi, après son départ, me rappelai-je avec plus d'attendrissement les caresses de mon père, avec plus d'amertume l'abandon où je me trouvais alors? Parfois la Providence répond à nos pensées d'une manière touchante et singulière. Au moment où j'étais le plus désespérée, la porte s'ouvrit de nouveau, je levai les yeux et j'aperçus Cornélius.

CHAPITRE V.

La joie et la surprise m'empêchèrent de parler et d'agir. Cornélius vint s'asseoir auprès de moi, et lorsqu'il m'embrassa en me demandant de mes nouvelles, j'appuyai mon isage sur son épaule et je me mis à pleurer. Il me fit relever la tête, et me regardant avec intérêt : « Comme vous êtes pâle, me dit-il, êtes-vous malade ?

— Non, lui répondis-je.

— Pourquoi êtes-vous seule? continua Cornélius en regardant autour de lui.

— Je suis toujours seule.

— Votre grand-père ne vous fait jamais venir auprès de lui?

— Oh ! non.

— Qu'est-ce qui prend soin de vous ?

— La femme de charge.

— Ne quittez-vous jamais cette chambre ?

— Je peux sortir quand je veux, aller dans le parc et dans le jardin, mais cela me fatigue.

— Pauvre petite ! comment passez-vous votre temps ?

— Je regarde par la fenêtre pendant le jour, et le soir je m'amuse toute seule.

— Il n'y a pas d'enfants qui viennent jouer avec vous ?

— Non.

— Qu'est-ce que vous apprenez ?

— Rien.

— Comment, rien ! On ne vous donne pas de leçons ?

— Non ; je lis couramment, j'écris un peu, et mistress Mark prétend que c'est bien assez.

— Assez ! reprit Cornélius avec chaleur ; mais se calmant aussitôt, mistress Mark, poursuivit-il, n'entend rien à tout cela ; une bonne éducation est le moins que M. Thorntone puisse donner à sa petite-fille.

— Je ne dois jamais être une belle dame, répondis-je.

— Qui a dit cela ? demanda Cornélius.

— M. Thorntone.

— Qu'en savez-vous ?

— Il a dit devant moi à miss Edith que je ne devais être ni institutrice, ni grande dame ; qu'une éducation vulgaire et un métier décent, tel était l'avenir qui m'était réservé. » Ces paroles m'avaient blessée au vif et je m'en souviens toujours. Cornélius me les fit répéter, le sang lui monta au visage, son regard étincela et ses lèvres tremblèrent.

« Un métier ! s'écria-t-il ; votre père qui était gentilhomme irlandais, m'a donné l'éducation d'un gentleman, et, avec la volonté de Dieu, je vous donnerai celle d'une lady. »

En disant ces mots il me serra dans ses bras. « Je ne tiendrai pas beaucoup de place, » répondis-je en levant les yeux vers lui. Cette observation parut l'étonner. « Je mange si peu, ajoutai-je, voulez-vous me prendre avec vous ? ·

— Quelle singulière enfant ! murmura Cornélius.

— Emmenez-moi, m'écriai-je en l'embrassant.

— Pourquoi voulez-vous que je vous emmène ? »

Je baissai la tête sans rien dire ; une timidité insurmontable m'empêchait de lui répondre.

« Avez-vous réellement bien envie de venir avec moi ? » reprit Cornélius après quelques instants de silence.

Je le regardai vivement. Les enfants n'ont pas de paroles pour exprimer ce qu'ils sentent, mais leurs regards sont faciles à comprendre. « Dans ce cas-là, dit Cornélius, je vous emmènerai si la chose est possible.

— Nous pouvons sortir par la porte de derrière, m'écriai-je avec vivacité.

— Marguerite, répondit gravement Cornélius, ne quittez jamais une maison par la porte de derrière, à moins que ce ne soit en cas d'incendie ; nous devons d'ailleurs parler à M. Thorntone. »

Je n'en voyais pas la nécessité ; mais je me soumis à cette décision ; et, prenant la main de Cornélius, je descendis avec lui. Nous n'aperçûmes aucun domestique, pas même la petite servante joufflue, et mon protecteur, après avoir cherché quelqu'un qui pût nous introduire, frappa résolûment à la porte de mon grand-père. « Entrez, » nous répondit une voix sèche. M. Thorntone, cette fois, au lieu d'être absorbé par un microscope, tenait à la main un compas et avait le corps penché sur une carte qui couvrait toute la table.

Il releva les yeux lorsque nous approchâmes, et s'écria d'un air de détresse des plus risibles :

« M'amenez-vous encore une petite-fille, monsieur ?

— Non, monsieur, c'est la même.

— Bien sûr ?

— Vous avez raison d'en douter, monsieur, reprit Cornélius ; l'enfant que j'ai amenée dans cette maison il y a un mois est singulièrement changée ; questionnez-la, monsieur, afin de vous assurer du traitement qu'à votre insu, je n'en doute pas, votre petite fille a subi dans votre demeure. »

Mon grand-père lança au jeune homme un regard pénétrant, et sa figure s'assombrit, non pas quant à la nuance, mais quant à l'expression.

« Approchez, me dit-il, et bien que vous ayez la bosse de la secrétivité largement développée, rappelez-vous que je veux savoir la vérité tout entière. Avez-vous une nourriture suffisante ?

— Oui, monsieur.

— Pourquoi ne mangez-vous pas ?

— Je mange à ma faim.

— Pourquoi mistress Mark vous bat-elle ?

— Elle ne m'a jamais battue, répliquai-je avec hauteur.

— Pourquoi vous a-t-elle maltraitée ?

— Elle ne m'a pas maltraitée. »

M. Thorntone regarda Cornélius d'un air de triomphe iro-nique. « Je n'ai jamais voulu dire, reprit celui-ci avec cha-leur, que Marguerite Burns ait été battue par vos gens et qu'elle ait souffert de la faim chez vous, monsieur ; je ne le supposerai jamais, Dieu m'en garde ; mais je me plains de l'abandon, de l'oisiveté, de l'ignorance honteuse dans lesquels cette enfant est laissée.

— Sur ma parole, monsieur, répliqua mon grand-père en posant son compas et en toisant Cornélius du regard, vous vous mêlez des affaires de ma famille avec un sang-froid que je ne saurais trop admirer.

— M. Thorntone, répondit Cornélius d'un ton ferme et digne, c'est moi qui vous ai amené Marguerite, et j'ai par cela même le droit de m'occuper d'elle ; vous l'avez reconnu, monsieur, en l'interrogeant tout à l'heure, d'après la demande que je vous en avais faite.

— Je vous l'accorde, répliqua mon grand-père en se pen-chant de nouveau sur sa carte ; mais je ne reconnais pas avec vous, monsieur, qu'on ait à se plaindre du traitement qui a été suivi à l'égard de cette petite ; d'ailleurs je m'en rappor-terai à elle. Si vous avez besoin de quelque chose, dites-le et vous l'aurez, en supposant que ce soit raisonnable, ajouta M. Thorntone en s'adressant à moi.

— Je veux m'en aller d'ici, répondis-je sans hésiter.

— Fort bien ; je vais vous mettre en pension.

— Je veux aller avec M. O'Reilly, m'écriai-je.

— Il paraît que M. O'Reilly vous plaît infiniment, ré-pondit mon grand-père. Eh bien ! qu'il vous emmène, qu'il vous abandonne, qu'il fasse de vous ce que bon lui sem-blera.

— Je vais mettre mon chapeau ? demandai-je à Cornélius en courant auprès de lui.

— Mon enfant, répondit-il avec douceur, il vaut mieux que

M. Thorntone vous mette en pension, où vous apprendrez tout ce que vous devez savoir.

— Elle n'a pas besoin de savoir grand'chose, interrompit mon grand-père.

— Il faut pourtant bien qu'on l'instruise, répliqua Cornélius.

— Elle n'est pas destinée à être une lady.

— Permettez-moi de vous faire observer....

— Monsieur, je vous permets d'emmener cette petite, d'en disposer comme bon vous semblera, mais non pas de me faire des remontrances.

— Je vous prends au mot, dit Cornélius avec feu ; j'emmène Marguerite et je me charge de son éducation ; il serait étrange que je ne fisse pas pour elle ce que son père a fait pour moi. Merci, monsieur, de m'avoir accordé la faveur que je désirais obtenir et que je ne savais pas vous demander. »

M. Thorntone parut à la fois surpris et mécontent.

« Qu'il soit fait comme vous le désirez, dit-il enfin. Il est clair que je n'ai pas grande affection pour cette enfant, ne pouvant pas oublier de qui elle tient son visage. Vous vous intéressez à elle.... c'est différent ; vous éprouvez le désir d'en faire une lady n'ayant ni sou ni maille, elle veut elle-même aller avec vous ; soyez satisfaits tous les deux. Si elle vous devient à charge ou qu'elle vous embarrasse, renvoyez-la ici ; en mon absence, mistress Mark la recevra. Je ne refuse aucunement, vous le comprenez sans doute, de pourvoir à ses besoins ; toutefois je suppose, ajouta-t-il en regardant Cornélius, que....

— Oui, monsieur, interrompit gravement le jeune homme.

— Très-bien, monsieur, chargez-vous d'elle entièrement, puisque tel est votre bon plaisir. »

Un quart d'heure après nous avions quitté la maison de mon grand-père et nous étions sur la route de Ryde, d'où Cornélius avait l'intention de repartir immédiatement pour Londres.

« Êtes-vous lasse, Marguerite ? me dit-il après avoir marché quelque temps en silence.

— Oh, non ! » répondis-je.

Cette question m'avait fait oublier jusqu'au sentiment de

la fatigue ; la peur d'être laissée en arrière me prêtait une force factice ; mais bientôt mes pauvres pieds devinrent tellement douloureux qu'ils refusèrent d'aller plus loin, et je fus contrainte de m'arrêter dans l'endroit le plus désert et le plus triste de la route.

« Qu'avez-vous ? me demanda Cornélius.

— Je ne peux plus marcher, répondis-je.

— Vraiment ?

— Plus du tout, ajoutai-je en m'asseyant sur une borne et en me mettant à pleurer.

— Je vais vous porter, répliqua-t-il.

— Je suis très-lourde. »

Cornélius se mit à rire et s'avança pour me prendre.

« Cela vous fatiguera, continuai-je.

— Ne vous inquiétez pas ; j'ai reçu de la nature une force extraordinaire, et je vous porterai sans m'en apercevoir. »

Il me prit avec une facilité qui justifiait cette assertion. Je lui passai mon bras autour du cou, et posant ma tête sur son épaule, je m'abandonnai avec bonheur à ce mode de transport à la fois si doux et si nouveau pour moi. J'avais cependant toujours peur de le fatiguer, et je ne pus m'empêcher de le lui dire.

« Malgré votre poids énorme, me répondit-il en riant, je n'éprouve pas la moindre lassitude. Mais pourquoi tremblez-vous ? Avez-vous froid ?

— Non, répliquai-je en frissonnant.

— J'espère bien que ce n'est pas autre chose, reprit Cornélius. » Il défit l'agrafe de son manteau, m'enveloppa de l'étoffe épaisse dont il était lui-même entouré, et nous arrivâmes bientôt à Ryde, où il ne voulut pas me laisser mettre pied à terre avant de m'avoir déposée dans l'auberge.

« Votre porte-manteau n'a rien à craindre ici, monsieur lui dit l'hôtesse en lui désignant une place où étaient déjà plusieurs paquets.

— Je n'ai pas de porte-manteau, répondit Cornélius en pénétrant dans le parloir, c'est une petite fille.

— Sans doute la vôtre, monsieur, reprit l'hôtesse.

— Ma fille ! non.

— Votre sœur, alors ?

— Pas davantage, » répliqua-t-il d'une voix brève.

Il me prit la main, la trouva brûlante, et s'écria tout à coup :

« Y a-t-il un médecin près d'ici, madame?

— Il y a M. Wood.

— Envoyez-le chercher immédiatement; j'ai peur que cette pauvre petite ne soit malade. »

L'hôtesse jeta sur Cornélius un regard soupçonneux; mais elle obéit à la demande qui lui était faite, et rentra dix minutes après avec un petit homme habillé de noir, qui s'introduisit dans la chambre en s'inclinant, me prit le poignet, qu'il tint délicatement entre le pouce et l'index, regarda le plafond d'un seul œil pendant quelques minutes, rentra le bout de sa langue, qu'il avait porté au coin de sa bouche, laissa retomber ma main et dit avec emphase :

« Cette jeune personne n'a qu'un peu de fièvre.

— Vous êtes bien sûr que cela n'a aucune gravité, lui demanda Cornélius.

— Parfaitement sûr, répondit M. Wood. Quant à cette jeune personne.... ce n'est pas votre fille, monsieur?

— Non, répondit Cornélius avec impatience.

— Quant à cette jeune personne, reprit le médecin d'un ton calme, je dois vous faire observer qu'elle est d'un tempérament très-nerveux, qui réclame.... Ce n'est pas votre sœur?

— Non, répondit Cornélius.

— D'un tempérament très-nerveux, qui réclame un exercice modéré, beaucoup de douceur, peu d'étude, et surtout pas de ces émotions violentes qui attaquent profondément les sources mêmes de la vie chez ces êtres délicats, trop jeunes pour en supporter.... Ce n'est pas votre pupille?

— Non.... si..., répondit Cornélius avec hésitation.

— Trop jeunes pour en supporter....

— Excusez-moi, monsieur, interrompit sèchement mon protecteur; mais la diligence va bientôt passer; je vous prie de vouloir bien me dire s'il y a quelque chose à faire pour la fièvre de cette enfant.

— Oui, répondit le médecin d'un ton non moins sec; la première chose à faire est de coucher la malade.

— La coucher! dit Cornélius d'un air inquiet.

— Immédiatement; la seconde est de lui administrer une potion calmante afin qu'elle puisse reposer.

— Il faut alors que nous passions la nuit ici?

— Qu'elle puisse reposer profondément, continua M. Wood; la troisième est de ne pas l'enlever de cette maison avant au moins douze heures.

— Vous aviez dit, monsieur, que ce n'était qu'un peu de fièvre.

— Cela pourrait devenir autre chose, répondit l'inexorable médecin. »

Cornélius se résigna en soupirant et m'abandonna aux soins de notre désagréable hôtesse. Elle me conduisit dans une petite chambre froide, où je me laissai mettre au lit sans faire la moindre résistance; mais quand elle essaya de me faire prendre la potion que M. Wood avait envoyée, je me tournai du côté de la ruelle; ne parvenant pas à triompher de mon obstination, l'hôtesse me quitta d'un air indigné. La porte s'ouvrit bientôt après, et Cornélius entra; il avait l'air sérieux et je m'attendais à être grondée; mais il me dit avec douceur, en s'asseyant auprès de mon lit :

« Marguerite, pourquoi ne voulez-vous pas prendre votre potion? »

Je gardai le silence. Il porta la cuiller à ses lèvres et reprit avec bonté, en approchant la tasse de ma bouche :

« Ce n'est pas mauvais; goûtez-y.

— Je ne veux pas dormir, répondis-je d'un air ému.

— Pourquoi cela, mon enfant?

— Vous partiriez sans moi.

— Et pourquoi partirais-je sans vous?

— Parce que vous ne m'aimez pas autant que papa, et que cela vous sera bien égal de me laisser à l'auberge. »

Il est probable qu'il fut touché de ma tristesse, car il me dit avec chaleur : « Sur ma parole, enfant, je ne vous laisserai nulle part; j'aimerais autant conduire un agneau favori au boucher que de vous ramener à Thorntone-House, et j'arracherais du nid un pauvre oiselet n'ayant pas d'ailes, plutôt que de vous abandonner. »

Je bus la potion tout entière. Cornélius, pour me récompenser, me promit de rester auprès de moi jusqu'à l'instant où je commencerais à dormir. Je fis tous mes efforts pour retarder le moment où il devait s'éloigner, mais vaincue bientôt par une force plus puissante que la mienne, je cédai peu à peu au sommeil. Cornélius me regardait; je me rappelle encore son sourire; puis tout disparut dans l'ombre, jusqu'à ce que son visage s'effaça de mon esprit.

Le lendemain matin je n'avais plus de fièvre. L'hôtesse m'habilla d'un air de mauvaise humeur, et me conduisit au parloir, où Cornélius lisait le journal auprès de la table; il parut très-satisfait de ce que j'étais guérie, et me dit en riant :

« Eh bien! Marguerite, je ne me suis pas sauvé. »

Je baissai la tête en silence.

« Pauvre enfant, ajouta-t-il, en m'attirant vers lui, qui donc serait assez cruel pour faire une pareille chose et même pour y songer? Ne serait-ce pas, au surplus, contre toutes les lois de l'honneur que d'abandonner une beauté malheureuse? Cornélius O'Reilly n'oserait plus paraître au grand jour après s'être rendu coupable d'une action aussi noire. »

Il s'amusait beaucoup de l'air mystifié de l'hôtesse; et, pour l'embarrasser davantage, il se plut à m'entourer de soins et d'égards pendant tout le déjeuner. La pauvre femme était de plus en plus confuse, lorsque, pour finir de l'édifier sur mon compte, arrivèrent les malles de miss Burns qu'on envoyait de Thorntone-House.

Nous partîmes de bonne heure; c'était par un beau jour d'automne, et le voyage fut des plus agréables. Quand vint la fraîcheur du soir, Cornélius partagea son manteau avec moi, comme il l'avait fait la veille, et je m'endormis bercée par le mouvement de la voiture. J'ouvris une ou deux fois les paupières; il n'y avait pas d'étoiles; les arbres et les maisons passaient rapidement dans l'ombre. Je refermai bien vite les yeux et ne tardai pas à me rendormir, la tête appuyée sur Cornélius, dont les bras étaient passés autour de moi pour m'empêcher de tomber.

Je me souviens confusément d'être arrivée dans une grande ville, d'avoir quitté la diligence pour monter dans un cab où je me suis rendormie, et de m'être réveillée en sursaut à la voix de Cornélius, qui disait : « Nous voilà chez nous, Marguerite. »

Cornélius me prit dans ses bras, me descendit de voiture, et le cab s'éloigna de l'allée solitaire où il nous avait déposés.

CHAPITRE VI.

La nuit était obscure et je ne vis, en regardant autour de moi, qu'une muraille à demi noyée dans l'ombre, la cime de quelques arbres et une petite porte en bois ; un filet de lumière, qui traversa les fentes de cette porte, et le bruit d'un pas rapide dispensèrent mon protecteur de sonner. La porte s'ouvrit sans résistance, et une dame habillée de noir et tenant une lampe à la main apparut sur le seuil. Aussitôt que nous fûmes entrés, elle embrassa Cornélius, et d'une voix ardente et mélodieuse qui semblait être l'écho adouci de la voix de son frère :

« Dieu soit loué ! s'écria-t-elle ; j'ai eu tant d'inquiétude !

— N'as-tu pas reçu ma lettre ?

— Si ; mais j'avais fait un si mauvais rêve !

— Un rêve, Kate !... répondit Cornélius d'un ton à demi railleur ; puis, s'inclinant au lieu d'achever sa phrase, il embrassa plusieurs fois la dame, et chaque fois avec une tendresse plus vive.

— Comment va l'enfant ? Où est-elle ? demanda miss O'Reilly.

— Elle va bien, elle est là.... A propos, ses malles.

— Ne t'en inquiète pas, Déborah va les prendre ; conduis-la dans la maison.

— Par ici, Marguerite ! » dit Cornélius, et après m'avoir fait traverser le jardin, il me fit entrer dans un petit parloir, ayant un air d'élégance qui me séduisit tout d'abord ; les meubles en étaient simples, mais à la fois confortables et de bon goût ; quelques tableaux et de belles gravures décoraient la muraille, une bibliothèque, bien garnie, faisait face à un piano en bois de rose, une grande table, couverte de livres, occupait le centre de la pièce, et une jardinière, remplie de fleurs splendides, était placée dans la baie profonde que constituait la fenêtre.

« Eh bien ! demanda miss O'Reilly dès que nous fûmes dans le parloir, où est notre petite sauvage ?

— La voici, » répondit Cornélius en me conduisant vers sa sœur. Il se tenait derrière moi, la main légèrement appuyée sur mon épaule et regardait miss Kate, dont les yeux lui répondirent ; elle abaissa la lumière pour mieux voir ma figure, posa sa lampe, et alla s'asseoir auprès du feu qu'elle contempla d'un air pensif.

Elle ressemblait beaucoup à Cornélius et n'était pas moins belle que lui, bien qu'elle fût son aînée d'au moins dix ou douze ans. D'une fraîcheur délicate, elle avait les cheveux bruns, les sourcils finement arqués et les yeux transparents de son frère, dont elle différait néanmoins par l'expression du visage ; le sien avait autant de fermeté, mais plus de calme dans la physionomie ; c'était la même bienveillance avec moins de bonne humeur. Simplement vêtue de noir, sa chevelure abondante et soyeuse était relevée derrière la tête par deux épingles de jais ; ses petites mains, d'une forme charmante, étaient croisées sur ses genoux, et malgré la simplicité de sa toilette et l'abandon de l'attitude qu'elle avait prise, on devinait l'élégance de sa taille à la fois noble et gracieuse.

« Qu'en dis-tu ? lui demanda Cornélius à demi-voix.

— Elle ressemble à son père, répondit-elle avec un sourire de triomphe, mais sans détourner la tête ; elle a ses yeux brillants, quel dommage qu'elle n'ait pas ses beaux cheveux, à la place de ces boucles molles, d'un blond pâle et maladif ! Viens ici, petite fille, » ajouta-t-elle en me présentant la main.

J'hésitai à lui donner la mienne. « Elle est très-timide, je t'en avertis, dit Cornélius.

— Je la guérirai de sa timidité, n'aie pas peur. Viens ici, Midge [1]. »

Elle avait dans les manières cette franchise qui gagne le cœur des enfants ; d'ailleurs la ressemblance qu'elle avait avec son frère me rendait plus communicative à son égard

1. Moucheron.

que je ne l'étais ordinairement avec les étrangers. « Midge n'est pas mon nom, répliquai-je en lui donnant la main.

— Il aurait pu l'être, chère petite miniature.

— Je m'appelle Marguerite ; c'était aussi le nom de maman. »

Miss O'Reilly lâcha la main que je lui avais donnée et se leva tout à coup ; mais revenant auprès de moi, elle me dit avec calme :

« Tu es couverte de poussière, pauvre enfant, nous allons monter dans ta chambre. » Elle me prit de nouveau la main et me conduisit dans une jolie petite pièce, où elle déballa ma garde-robe et m'habilla de pied en cap avec une promptitude qui paraissait lui être naturelle. Lorsque nous rentrâmes dans le parloir, Cornélius était couché sur un divan placé près de la cheminée, sa belle tête reposait sur un coussin, et la flamme vacillante éclairait sa figure ; miss Kate s'approcha du divan, passa la main dans les cheveux de son frère, s'inclina vers lui et d'une voix pleine de douceur :

« Tu es fatigué ? lui dit-elle.

— Non, du tout, répondit Cornélius ; pas le moins du monde ; où est Marguerite? »

Il releva la tête, me fit signe d'approcher et de m'asseoir auprès de lui. J'obéis sans rien dire et je regardai le frère et la sœur, dont la ressemblance était pour moi pleine de charme. Tout enfant que j'étais alors, je me sentis émue par le sourire plein de tendresse de miss O'Reilly, qui préludait cependant à une question plus fraternelle que poétique.

« Que veux-tu manger ce soir, dit-elle à Cornélius, du jambon ?

— Rien du tout, Kate, nous avons dîné en route.

— Mais elle ?

— Tu veux dire Marg....

— Oui, » interrompit Kate avec impatience.

Cornélius regarda sa sœur, qui, après m'avoir demandé si j'avais faim, alla tirer la sonnette ; une bonne à l'air décent apporta un plateau, et lorsque le thé fut fait et versé, miss O'Reilly s'adressant à moi du ton vif qu'elle avait presque toujours.

« Enfant, chose, me dit-elle, donne cette tasse à Cornélius.

— Mon nom est Marguerite, répondis-je un peu vexée d'être appelée chose.

— Je le sais bien, murmura-t-elle à demi-voix.

— Marguerite.... répéta Cornélius d'un air rêveur en prenant la tasse que je lui avais apportée, diminutifs Peg, Meg, Peggy ; lequel de ces trois noms préférez-vous, enfant ?

— Je ne les aime pas, répondis-je, ils sont trop laids.

— Mar-gue-ri-te ! quatre syllabes, je n'aurai jamais le temps de les prononcer ; Catherine est devenue Kate ; on vous appellera Meg.

— Je ne veux pas, dis-je en posant ma tasse sur la table, auprès de laquelle j'étais assise.

— Eh bien ! ce sera Peg.

— Je ne veux pas me nommer Peg.

— Dans ce cas-là ce sera Peggy.

— Non, m'écriai-je indignée.

— Ne la tourmente pas, dit miss Kate.

— Meg, donnez-moi un peu de lait, » reprit Cornélius avec calme. J'étais sur le point de pleurer ; mais cependant j'obéis ; c'était reconnaître le nom qui m'avait été donné.

« Merci, Meg, dit Cornélius en me rendant le pot au lait.

— Pourquoi la tourmenter ? répéta sa sœur.

— Elle est à moi et je lui donnerai le nom qui me plaira ; je ne peux pas souffrir celui de Marguerite.

— Papa disait qu'il n'y en a pas de plus joli, insinuai-je.

— Affaire de goût, répondit-il d'un ton sec. Je préfère celui de Catherine. »

Cornélius rougit en disant ces paroles, et miss Kate posa la tasse qu'elle allait porter à ses lèvres.

« Papa disait toujours que c'était le nom d'une fleur, poursuivis-je avec insistance.

— A laquelle vous ne ressemblez pas du tout, répondit Cornélius ; il y a dans le parterre bien d'autres noms plus brefs et plus doux que Marguerite : Violette, Rose, Lis....

— J'aime encore mieux mon nom.

— Meg ou Peggy ?

— Cela m'est égal, » répondis-je d'un air découragé.

Il vit que mes yeux s'emplissaient de larmes.

« Pauvre enfant ! reprit-il d'une voix où perçait la pitié ; il faut chercher autre chose ; Kate, si on l'appelait Daisy, le nom botanique des marguerites ?

— Comme tu voudras, Cornélius ; mais ne la tourmente pas, dit-elle avec tristesse.

— C'est-elle qui en décidera. »

Il me demanda ce que j'en pensais. J'étais heureuse d'échapper à Meg et à Peg ; et depuis lors je fus appelée Daisy.

« Tu imposes déjà ta volonté à cette pauvre petite, reprit miss Kate en regardant Cornélius ; elle paraît pourtant passablement obstinée.

— Raison de plus pour qu'il soit agréable de la faire obéir. Quelles nouvelles ? demanda-t-il après un instant de silence.

— On t'a fait demander hier au soir, et deux fois aujourd'hui. »

Cornélius rejeta en arrière la masse de ses cheveux bruns par un geste qui lui était habituel, mais ayant rencontré le regard de sa sœur, il se dérida et répondit avec un sourire :

« Je suis enchanté d'avoir une aussi grande importance.

— C'est M. Trim qui est venu ce soir.

— On ne peut plus aimable à lui de venir visiter ma sœur pendant que je n'y suis pas.

— Il prétend que c'est bien dommage que tu ne prennes pas les affaires plus au sérieux.

— Je leur en donne pour deux mille francs ; n'est-ce pas le chiffre exact de mon salaire ?

— Il a enfin obtenu cette place qu'on lui a si longtemps promise et qui lui en vaut douze mille cinq cents, continua miss O'Reilly.

— Et il t'a demandée en mariage ? s'écria Cornélius d'un ton joyeux en se redressant tout à coup.

— Quelle sottise ! répondit-elle impatientée ; mais qui aura la place de Trim ?

— Et qui fera sa besogne ? ajouta Cornélius en reprenant avec indolence sa première attitude, ma foi, je n'en sais rien, Kate.

— Trim s'en va le mois prochain, dit miss O'Reilly en fixant les yeux sur son frère.

— Qu'il s'en aille, si bon lui semble.

— Permettras-tu que ce petit Brigg le remplace ?

— Pourquoi pas ? »

Les yeux de miss O'Reilly étincelèrent.

« Tu permettras à ce petit Brigg de te passer sur le corps ? s'écrie-t-elle avec indignation.

— Oui, répondit Cornélius en réprimant un bâillement, oui, Kate.

— Tu n'as pas de cœur.

— Pas un atome.

— Il y a une grande différence dans les appointements, Cornélius.

— Et dans le travail, Kate. Je frémis en pensant au nombre de lettres fastidieuses que l'infortuné Brigg sera obligé d'écrire ; et quand je pense à toutes les additions, soustractions et divisions que le malheureux devra examiner, j'ai mal à sa pauvre tête.

— As-tu peur du travail, Cornélius ?

- Je le déteste, chère sœur. »

Miss O'Reilly fourgonna le brasier avec violence ; puis attachant sur son frère un regard plein de fermeté :

« Je n'en crois rien, » lui dit-elle.

Cornélius se mit à rire.

« Toi, paresseux ? allons donc ! je ne l'admettrai jamais.

— Tu as tort ; c'est le besoin impitoyable, et lui seul, qui me contraint chaque jour d'aller dans la Cité.

— Je déteste la Cité.

— Qu'est-ce qu'elle t'a fait ? je conviens qu'elle est fumeuse, boueuse, brumeuse....

— Je souhaiterais qu'au lieu de tirer les oreilles de cette enfant comme si elle était un épagneul, tu voulusses bien parler raison ; viens ici, Primevère, » ajouta-t-elle en s'adressant à moi.

Je tournai les yeux vers Cornélius, qui machinalement déroulait une boucle de mes cheveux.

« Eh bien ! » dit miss Kate.

Il avait souri en voyant que j'interrogeais sa figure ; mais son regard disait clairement que je devais obéir à sa sœur, et j'allai m'asseoir sur un coussin aux pieds de miss O'Reilly.

« Veux-tu parler raison, Cornélius ? reprit Kate.

— Certainement.

— Aimes-tu, oui ou non, la carrière que tu as prise ? »

Il né répondit pas.

« J'ai toujours pensé, continua sa sœur, qu'un tabouret de commis était indigne de toi ; s'il te déplaît, quitte-le ; s'il te convient, cherche au moins à l'élever.

— C'est-à-dire que je fasse beaucoup plus de besogne, que je gagne un peu plus d'argent, et tout cela pour être au bout de l'année ce que j'étais au commencement : un pauvre diable de commis....

— Pourquoi rester commis ?

— Parce que, malgré ma paresse, il faut que je travaille pour vivre. Ne me questionne plus, Kate, je ne te répondrai pas. »

Cornélius se rejeta sur le divan de manière à faire comprendre qu'il tiendrait sa promesse.

« Veux-tu souper ? lui demanda miss O'Reilly avec autant de calme que si rien ne s'était passé.

— Oui, chère sœur, » répondit-il gaiement. Elle sortit du parloir ; quand elle eut fermé la porte, Cornélius se releva et posa son front sur sa main ; d'insouciante qu'elle était l'instant d'auparavant, sa figure devint pensive ; tout à coup il releva la tête, qu'il secoua d'un air de triomphe, un glorieux sourire éclaira son visage. J'étais en face de lui, toujours à la place où miss Kate m'avait laissée ; il tressaillit légèrement à ma vue et s'écria d'une voix qui trahissait l'impatience :

« Ne me regardez pas comme cela, enfant ; prenez un livre. » Il se pencha sur la table, saisit un volume illustré qu'il me passa en me disant que cela m'amuserait beaucoup plus que de contempler sa figure. Je pris le volume et ne levai pas les yeux jusqu'au moment où Déborah vint apporter le souper.

Après le repas, miss O'Reilly me donna la main et me conduisit vers son frère, qui était debout devant la cheminée ; il me souhaita le bonsoir, tandis que sa sœur lui présentait son front.

« Est-ce que tu ne vas pas redescendre ? lui demanda-t-il.

— Non, je me sens envie de dormir. »

Il la regarda au fond des yeux, lui passa le bras autour de la taille et lui dit d'un ton moitié plaisant, moitié flatteur :

« Que tu es belle, Kate ! Ce sera bien fâcheux pour le repos de mon âme si jamais je rencontre....

— Sois tranquille, répondit-elle en étouffant un soupir, jamais ton repos ne sera compromis par une brune ; donne, moi bien vite un baiser afin que je m'en aille. »

Cornélius l'embrassa avec une lenteur pleine de tendresse; elle détournait la tête et paraissait émue ; le silence affectueux de son frère avait sans doute pour elle une signification que je ne pouvais pas saisir.

Arrivée dans sa chambre, elle me déshabilla sans prononcer un mot; puis, me regardant, comme j'allais me mettre au lit : « Eh bien! dit-elle, ne sais-tu pas qu'on doit faire sa prière ?

— Je disais toujours la mienne à papa, répondis-je un peu blessée.

— Dans ce cas, tu vas me la dire. »

Elle alla s'asseoir au bord du lit, prit mes deux mains dans les siennes, attacha sur moi ses yeux bruns et transparents, et m'écouta jusqu'à la fin. Puis elle me coucha, tira les rideaux, et s'éloigna en me disant qu'il fallait dormir tout de suite.

J'avais obéi à miss Kate et je ne sais pas quelle heure il pouvait être lorsque des gémissements étouffés me réveillèrent. Une bougie brûlait dans la chambre, je me mis à mon séant sans faire de bruit, et je regardai par l'ouverture que les rideaux laissaient entre eux. La sœur de Cornélius était agenouillée devant une table où était posée sa lumière ; elle avait un livre sous les yeux, mais elle ne lisait pas ; affaissée sur elle-même comme la Madeleine pénitente, les mains jointes, la tête inclinée, elle pleurait amèrement. Cette belle personne que j'avais vue dans la soirée pleine de verve et d'éclat, était pâle comme la mort et paraissait courbée sous le poids d'un violent chagrin. « Seigneur, disait-elle au milieu de ses larmes, que ta volonté soit faite et non la mienne. » Elle répétait ces paroles avec insistance, comme si elle eût vainement cherché cette résignation qu'exprimaient ses lèvres tremblantes.

Elle se releva enfin, et je me glissai bien vite sous la couverture ; à peine avais-je repris ma place que miss Kate, s'approchant du lit, en écarta les rideaux ; je fermai les yeux sans savoir pourquoi ; elle se pencha au-dessus de ma tête, je sentis sa douce haleine échauffer mon visage, et un long baiser effleura ma joue et mon front. Quand elle fut couchée auprès de moi, je soulevai ma paupière; la chambre était noire, miss Kate ne bougeait pas, et je m'endormis profondément.

CHAPITRE VII.

Lorsque je m'éveillai le lendemain matin, je fus éblouie par le soleil qui remplissait la chambre. J'étais seule, mais j'entendais la voix de miss O'Reilly dans l'escalier.

« Déborah, disait-elle, ne manquez pas de nettoyer les marches de cette porte. »

Elle entra en achevant ces paroles; ses joues étaient fraîches, ses yeux brillants, et d'une lèvre souriante elle me demanda si j'avais bien dormi, ajouta que j'avais bon visage, m'aida à m'habiller, tout en causant d'un air joyeux, et me conduisit dans une petite salle où le déjeuner m'attendait, mais où mon regard chercha vainement Cornélius.

« Il est à son bureau et ne reviendra qu'à cinq heures, me dit miss O'Reilly. Comment! déjà fini! Tu ne manges pas assez, chère enfant; va courir dans le jardin, amuse-toi, prends un peu d'exercice. »

Elle ouvrit une porte vitrée par laquelle on entrevoyait un jardin plein de verdure et de soleil, qui, malgré une certaine étendue, avait l'air d'un simple bosquet à la fois sauvage et parfumé. Un vieux cadran solaire en pierre grise et moussue s'élevait au milieu d'une pelouse, qu'un petit sentier séparait d'un massif de lilas et de cytises, mêlés à un fouillis de genêts et de bruyère. Suivant la saison, croissaient dans ce massif, en dépit de cette négligence apparente, des jacinthes bleues, des fleurs de toute espèce, des roses chargées de parfums, des reines marguerites, des asters et des chrysanthèmes. La muraille disparaissait derrière cette profusion de fleurs délicates ou odorantes, et quand par

hasard on l'apercevait à travers le feuillage, elle avait bien
son charme ; c'était un vieux mur à demi tombé, au sommet garni de giroflées et de linaires, à la base drapée d'un
lierre sombre qui rampait dans l'allée. Çà et là quelques
vieux clous, jaunis par la rouille, soutenaient les tiges em-
mêlées du chèvre-feuille et du jasmin, où butinaient des
abeilles dont la ruche était voisine. Deux grands peupliers
s'élevaient de chaque côté de la porte par laquelle nous
étions arrivés, et répandaient leur ombre mouvante sur cet
endroit béni qu'ils remplissaient de leur murmure. De l'autre
côté de la muraille la ruelle était silencieuse ; autour de nous
s'étendaient de grands jardins, où de paisibles demeures
s'abritaient sous les arbres ; et par delà ces jardins se déployait l'horizon, borné par des collines où des nuages s'ar-
rêtaient paresseusement depuis le matin jusqu'au soir.

Le jour où, pour la première fois, j'entrai dans le jardin
de miss O'Reilly, c'est à peine s'il y avait encore un peu de
chaleur et de verdure ; les peupliers l'avaient jonché de
feuilles mortes, et l'on n'y voyait plus d'autres fleurs que
des asters, quelques roses tardives et des massifs de chrysanthèmes. Lorsque j'eus fait le tour du jardin, j'allai m'asseoir sur la pierre qui servait de base à la colonne du cadran,
et je regardai la maison.

C'était l'une de ces anciennes demeures peu élevées, cou-
vertes en tuiles rouges, que l'on peut voir encore à la ceinture de Londres, et que l'on démolit chaque jour pour faire
place à des villas et à des cottages modernes. Placée entre
une ruelle déserte et une rue peu fréquentée, cette maison
bâtie en briques, aux fenêtres divisées par de nombreux
carreaux, était à demi cachée sous un vieux lierre qui en
abritait le porche, et la couvrait d'une ombre à la fois douce
et profonde ; du pignon, qu'il garnissait entièrement, ce lierre
descendait sur le mur du jardin et formait un rideau qui
séparait de l'habitation de miss Kate une maison beaucoup
plus grande, et dont la nôtre, à vrai dire, n'était qu'une
dépendance. Cette maison appartenait également à miss
O'Reilly, qui la possédait depuis peu et qui avait l'intention
d'en tirer parti en la louant. De chaque côté du vieux mur,
le double édifice était environné de gros arbres ; il avait un
air de calme et de solitude, en un mot, l'aspect d'une vieille

demeure où de nombreuses générations ont vécu, ont aimé tour à tour.

Après l'avoir regardée pendant longtemps, je me mis à suivre des yeux les progrès d'une toile d'araignée, l'une de mes occupations favorites lorsque j'étais chez mon père.

« Eh bien ! » s'écria la voix franche et timbrée de miss O'Reilly.

Le soleil donnait en plein sur la maison et sur les dernières marches qui descendaient au jardin ; miss Kate, debout sous le vieux porche entouré de lierre, brillait comme une fleur dans l'ombre ; elle me regardait d'un air pensif, la tête légèrement inclinée sur l'épaule droite, et me demanda pourquoi je restais assise, au lieu de courir dans le jardin.

« Cela me fatigue, répondis-je.

— Pauvre créature ! dit-elle avec bonté ; il faut pourtant prendre de l'exercice. Rentre, Daisy ; vas et viens dans la maison, monte et descends l'escalier, ouvre les armoires, regarde, fais quelque chose.

— Oui, madame, répliquai-je toute surprise des ordres bizarres qui m'étaient adressés.

— Appelle-moi Kate, Daisy ; tu entends bien. »

Je fis ce qu'elle désirait, car il était, comme à son frère, bien difficile de lui dire non ; et encouragée par son sourire, je commençai mon voyage de découvertes. La seule chose de la maison qui m'offrit quelque intérêt fut une chambre qui était placée dans les combles et que je pris pour un garde-meuble. Elle était remplie de statuettes, de bas-reliefs, de bustes en plâtre, de vieux tableaux sans cadre, dont la plupart avaient la face tournée contre le mur ; quelques-uns étaient exposés au soleil qui entrait par la fenêtre ouverte, et devant cette fenêtre se trouvait une table de bois blanc sur laquelle je montai après avoir regardé les peintures.

« Que fais-tu là ? Veux-tu bien descendre, me dit miss O'Reilly en entrant tout à coup.

— Je ne peux pas voir la mer, répliquai-je tristement.

— Je le crois sans peine. Mais ces tableaux, pourquoi les avoir retournés ?

— Je les ai trouvés comme cela. »

Kate fronça légèrement les sourcils, et alla poser les tableaux contre le mur.

« Il ne faut jamais entrer dans cette chambre, me dit-elle d'un air grave; c'est le cabinet de Cornélius, l'endroit où il vient écrire.

— C'est lui qui a fait ces tableaux? demandai-je avec un intérêt subit.

— Non; ils sont de mon père, qui est mort depuis quelques années, répondit Kate d'une voix brève.

— Pourquoi, lui aussi, n'en fait-il pas?

— Bonté divine! s'écria miss O'Reilly en tournant vers moi une figure contrariée; mais, se remettant bientôt, elle ajouta d'un air calme : Il travaille chez un banquier et n'a pas le temps de s'occuper de peinture. »

Elle me fit sortir de la chambre en disant ces paroles. Nous descendîmes dans le parloir, où elle reprit son aiguille, et je m'amusai à lire jusqu'au moment où cinq heures sonnèrent. En entendant la pendule, je levai les yeux et je regardai miss · Kate.

« Oui, dit-elle en souriant, il va bientôt arriver. »

Dix minutes s'écoulèrent. Elle vit que j'étais inquiète et me permit d'aller attendre à la petite porte du jardin; je bondis avec une ardeur qui la fit sourire de nouveau, et je courus épier le retour de Cornélius, comme j'avais tant de fois guetté celui de mon père. La ruelle était déserte et silencieuse; de grandes haies d'aubépines, quelques arbres dont les branches passaient par-dessus les murs des jardins, un étroit sentier envahi par l'herbe et par quelques fleurs sauvages, constituaient cette allée verdoyante. J'avais à peine jeté les yeux au bout de la ruelle que j'aperçus Cornélius; il regardait par terre et ne me vit qu'au moment où il atteignait la porte. En entrant, il me frappa avec indifférence deux petits coups sur la tête, par manière de salut; mais arrivé près de sa sœur, qui l'attendait sous le porche, il lui donna le baiser qu'elle ne manquait jamais de recevoir à son départ ou à son retour.

J'allai me réfugier, toute craintive, dans un coin du salon où personne ne fit attention à moi. On servit le thé; miss O'Reilly m'appela. Cornélius était couché sur le divan, il reçut la tasse que sa sœur m'avait donnée pour lui et demanda si j'avais été sage.

« Beaucoup trop, répondit Kate : elle ne remue pas assez.

— La mettrons-nous en pension ? reprit Cornélius. »

Je tournai vers lui un regard suppliant, qu'il n'aperçut même pas.

« Elle est trop faible ; nous l'instruirons nous-mêmes, » répliqua miss O'Reilly.

La pension était mon cauchemar, le nom seul m'en faisait horreur, et la réponse de Kate me délivra d'un poids énorme. Dès qu'on eut fini de prendre le thé, je me glissai près de Cornélius et je lui demandai tout bas s'il voudrait bien me donner des leçons.

« Peut-être.... Allons, Daisy, pas de figure aussi triste, je serai votre professeur. Que savez-vous déjà ?

— Un peu de grammaire, d'histoire, de géographie....

— Pour la géographie, j'en suis sûre, interrompit miss Kate.

— Nous le verrons bien, » dit Cornélius.

Il me questionna ; je fis tous mes efforts pour lui répondre le mieux possible, et j'attendis son jugement avec une vive émotion.

« Qu'en penses-tu ? lui demanda sa sœur qui rentrait dans la chambre, d'où elle était sortie un instant.

— Jamais elle n'y tiendra, jamais ! répondit Cornélius d'un air préoccupé.

— Où cela ?

— Ah ! j'avais oublié de te le dire ; je lui ai acheté un.... je ne sais pas comment cela s'appelle, une espèce de berceau, et je crains qu'il ne soit trop court.

— Tu lui as acheté un berceau ! s'écria Kate en posant son ouvrage.

— Certainement ; approche, Daisy. »

Il me toisa du regard et ajouta d'un air de triomphe :

« Si, si, elle y tiendra ; il est tout juste de sa taille ; tu verras, Kate, lorsqu'on va l'apporter.

— De sa taille ! s'écria miss O'Reilly, Dieu le bénisse ! Il n'a pas pensé qu'elle grandirait.

— Ma foi, répondit Cornélius d'un air surpris, je n'y avais pas songé, mais du tout, du tout ; et même, ajouta-t-il d'un air pensif, je la croyais plus petite qu'elle ne l'est réellement.

— Tu es bien le plus grand fou qu'ait jamais produit l'Irlande! » répliqua sa sœur chez qui le souvenir du pays natal était toujours très-vif.

Après lui avoir fait un sermon, qu'il écouta d'un air enjoué, Kate, changeant de sujet tout à coup, lui demanda comment j'avais répondu à ses questions.

« Hum!... fort bien, » dit Cornélius.

Il avait déjà oublié cet examen qui m'avait tant émue. Sans se douter du chagrin que j'en éprouvais, il alla s'asseoir au piano, et se tournant vers sa sœur :

Kate, lui dit-il, qu'est-ce que tu veux que je chante?

—Ce qu'il te plaira; une de nos mélodies. »

Elle inclina la tête et posa son front sur sa main, tandis que son frère, d'une voix pleine et harmonieuse, chanta l'une de ces mélodies irlandaises, plaintives et passionnées comme les cantiques de Sion, que les captifs de Judée faisaient entendre sous les saules de Babylone. Je demeurai en extase jusqu'à ce qu'il eut fermé le piano, et qu'ayant pris un livre, il fit à sa sœur la lecture d'un voyage qui m'endormit profondément.

Heureux les orphelins à qui la Providence donne un refuge pareil à celui que j'avais rencontré. Miss O'Reilly et son frère ne voyaient presque personne; leurs goûts étaient simples, leur fortune modeste; mais leur intérieur avait le charme profond d'une voûte ombreuse dont la ramée flexible laisse entrevoir le ciel bleu, permet à la brise de passer, et où s'infiltre çà et là un vif rayon de soleil. Ils répandaient je ne sais quelle lumière sympathique; plein de vivacité, leur esprit mobile n'arrivait jamais à la mauvaise humeur. Très-affectueux l'un pour l'autre et parfaitement unis, leur entretien n'en était pas moins rempli de finesse et d'originalité. Auprès d'eux on respirait une atmosphère vivifiante, on jouissait d'une paix profonde et animée, bien différente de ce calme énervant qui fait du repos une véritable souffrance.

Leur père était un peintre médiocre et ambitieux, qui plein d'espoir avait quitté l'Irlande pour venir habiter Londres, et qui, après avoir fait de vains efforts pour sortir de son obscurité, avait fini par mourir de chagrin et de misère.

Sa fille, qu'il avait eue d'un premier lit, donna des leçons pendant quelques années, et parvint ainsi à nourrir son jeune frère. C'est alors que mon père, qui les connaissait depuis longtemps, s'était chargé des frais de l'éducation de Cornélius. Miss O'Reilly avait continué à se suffire jusqu'à l'époque où un vieux parent, qui ne l'avait jamais aidée pendant les mauvais jours, lui avait laissé quelques rentes et la maison qu'elle habitait. Cornélius, qui venait de finir ses études, au lieu d'embrasser l'une des professions libérales, comme le voulait sa sœur, avait accepté une place de commis, un an à peu près avant mon arrivée. C'était le seul point sur lequel ils ne s'entendaient pas; toutefois il était rare que l'un ou l'autre y fît allusion, et jamais il ne troubla la bonne harmonie qui ne cessa de régner entre eux. Sur tout le reste, ils étaient complétement d'accord; mais rien ne les trouvait plus unis que lorsqu'il s'agissait de combler de soins leur enfant adoptive.

Cornélius avait la mémoire des bienfaits et des injures; c'était pour lui une obligation impérieuse que de veiller sur la fille de l'homme qui l'avait fait instruire. Il m'avait conduite, il est vrai, chez mon grand-père qui était mon protecteur naturel; mais en apprenant de miss Murray la position qui m'était faite dans la maison de M. Thorntone, il était accouru afin de m'emmener avec lui, si la chose était possible, car il ne s'attendait pas à la facilité avec laquelle cette faveur devait lui être accordée.

Je fus heureuse de ce changement de situation autant que peut l'être une plante que l'on transporte de l'ombre, où elle languit, au soleil qui la fait vivre. Ma santé s'améliora, mon humeur devint plus gaie; je faisais tous les jours dans les environs une promenade avec Kate. Notre faubourg était l'un des plus agréables de Londres; la rue que nous habitions s'appelait le Bocage et méritait son nom; elle était plantée de vieux arbres et traversait de grands jardins, où, comme des nids cachés dans une haie touffue, apparaissaient quelques anciennes maisons éparpillées çà et là. Mais le plus grand charme de notre faubourg consistait dans ses allées. En ouvrant la porte du jardin nous entrions dans un labyrinthe de sentiers verdoyants où l'on jouissait d'une complète solitude. En pleine campagne, ils auraient pu interrompre d'une manière fâcheuse les lignes du paysage; mais auprès d'une grande ville, tout ce qui feuille et verdit

acquiert une valeur excessive. Je me souviens encore de la
sérénité que j'éprouvais en parcourant l'une de ces allées
paisibles, qui maintenant, hélas! regorge de maisons, et
qu'on appelle toujours l'allée du Rossignol. D'un côté elle
bordait un verger opulent, dont le soleil faisait briller les
fleurs blanches en avril, et les fruits en automne; de l'autre
s'élevait une rangée d'ormes séculaires, dont les racines
noueuses étreignaient le sol avec la ténacité de leur âge, et
dont l'écorce ridée se voilait sous de jeunes pousses d'un
vert tendre. L'horizon, à notre gauche, était borné par un
ancien parc, un massif de vieux hêtres immobiles, que sur-
montaient quelques grands peupliers, s'inclinant sous la brise;
à notre droite, cachée dans son jardin, était située notre
humble demeure.

Kate marchait lentement, les yeux attachés sur un livre,
et je la suivais plus lentement encore, cherchant à comprendre le livre divin que l'homme essaye de traduire.

Entre le sentier où nous marchions et la haie d'aubépine
qui servait de clôture au verger, se trouvait un grand fossé
plein d'herbes qui ployaient au souffle du vent, comme les
forêts sous la tempête. Un filet d'eau glissait au fond de
cette couche herbue; c'était le fleuve de tout un monde peu-
plé d'insectes, et qui pour moi possédait mille beautés;
le lierre terrestre y montrait ses fleurs à demi cachées
sous les feuilles, la buglosse, le lamier y dressaient leurs
girandoles élégantes; le souci d'eau, le léontodon, la primevère y abondaient; et que de bourses à berger, de véroni-
ques, de gentianes, que de stellaires, de saxifrages, de vio-
lettes abritées par la clôture épineuse; et combien d'autres
plantes que l'homme méprise et que le Créateur n'a pas
dédaigné de produire.

Mes rapports avec la nature, bien que resserrés dans un
étroit espace, n'en avaient pas moins de douceur; j'étais
privée des témoignages de sa puissance, mais c'était une
raison pour que la physionomie qu'elle revêt autour de la demeure de l'homme me devint plus familière. Et n'y a-t-il pas
un grand charme dans cette petitesse relative à laquelle
descend la nature pour se rapprocher de nous? Le jardin, ses
arbustes, ses fleurs, objets d'une tendre sollicitude, le lierre
qui s'attache à la muraille, l'herbe qui dispute le terrain et

qui envahit les allées avec un mélange de grâce sauvage et de familiarité domestique, m'ont donné autant de joies profondément senties que les beautés sévères des gorges primitives, où les torrents impétueux s'ouvrent un lit aux versants des montagnes.

Mon horizon peut vous sembler étroit; mais je ne m'en suis jamais aperçue en regardant les profondeurs du ciel, qui me parlent d'infini, ou en écoutant la voix mystérieuse des oiseaux qui entraîne ma pensée vers des lieux inconnus.

Je n'aimais pas moins les soirées d'automne que les journées de printemps; elles sont restées dans ma mémoire avec la précision de détails, la vivacité de coloris de ces intérieurs éclairés par une lampe, et que les vieux maîtres se plaisaient à reproduire. Cornélius aimait la musique et la poésie, ces deux richesses de l'homme; il chantait avec âme et lisait à merveille. Quand il avait fermé le piano, il prenait un livre et nous déclamait quelques scènes de Shakspeare, ou un passage de Milton; parfois il ouvrait Eschyle, Sophocle ou Euripide, et nous transportait dans un monde qui n'est plus, mais dont les passions et les chagrins sont encore ceux des hommes. Miss O'Reilly l'écoutait palpitante, elle laissait tomber son ouvrage, et, relevant la tête, après quelque fragments de *Prométhée* ou des *Sept chefs devant Thèbes* :

« Que c'est beau! disait-elle.

— N'est-ce pas! » répondait Cornélius dont les yeux étincelaient, car tous les deux avaient un goût passionné pour le sublime et l'héroïque.

J'aurais été bien heureuse sans une circonstance qui empoisonnait ma vie. N'ayant jamais connu ma mère, il était sans doute naturel que je préférasse Cornélius à miss Kate, et j'avais reporté sur lui toute la tendresse que j'avais eue pour mon père; mais je ne parvenais pas à m'attirer son affection; en vain je m'empressais d'exécuter ses ordres; je n'attendais pas même qu'il eût parlé, j'obéissais à un geste, à un regard, je cherchais à prévenir sa volonté; le matin je lui donnais ses gants et son chapeau, le soir j'épiais son retour; dans la maison je le suivais comme son ombre; mais j'avais beau multiplier les preuves de dévouement, il me traitait avec un mélange de bonté et d'indifférence qui faisait mon désespoir. Il ne se doutait pas même que j'étais àuprès de lui ; et quand, par hasard, ses yeux rencontraient mon visage, il me souriait d'un air distrait, ou me donnait un petit coup sur la tête pour me remercier du service que je lui avais rendu. Pourtant si j'étais plus pâle qu'à l'ordinaire, il était prompt à le remarquer ; il me rapportait souvent des joujoux et des livres, et tous les soirs il me donnait une leçon qui durait au moins deux heures. Je travaillais de toutes mes forces afin de le satisfaire ; il trouvait cela tout naturel, m'appelait bonne petite fille, et me permettait de rester auprès de lui, parce que j'étais tranquille et silencieuse ; mais il me parlait peu et ne m'embrassait jamais.

Quelle différence dans sa conduite avec sa sœur ! à chaque instant, il lui montrait son affection ; il était fier de sa beauté, il aimait à le lui dire, à causer, à plaisanter avec elle, et bien souvent il la comblait de caresses toutes filiales. Pendant ce temps-là j'étais complétement oubliée. Je souffrais encore davantage, lorsque, par hasard le soir il venait quelque personne. Je me souviens d'une miss Hart, aux yeux bruns, qui disputait toujours avec Cornélius, et dont j'étais horriblement jalouse ; il y avait aussi un M. Montford, très-chauve et très-savant, que je ne pouvais pas souffrir, parce qu'il accaparait Cornélius pendant toute sa visite. Heureusement que la première, s'étant mariée, partit pour la province, et que le monsieur chauve, ayant demandé la main de miss O'Reilly, qui la lui avait refusée, ne revint plus à la maison. Quant à M. Trim, l'antipathie qu'il m'inspirait était parfaitement justifiée.

Un jour, que j'avais passé dans le jardin toute une belle après-midi d'automne, je le trouvai dans le parloir, qui causait avec miss Kate et un autre monsieur que je n'avais jamais vu. Il était, comme à l'ordinaire, assis près de la cheminée, les mains bénévolement appuyées sur les genoux, ses petits yeux parcourant la chambre, et sa grande bouche entr'ouverte par un sourire béat.

« Eh ! eh ! petite Daisy, comment va la santé ? » dit-il de sa voix sourde et caressante, en allongeant un bras d'une longueur excessive, et en cherchant à me saisir avec l'intention de m'embrasser. J'échappai à ses doigts osseux, et j'allai me réfugier derrière la chaise de Kate, d'où je le regardai d'une façon peu aimable. Il prit la chose en bonne part, se

renversa dans son fauteuil, ferma ses petits yeux, ouvrit une
plus grande bouche, et proféra un bruyant éclat de rire qui
se termina tout à coup par un cri des plus bizarres. Kate
fronça les sourcils; le rire de M. Trim lui portait sur les
nerfs.

« Daisy, me dit-elle, va donner une poignée de main à
M. Smalley, c'est un ami de Cornélius. »

Le nom de son frère avait sur moi une influence irrésistible, et j'obéis malgré mon extrême timidité. M. Smalley
appartenait à l'Église ; il était jeune, pâle et mince, un peu
courbé, d'une assez jolie figure, emmanchée d'un long cou,
et jetait sur le monde, à travers ses lunettes d'or et par-dessus sa cravate d'une blancheur immaculée, un regard plein
de mansuétude. Assis sur le bord de sa chaise, il tenait son
chapeau, qui tremblait entre ses doigts ; mais il me tendit la
main en souriant d'une manière si gracieuse, et laissa tomber
sur moi un regard où je vis tant de bienveillance, que ma
timidité s'évanouit tout à coup.

« Ce Smalley a toujours réussi auprès des femmes ! s'écria
M. Trim en promenant ses petits yeux autour de lui. C'est
un garçon dangereux, qui a toujours fait des siennes.

— Mon cher Trim.... commença M. Smalley, dont la figure
devint rouge comme une cerise.

— Un peu d'indulgence, mon très-cher, répondit M. Trim,
vous êtes toujours d'une sévérité....

— Non pas antichrétienne, répliqua M. Smalley d'un air
très-malheureux.

— Vous blessez-vous de mes paroles? on n'a jamais pris
au sérieux les plaisanteries d'un garçon de mon espèce, continua M. Trim.

— Pas plus qu'on ne s'en amuse, » répondit Kate en
riant.

M. Smalley, de plus en plus confus, essaya de détourner
la conversation en disant que miss O'Reilly ressemblait beaucoup à son frère, surtout quand elle riait.

« Parlez encore de la faiblesse de vos yeux, dit M. Trim,
quand on découvr de pareilles ressemblances. »

Le pauvre Smalley affirma qu'il avait toujours eu la vue
fort mauvaise, et se réfugia dans sa cure, dont il nous fit une
description qui convenait à un magnifique évêché. M. Trim

)e poursuivit sur ce terrain, et lui reprocha d'être de ces gens qui ne parlent jamais que de leurs affaires. Sur quoi M. Smalley répliqua, en se tournant vers miss O'Reilly, que c'était par discrétion, et non par indifférence, qu'il n'avait pas demandé quelle était la carrière qu'avait choisie Cornélius. Kate devint toute rouge, lança un regard courroucé à M. Trim, qui, les mains toujours sur ses genoux, venait de s'endormir au coin du feu.

« Mon frère est dans une maison de banque, » répondit-elle un peu sèchement.

Il était facile de voir que M. Smalley n'en croyait rien.

« Vous ne vous rappelez pas que je vous l'ai dit, comme nous entrions dans la rue d'Oxford? ajouta M. Trim en s'éveillant tout à coup. C'est une honte de voir un homme de l'éducation et de la valeur d'O'Reilly, perché sur un tabouret, dans un bureau crasseux et....

— C'est lui qui l'a voulu, » interrompit Kate ; elle détourna l'entretien et parla de la pluie et du beau temps.

Cinq heures sonnèrent ; j'allai attendre Cornélius à la porte du jardin ; il apparut au bout de quelques minutes.

« M. Trim est dans le salon, lui dis-je en allant au-devant de lui.

— Ah !

— Avec M. Smalley, » ajoutai-je.

Il poussa un cri de joie, et me laissant fermer la porte, il se dirigea vers la maison d'un pas rapide. Lorsque je rentrai dans le parloir, les deux amis étaient debout, et la belle taille de Cornélius, son air décidé, ses formes robustes, malgré leur élégance, contrastaient vivement avec la délicatesse toute féminine de M. Smalley.

« Je te fais mon compliment, dit Cornélius en jetant les yeux sur l'habit du jeune ecclésiastique.

— J'ai en effet obtenu le privilége d'appartenir à l'Église ; tu sais que....

— Il a toujours aimé les femmes, » interrompit M. Trim.

M. Smalley rougit et prit l'air blessé d'un amant dont on insulte la maîtresse.

« N'avez-vous pas parlé, Trim? demanda Cornélius d'un ton glacial.

— Je n'ai dit qu'un mot, une plaisanterie; vous savez que j'aime à rire; » se hâta de répliquer M. Trim.

Kate prit son ouvrage, garda le silence autant que le lui permettaient ses devoirs de maîtresse de maison; je m'assis auprès d'elle, oubliée de tout le monde, mais attentive à ce qui se passait autour de moi.

La conversation était animée entre les deux amis; elle roula d'abord sur les espérances du jeune ecclésiastique, sur son avenir, sur sa petite cure, dont il parlait avec amour; puis sur les années qu'ils avaient passées au collège, sur les querelles de ce pauvre Smalley, dont Cornélius battait les adversaires, enfin sur leurs camarades de classe, dispersés maintenant aux quatre coins de l'horizon.

« Qu'est devenu Smith? demanda Cornélius.

— Il est officier de cavalerie.

— Tu sais que Griffith est dans la marine, que Black est médecin à Manchester.

— Oui; quant à Reed, il fait de l'agriculture et va bientôt se marier; il est fort content de la vie pastorale.

— Tant mieux; je suis enchanté de savoir qu'ils sont tous bien posés.

— Smalley, reprit M. Trim en s'éveillant, dites donc à O'Reilly combien il est fâcheux qu'un homme de son mérite soit enterré dans les chiffres.

— *Et tu, Brute!* s'écria Cornélius en regardant M. Smalley.

— J'avoue que j'en suis fort étonné, répliqua le révérend.

— Que voulais-tu que je fisse?

— D'après ta facilité d'élocution, ton éloquence naturelle, je supposais que tu aurais choisi....

— Le barreau! toi un homme d'église, un ministre de paix, tu m'aurais conseillé la chicane!

— La médecine t'aurait fourni l'occasion d'exercer ta bienfaisance.

— Et d'être appelé à deux heures du matin auprès d'un gentleman frappé d'apoplexie, ou de quelque femme en couches.

— Il te restait l'armée.

— Sang et pillage, destruction sous toutes les formes.

— Il y avait la marine; mais, cher ami, comment se fait-il que tu n'aies pas songé à la science, à la littérature ou aux arts, pour lesquels tu étais si merveilleusement doué?

—Tu crois? dit Cornélius d'un air indifférent; il se baissa, prit le poker[1], et se mit à fourgonner les charbons comme le faisait sa sœur, toutes les fois qu'elle était vivement contrariée.

— Tu étais un helléniste de premier ordre.

— C'est une triste carrière que le professorat, mon cher Smalley.

— Mais la science?

— Je n'ai pas ce qu'il faut pour m'en occuper; elle exige énormément de travail, et je suis indolent par caractère.

— Il fallait prendre la littérature.

— Devenir l'un des goujats qui édifient la tour de Babel! Non, Smalley, non! une place de commis, avec son maigre salaire, mais avec son peu de besogne, son absence de responsabilité, est la seule chose qui me convienne.

— La philosophie de Cornélius me fait rougir, autant qu'elle me surprend, dit M. Smalley en s'adressant à miss O'Reilly; j'avais toujours cru qu'il était ambitieux; je me rappelle même qu'une fois l'un des grands du collége ayant mis en doute son habileté, je ne sais plus à quel propos, reçut un coup de poing qui l'envoya piquer une tête....

— Oui; mais ce temps-là n'est plus, et l'ambition s'est envolée avec le goût du pugilat; j'ai maintenant la douceur et l'humilité d'un agneau, interrompit Cornélius, dont l'œil de faucon eut un éclair et dont la bouche frémissante exprima l'amertume.

— L'homme ne tient pas toujours ce que promettait l'enfant, ajouta miss O'Reilly. »

Cornélius se mordit les lèvres, et M. Trim, qui s'était endormi de nouveau, se réveilla tout à coup pour demander à M. Smalley, s'il croyait charitable de tourmenter ses amis.

« Vous oubliez en outre, poursuivit-il, le rendez-vous que nous avions à sept heures avec ce pauvre Jameson; que je n'y aie pas songé, moi qui, presque aveugle, ai cette fatale habitude de sommeiller sans cesse, la chose est pardonnable; mais vous, qui êtes toujours éveillé et dont la vue perçante

1. Barre de fer avec laquelle on attise le charbon

rivalise avec le télescope, c'est vraiment.... » M. Smalley essaya de se justifier en disant qu'il ne se souvenait pas d'avoir pris un rendez-vous quelconque avec M. Jameson; mais voulant expier sa faute, il se leva immédiatement et la visite fut terminée.

· A peine avaient-ils fermé la porte que miss O'Reilly, fourgonnant avec ardeur, s'écria :

« Je ne peux pas sentir ce M. Trim; je ne crois pas à sa voix, à son rire aboyeur et sifflant, je ne crois pas à son regard, à son masque, à son prétendu sommeil, je ne crois à rien de cet homme-là.

— Et Smalley, qu'en penses-tu? lui demanda son frère.

— Je suis sûre qu'il est excellent.

— Cornélius est bien meilleur, dis-je avec vivacité; il s'est toujours battu pour M. Smalley, qui ne l'a jamais fait pour personne.

— Qui s'attendait à une pareille conclusion? s'écria miss Kate en cessant d'attiser le feu; estimer les gens d'après leur plus ou moins de goût pour la bataille! Vilaine petite fille, ne voyez-vous pas que M. Smalley est rempli de charité chrétienne, et que ce mauvais Cornélius est un païen?

— J'aime les païens, répliquai-je avec plus de promptitude que d'orthodoxie; tous les païens étaient braves : Achille, Hector, poursuivis-je en regardant Cornélius, qu'au fond de mon âme j'identifiais avec le fils de Priam. »

Mon Hector se mit à rire et m'envoya chercher mes livres pour me donner ma leçon. Je me rappelle que je répondis beaucoup mieux qu'à l'ordinaire, au point que miss Kate lui demanda s'il ne trouvait pas que je faisais des progrès.

« Beaucoup, répondit-il avec indifférence. Qu'est donc devenu cet ancien air : « Vas où la gloire t'attend? »

— Je n'en sais rien; que fais-tu là, Daisy? »

J'étais à genoux, fouillant dans la musique, afin de trouver le morceau que demandait Cornélius.

« Le voici, m'écriai-je toute rayonnante de plaisir.

— C'est bien, dit-il sans me regarder; Kate, le pauvre Smalley est amoureux de toi.

— Quelle sottise! Vas au piano et chante-nous ton grand air. »

Il se mit à rire, embrassa tendrement sa sœur, et chanta

d'une voix pleine et vibrante la musique que je lui avais
donnée. Lorsqu'il eut fini, il alla s'étendre sur le divan; je
pris mon tabouret et j'allai m'asseoir à ses pieds. Il resta
silencieux pendant quelques minutes, puis se levant tout à
coup, flâna autour du salon, feuilleta les livres qui se trouvaient sur la table, regarda les roses qui étaient dans la jardinière et se mit à causer avec sa sœur. Je l'avais suivi
partout, m'arrêtant quand il s'arrêtait, et le regardant toujours, dans l'espoir qu'il m'accorderait un regard ou peut-être
une caresse, et je croyais que personne n'y avait fait attention.

« C'est vraiment extraordinaire! s'écria miss O'Reilly.

— Qu'est-ce qui est extraordinaire? demanda Cornélius.

— Cette petite fille te suit comme un épagneul.

— Elle n'est pas encore au lit! s'écria-t-il avec surprise.

— Elle va y aller, répondit Kate en me prenant par la
main; qui se couche de bonne heure, se lève.... A propos,
Cornélius, tu devrais bien essayer de te lever un peu plus
tôt. Il est vraiment ridicule de faire attendre le déjeuner,
comme cela t'arrive tous les jours; le thé n'est pas potable,
le jambon....

— Que veux-tu, chère sœur, dit-il en riant, il faut bien me
passer quelque chose. »

Et rejetant sa faute sur cette fatale indolence qui était dans
sa nature, il promit néanmoins d'être plus exact à l'avenir.

Mais il ne tint pas sa promesse; le lendemain matin, bien
que le soleil fût éclatant, neuf heures sonnèrent avant que
Cornélius fût descendu. Ce n'était que la répétition du vieux
péché que miss O'Reilly avait supporté jusque-là sans rien
dire; cependant elle regarda la pendule, et attisant la braise
en fronçant les sourcils :

« Je voudrais bien savoir, s'écria-t-elle, pourquoi Cornélius persiste à se lever aussi tard. »

Ce n'était pas à moi qu'elle s'adressait. Parmi ses nombreuses originalités, elle avait l'habitude du monologue, et
je n'y faisais pas attention; mais cette fois je détournai les
yeux de ma grammaire. Elle s'en aperçut, et continuant de
parler à l'être invisible qu'elle interrogeait souvent :

« Avez-vous jamais vu rien de pareil? Cette petite a beau
dormir, on n'a qu'à murmurer le nom de mon frère pour
qu'elle s'éveille immédiatement. Oh! Midge, Midge!... »

Elle secoua la tête d'un air pensif et remua les charbons avec lenteur. La demie, qui sonnait à la pendule, la réveilla tout à coup.

« Daisy! s'écria-t-elle, va frapper à la porte de Cornélius et dis-lui qu'il est tard. »

Je m'empressai d'obéir. La porte de Cornélius était ouverte et la chambre était vide; je supposai qu'il était dans son cabinet et j'y montai en courant. Après avoir frappé deux fois sans obtenir de réponse, je m'aperçus que la porte n'était pas fermée tout à fait; je la poussai légèrement et je regardai dans la pièce. La table avait été dérangée et placée de manière à être éclairée d'une certaine façon. Cornélius était assis devant elle, et dessinait l'un des bustes de plâtre que j'avais remarqués lors de ma première visite.

CHAPITRE VIII.

Penché sur son dessin, Cornélius s'appliquait tellement à son œuvre, qu'il ne m'avait pas entendue.

« Kate m'envoie, lui dis-je, vous prévenir que neuf heures et demie sont sonnées. »

Il fit un soubresaut qui faillit renverser la table, et s'écria d'une voix brève :

« Pourquoi entrez-vous sans frapper?

— J'ai frappé deux fois, vous ne m'avez pas répondu.

— Vous n'aviez pas le droit d'ouvrir la porte, dès l'instant qu'on ne vous répondait pas.

— Elle était ouverte, » répliquai-je vivement.

Son front s'éclaircit; il jeta les yeux sur son dessin, les reporta sur mon visage, et d'un ton résolu :

« Entrez, dit-il, et fermez bien la porte. »

Lorsque je fus à côté de lui, Cornélius posa sa main sur ma tête, et plongeant son regard dans mes yeux :

« Savez-vous ce qu'on entend par un secret? me demanda-t-il.

— Oui, Cornélius.

— Eh bien, gardez-moi celui que vous venez de surprendre. Je me lève tous les matins au point du jour pour dessiner; Kate n'a pas besoin de le savoir, du moins quant à présent; elle doit l'ignorer jusqu'au moment où j'aurai fait quelque chose qui soit digne d'être vu. C'est là mon secret; m'avez-vous bien compris?

— Oh! oui, répondis-je avec ardeur.

— Comment ferez-vous pour le garder?

— Je ne le dirai à personne.

— Très-bien, répondit-il en souriant, c'est la première chose à faire en pareille occasion; mais la seconde, et la plus difficile, est de ne pas laisser voir qu'on est le dépositaire d'un secret: c'est à cela que je reconnaîtrai votre discrétion. »

Il rangea son dessin, fit disparaître jusqu'aux dernières traces de la besogne qu'il avait faite, m'accompagna dans la salle à manger et supporta patiemment les vifs reproches de sa sœur.

Quand il se leva pour partir, je lui donnai son chapeau comme à l'ordinaire; il se baissa pour le prendre, et me dit à l'oreille : « Surtout n'oubliez pas ! »

Dès qu'il eut fermé la porte, Kate se retourna vers moi, et souriant d'un air intrigué : « Daisy, me demanda-t-elle, qu'est-ce que Cornélius a pu te dire avec autant de mystère? »

Je baissai la tête sans répondre.

« Ne m'as-tu pas entendue?

— Si, Kate.

— Eh bien! réponds-moi. »

Je demeurai silencieuse. Elle posa son ouvrage et me fit signe d'approcher.

« C'est un secret? me dit-elle d'un air grave.

— Je ne sais pas, répliquai-je vivement.

— Alors qu'est-ce que c'est? »

Je m'obstinai à ne pas répondre.

« Tu ne veux pas me le dire? demanda-t-elle d'une voix ferme.

— Non, répliquai-je résolûment. »

Elle se leva très-irritée et me consigna, pour le reste du jour, dans une petite pièce qui était derrière le parloir. Jamais punition ne me parut plus légère. Vers cinq heures miss O'Reilly ouvrit la porte afin que je ne me sentisse pas tout à fait isolée. Cornélius rentra beaucoup plus tard que d'habitude. J'étais dans l'ombre, mais je le voyais à merveille; couché sur le divan, il était éclairé par la lampe et son regard me cherchait autour de lui.

« Elle a été bien entêtée, lui dit sa sœur, qui lui raconta ma faute.

— Elle ne t'a rien dit?

— Non vraiment; j'ai essayé à plusieurs reprises de la faire parler, je n'ai pas obtenu de réponse; elle est restée, devant moi, la bouche close, la tête baissée, immobile et muette comme une statue. On ne comprend pas une pareille obstination.

— C'est une singulière enfant, dit Cornélius, dont le regard me chercha dans l'obscurité.

— Dis plutôt qu'elle est originale, » reprit Kate.

Il se mit à rire et m'appela auprès de lui; j'accourus bien vite; il écarta les cheveux dont mon front était couvert, me regarda fixement, et dit d'un air pensif :

« Elle doit être opiniâtre, cela se voit dans ses yeux, qui néanmoins sont admirables. Oh! les beaux yeux! Kate; l'as-tu remarqué?

— Daisy, montez dans votre chambre, répondit Kate. »

J'allais obéir lorsque son frère m'arrêta pour m'ordonner de répéter à sa sœur les paroles qu'il m'avait dites le matin.

—Vous m'avez dit: Surtout n'oubliez pas.

—Que devait-elle ne pas oublier? » demanda miss O'Reilly. Je gardai le silence.

« Répondez à Kate, petite obstinée, dit-il en souriant.

— C'était de ne pas vous dire que je l'avais vu dessiner, » répliquai-je en me tournant vers sa sœur.

Kate laissa tomber son ouvrage; elle devint pâle et son regard troublé chercha la figure de son frère, qui, étendu sur le divan, lissait mes cheveux avec indifférence.

« Tu dessinais! reprit miss O'Reilly, dont, malgré tous ses efforts, la voix était tremblante.

— Oui; cela m'amuse.

— Beaucoup?

— Mais oui. »

Elle reprit son ouvrage, le posa l'instant d'après, alla vers son frère et lui dit d'une voix ferme :

« Cornélius, avoue-moi la vérité.

— Pourquoi cet air plein d'effroi? lui demanda-t-il en la faisant asseoir auprès de lui.

— La vérité, Cornélius, reprit Kate avec chaleur.

— Tu la sais tout entière.

— Tu veux devenir artiste?

— Je le suis, répondit-il en se redressant. Il posa la main sur l'épaule de sa sœur, et l'œil en feu, la voix émue : Kate, poursuivit-il, je sais d'où viennent tes craintes; il y a des obstacles, je les vois, je les surmonterai; des obstacles!... mais s'il n'y en avait pas, quelle est la chose qui vaudrait la peine d'être conquise? »

Son visage exprimait la confiance ou plutôt la présomption de la jeunesse; son regard était assuré, son sourire triomphant. Les yeux de Kate se voilèrent de larmes.

« Tu m'avais promis, dit-elle....

— Pas d'y renoncer pour toujours, interrompit Cornélius; j'ai tenu parole, j'ai essayé de ne pas toucher à un crayon, il m'aurait été plus facile de m'empêcher de respirer.

— Je sais maintenant pourquoi tu as accepté cette place de commis; tu ne veux pas la garder.

— Certes non!

— Tu as toujours été ambitieux.

— Je le suis encore.

— Triste maîtresse que la gloire, mon pauvre frère!

— Je l'aime d'un amour trop profond pour que ce soit un caprice; elle sera ma fiancée.

— Il faut d'abord l'atteindre, » répondit sa sœur.

Il se mit à rire; elle soupira.

« Je te parle avec rudesse, poursuivit-elle; mais la mort de notre père, ses souffrances, son désespoir, ne sortent pas de mon esprit. Tu lui ressembles de visage et de caractère; au nom du ciel, épargne-toi sa destinée. Je connais cette passion des arts; une fois qu'un homme en est possédé, il lui faut vaincre ou mourir; l'amour n'est rien auprès d'elle. Oh! j'aimerais mieux te voir follement épris de vingt femmes.

—Je ne suis pas un Turc, interrompit Cornélius.

—Enfant, est-ce qu'un Turc a jamais connu l'amour! Je dis seulement que j'aimerais mieux te voir dépenser ta jeunesse en folies successives; il vient un instant où l'homme renonce au plaisir; mais qui a jamais vu le poëte où l'artiste échapper au démon qui le possède?

—Et c'est la preuve d'une puissance, d'une beauté sans égales. L'art et la poésie s'incarnent dans l'homme et le suivent jusqu'à la tombe; c'est les profaner que de les comparer à la passion humaine. Vénus, ou même encore, la plus céleste des madones de Raphaël descendrait de la toile pour implorer mon amour....

—Que tu le mettrais à ses pieds, mon pauvre ami; ne te vante pas d'être insensible; il n'y aura pas besoin d'une madone de Raphaël pour t'en donner la preuve.

—Écoute-moi jusqu'au bout; si pour posséder cette adorable créature il me fallait renoncer à peindre, non pas dix ans, pas même cinq ans, mais seulement une année, je la renverrais à sa toile.

—Présomptueux ou stupide! s'écria miss O'Reilly.

—Nullement, Kate; c'est la supériorité de l'art. Comment ne vois-tu pas que rien n'est au-dessus de la peinture; faire un tableau! rendre la pensée visible, le sentiment palpable, les revêtir de couleurs harmonieuses, avoir la lumière pour interprète, manier le rayon et l'ombre, en faire jaillir la vie! Qu'est-ce que le pouvoir, la guerre où l'amour peuvent donner qui approche de cette ivresse? Alexandre, pauvre vainqueur! versa des larmes parce qu'il n'avait plus de nations à conquérir; on a toujours des tableaux à peindre. Figuretoi Pâris ayant le génie d'Apelles, donnant à Hélène mille attitudes charmantes et la multipliant, au lieu de l'enlever à Ménélas; que de malheurs épargnés à la terre! Priam, entouré de sa famille, demeure en paix derrière les murs de Troie; Hector et Achille.... moralité: si les dons Juans savaient préférer le portrait à la personne des beautés qu'ils séduisent, on aurait bien moins de désespoirs, de duels et de meurtres.

—Veux-tu parler sérieusement, Cornélius?

—Je ne demande pas mieux, dit-il en prenant un air grave. Pourquoi t'effrayer, chère sœur? Il est bien tard pour commencer, dis-tu; mais il y a deux ans que je travaille avec persévérance! La mort de notre père, ses déceptions cruelles.... Plus d'un grand peintre a été le fils d'un homme obscur et pauvre. Quant à la difficulté de parvenir, j'ai moins l'ambition d'arriver à la gloire que celle de la mériter. Sois tranquille, je réussirai, Kate; j'en ai la puissance; j'illustrerai ton nom, je te donnerai la fortune, je charmerai tes yeux par des formes ravissantes, je serai l'un des maîtres que l'on admire et qu'on aime, dit-il en lui prenant la taille et en l'embrassant avec effusion. Elle sourit tristement.

—C'est toujours la même chose, dit-elle avec un soupir; autrefois comme aujourd'hui je raisonnais, tu me fermais la bouche avec de belles paroles, tu me jetais les bras autour du cou, et....

—Tu ne savais plus me résister, Kate; mais alors je levais les yeux vers toi et maintenant c'est le contraire.

—Oui, l'enfant a pris des années, répondit-elle en le contemplant avec admiration, et les O'Reilly ont toujours été de beaux hommes.

—Les femmes de cette famille toujours belles, pleines de grâce et d'intelligence, ajouta Cornélius.

—Et prêchant dans le désert, continua miss O'Reilly; ne te fâche pas, mon pauvre enfant; je suis injuste à ton égard; il y a peu de fils qui aient pour leur mère le respect et la tendresse que tu as pour ta vieille sœur; mais si tu épousais une jeune fille que je déteste, je ne pourrais pas m'en consoler, tout en reconnaissant que tu as le droit de te marier avec elle. Ce qu'il y a de mieux à faire, c'est de n'en jamais parler, puisque nous ne pouvons pas nous entendre; à quoi bon mettre la discorde entre nous.

—Si toutes les femmes étaient aussi raisonnables que toi....

—Est-ce qu'on peut céder à un mari? dit-elle; mais à son fils, à la bonne heure. Agis comme tu voudras, mon bien-aimé; fais de la peinture puisque c'est dans ton goût; seulement si le public n'apprécie pas ta manière de peindre, ne t'en désespère pas.

—Ne crains rien, chère Kate, le public se désespérera plus tôt que moi; et maintenant aie pitié de ton pauvre frère, qui a entendu parler un peu de Daisy, énormément de peinture, et pas du tout de manger.

—Est-ce que tu as faim?

— Comme un ogre.

—Pauvre ami! je ne m'en doutais même pas! »

Elle sortit du parloir; Cornélius, toujours couché sur le divan, regardait le feu d'un air distrait; tout à coup il m'aperçut et me fit signe d'approcher.

« Qu'est-ce qu'il faut vous donner? me demanda-t-il.

—Rien.

—Je veux pourtant vous donner quelque chose.

—Je n'en veux pas, » répliquai-je d'un ton blessé; il me répugnait vivement de recevoir le prix de ma discrétion et de la pénitence qui en avait été la suite.

« Nous sommes fière, » répondit-il. Et sans savoir comment, je me trouvai sur les genoux de Cornélius, qui m'embrassait de bon cœur; je devins toute rouge de plaisir et de surprise; il m'embrassa de nouveau, et souriant avec confiance :

« Eh bien! dit-il, qu'est-ce qu'il faut vous donner?

—Tout ce qu'il vous plaira, lui répondis-je.

—Il faut pourtant que cela vous convienne; voulez-vous un livre, une poupée, un joujou?

—Non; mais.... puis-je vous demander quelque chose?

—Oui.

—Pour de bon?

—Je parle toujours sérieusement lorsque je fais une promesse. Voyons, enfant, que voulez-vous? C'est donc bien beau, car vos yeux brillent et vos joues sont en feu.

—Permettez-moi de rester auprès de vous pendant que vous dessinez.

—C'est là tout votre désir? dit-il d'un air surpris.

—Oui, Cornélius.

—Il faudra rester tranquille.

—Je serai bien sage.

—Ne pas parler.

—Cela m'est égal.

—C'est fort ennuyeux d'être assise pendant des heures entières, sans bouger, sans rien dire; j'ai pitié de vous, ma pauvre enfant.

— Cela ne m'ennuiera pas, Cornélius.

— Petite entêtée! rien ne lui coûte pour obtenir ce qui lui plaît; mais, je vous en avertis, vous entrerez sans frapper, sans dire bonjour; vous choisirez une place et vous ne remuerez pas; si vous faites le moindre bruit, vous ne reviendrez jamais.

— Je tiendrai ma promesse, Cornélius.

— Je le crois, dit-il d'un air à demi vexé; mais vous ne m'y prendrez plus, miss Burns, à vous donner ma parole avant de savoir la chose dont vous pouvez avoir envie. »

J'avais peur qu'il ne m'en voulût; mais il n'était pas fâché, car il me garda sur ses genoux, même après que Déborah eut apporté le souper.

« Les O'Reilly ont toujours eu bon appétit, dit miss Kate en regardant avec plaisir la façon vigoureuse dont son frère attaquait le jambon. Daisy, que fais-tu là, perchée sur les genoux de Cornélius? descends tout de suite.

— Non, répondit-il, elle ne me gêne pas. » A voir la manière dont tout disparaissait devant lui, je crois qu'il disait vrai; mais sa sœur ne partageait pas cette opinion.

« Cornélius, dit-elle avec impatience, tu n'as pas besoin de faire manger cette enfant dans ton assiette, et de la faire boire dans ta tasse! »

Cornélius se mit à rire et m'embrassa.

« Gâte-la bien, après l'avoir fait punir sans motif.

— J'ai eu tort, et je lui en demande pardon.

— Je ne lui en veux pas, répondis-je en regardant miss O'Reilly d'un air indigné.

— Il te battrait que tu lui dirais encore merci, » répliqua-t-elle d'un ton bref.

Le souper était fini, Cornélius avait repris sa place sur le divan, où il m'avait emportée. Miss Kate, assise auprès de la table, nous regardait sans pouvoir comprendre le caprice de son frère.

« Est-ce qu'il n'y a pas de leçons aujourd'hui? demanda-t-elle enfin.

— Non, c'est jour de fête.

— Aurons-nous de la musique?

— Je suis fatigué. »

Mais il ne l'était pas pour causer avec moi et pour me

faire parler; ce fut au point que miss Kate en fit l'observation.

J'avais toujours cru, dit-elle, que cette enfant était
muette, et c'est une véritable pie. »

Cornélius ne lui répondit pas.

« Décidément, reprit-elle quelques instants après, on le
rencontrerait en Chine ou au Japon, que cette petite figure
blême serait au moins dans sa poche. »

Il avoua que j'étais pâle, mais il dit que j'avais de beaux
yeux. « Et puis, elle est si timide !

— Jolie timidité, répondit miss Kate en me voyant appuyer
la tête sur l'épaule de son frère. Il est temps d'aller dormir,
Daisy. »

Je ne pouvais pas me résoudre à quitter Cornélius au moment où, pour la première fois, il me témoignait son affection; je lui passai mes bras autour du cou, et je l'implorai
du regard.

« Accorde-lui dix minutes, Kate, demanda-t-il.

— Pas une seule, répondit-elle en me prenant par la main.

— Si tu es sage, poursuivit Kate, afin de me consoler, tu
te coucheras une demi-heure plus tard quand les jours
commenceront à grandir.

— Les voilà qui diminuent, répliquai-je tristement.

— Fais-lui grâce pour ce soir, elle a passé une si triste
journée, » intercéda Cornélius.

Miss O'Reilly se laissa fléchir; mais, de retour à sa place,
elle dit en regardant le brasier d'un air pensif : « Vous verrez qu'il lui cédera toujours. »

Cornélius sourit et n'essaya pas de la contredire; il me
garda sur ses genoux aussi longtemps que je pris plaisir à y
être, et je fus heureuse et gâtée comme du vivant de mon
père.

A partir de cette soirée, Cornélius eut pour moi une vive
tendresse; en lui donnant tout mon cœur, j'avais gagné une
part du sien, car il y a dans l'amour un philtre mystérieux
qui attire celui qui en est l'objet; loin de ressembler aux richesses qui s'épuisent, c'est dans sa prodigalité même qu'il
trouve le prix de ses efforts.

CHAPITRE IX.

Le lendemain matin de bonne heure, je me dirigeai vers l'atelier; j'entrai sans frapper, je fermai la porte tout doucement, je ne souhaitai pas le bonjour à Cornélius, je pris un grand tabouret que je plaçai de manière à voir dessiner l'artiste; et après avoir grimpé, non sans peine, au sommet de mon escabeau, je ne bougeai plus et je suivis tous les mouvements du dessinateur avec un profond intérêt.

Cornélius ne leva même pas les yeux : absorbé par son travail, il respirait à peine, et son visage révélait la concentration de ses facultés sur un seul point.

Au bout d'une heure il éloigna son dessin, se renversa sur le dos de sa chaise, et bâilla longuement d'une façon peu poétique. Ce n'est qu'après quelques instants qu'il se souvint de ma présence; il se retourna tout à coup et me regarda sans rien dire. J'étais sur mes gardes, et je n'ouvris pas les lèvres.

« Vous avez bien choisi votre position, » me dit-il enfin.

Je gardai le silence.

« Êtes-vous à votre aise sur ce perchoir? poursuivit-il.

— Je n'y pense pas, répondis-je.

— Vous pouvez en descendre.

— Puis-je aussi parler? demandai-je en sautant de mon tabouret.

— Certainement.

— N'est-ce pas Junon, Cornélius?

— Oui, la femme de Jupiter et la maman de Vulcain. »

Il y avait sur la table plusieurs études, je soulevai l'une d'elles en regardant Cornélius, il répondit par un sourire d'assentiment. Je tirai le dessin, qui représentait un enfant, sur une marche éclairée par le soleil.

« C'est le petit garçon auquel j'ai donné un morceau de pain l'autre jour! m'écriai-je; n'est-ce pas, Cornélius? »

Il parut enchanté; la première louange est fraîche et douce comme la rosée du matin. Il prit une autre étude et me demanda ce que c'était : suffoquée par la surprise, je me reconnus aussitôt; puis Kate, Déborah, miss Hart et jusqu'à M. Trim, passèrent devant mes yeux. J'étais dans l'enthousiasme; l'artiste avait, sinon créé, du moins fait surgir de l'ombre toutes ces figures par la seule puissance de sa volonté.

« Cornélius, ne pourriez-vous pas... commençai-je d'une voix émue.

— Je vous écoute, me dit-il.

— Ne pourriez-vous pas devenir un grand peintre comme Raphaël ou Michel-Ange? »

Il voulut rire en me regardant, mais une rougeur subite couvrit tout son visage.

« Petite ambitieuse, dit-il, qui a pu vous mettre dans la tête Raphaël et Michel-Ange?

—Papa m'a dit un jour que c'étaient les deux plus grands peintres qui aient jamais existé, et je ne vois pas pourquoi vous ne seriez pas aussi grand qu'eux.

— On peut être célèbre, et ne pas leur ressembler.

— Et vous deviendrez célèbre?

— Qu'est-ce qui ne m'a pas dit bonjour? demanda Cornélius en m'embrassant.

— Deviendrez-vous célèbre? répétai-je au milieu de ses caresses.

— Cela vous ferait-il plaisir?

— Oh! je serais si heureuse! répondis-je avec effusion.

— Sur mon âme, chère petite, je ferai tous mes efforts pour vous donner ce bonheur; et maintenant nous pouvons aller déjeuner. »

Il était encore plus tard qu'à l'ordinaire, mais sa sœur ne fit pas d'observation; elle nous accueillit tous les deux avec sa grâce habituelle, seulement je l'entendis pendant le jour soupirer plusieurs fois.

Cornélius aimait trop la peinture pour en causer légèrement, et c'est pour cela sans doute qu'il n'en avait rien dit; mais une fois qu'elle devint une besogne quotidienne, une

tâche au lieu d'un sentiment, il y mit plus d'abandon, surtout
à mon égard ; entre lui et sa sœur, il y avait encore quelque
chose de son ancienne réserve.

Je n'étais qu'une enfant, mais je lui donnais de la sympathie, cette nourriture de l'âme dont les cœurs les plus forts
ont toujours eu besoin. Je l'aimais, je l'admirais, j'avais foi
en son génie ; ma présence lui était nécessaire ; il me parlait
en travaillant, s'amusait de mes critiques, et d'un regard me
réduisait au silence. C'est ainsi qu'il m'aima ; beaucoup trop,
disait Kate ; je n'en sais rien : tout ce que je puis dire, c'est
qu'il était bon pour moi, et que je fus bien heureuse tout
l'hiver.

Le printemps qui suivit eut encore plus de douceur. Il est
un jour, surtout, dont la beauté radieuse est restée dans ma
mémoire. Le jardin était vert et fleuri, Kate, assise auprès de
la maison, travaillait à l'aiguille, et je me tenais à la porte qui
ouvrait sur la ruelle. Les boutons de l'aubépine commençaient à éclater, le soleil était chaud, l'air transparent, la
brise caressante, les arbres, à peine feuillés, semblaient
jouir d'une vie nouvelle, la voix du coucou s'entendait seule
au milieu du silence. Je ne saurais pas pourquoi j'écris ces
détails insignifiants, si l'aspect de la nature ne se liait pas
toujours à quelque portion de notre cœur, et si à l'instant où
je regardais à la petite porte du jardin, Cornélius n'avait
franchi la ruelle. Il alla s'asseoir auprès de Kate, et je me
mis à ses pieds. Pendant quelque temps, il parla de choses
insignifiantes, puis changeant brusquement de conversation :

« Veux-tu poser pour moi? dit-il, à sa sœur.

— A quel propos? demanda-t-elle un peu troublée.

— Pour un motif à l'huile, une mère et son enfant; Daisy
poserait pour la petite fille.

— Que feras-tu de ce tableau?

— Je l'enverrai à l'exposition ; tu es matinale et je pourrai travailler de bonne heure.

— Oui, mais Daisy? »

La figure de Cornélius exprima un vif désappointement.

« Je me lèverai au point du jour! m'écriai-je.

— Non, c'est inutile; jamais cela ne sera fini!

— Laissez-moi vous parler.

— Eh! bien quoi? dit-il avec impatience.

— Si je me couchais de bonne heure, je pourrais me lever le matin.

— Vous feriez cela pour moi? s'écria-t-il vivement; vous qui aimez tant vos soirées.

— Oui, Cornélius, je serais si contente de vous être bonne à quelque chose !

— Mon excellente fille ! dit-il en me prenant dans ses bras; je n'oublierai jamais ce sacrifice, jamais! »

Lui qui accumulait sur moi tant de bontés, paraissait aussi ému de cette faible preuve de gratitude que s'il n'eût rien fait pour m'inspirer de la reconnaissance.

« N'est-ce pas charmant de sa part? disait-il à miss Kate; m'offrir de se coucher plus tôt qu'à l'ordinaire, juste au moment où elle commence à jouir de cette demi-heure qu'elle a gagnée par tant d'efforts ; elle est vraiment touchante.

— Nous éprouverons son dévouement ce soir même, » répondit Kate en souriant.

L'héroïsme avec lequel je subis cette épreuve ne pouvait être égalé que par la manière dont je posai le lendemain matin ; j'avais autant d'immobilité que miss O'Reilly d'impatience.

« Kate, lui dit enfin Cornélius, ne feras-tu rien pour l'art?

— C'est absurde ! répondit-elle.

— Absurde! l'art qui doit me faire tant d'honneur, et avec ce tableau même ! »

Elle soupira profondément.

« Qu'il est singulier, reprit Cornélius, que tu ne puisses pas admettre une chose aussi évidente! Je réussirai, c'est infaillible ; comment ne le vois-tu pas, chère sœur? .

— Notre pauvre père, Cornélius, parlait absolument comme toi; dès qu'on mettait en doute le succès qu'il devait obtenir, il s'éloignait sans vouloir vous entendre.

— Et moi, je t'écoute; voilà la différence.

— Ce n'était pas mauvais caractère ; mais l'amertume, l'espoir déçu....

— Kate, la manière dont tu soutiens Daisy est moins maternelle que jamais. »

Notre attitude était pénible, et Kate perdit patience.

« Tu arriveras trop tard à ton bureau, dit-elle ; et Daisy est fatiguée.

— Je ne suis pas lasse du tout, m'écriai-je.

— Ne sais-tu pas, lui dit son frère, qu'elle sauterait par la fenêtre si j'en avais le désir.

— C'est de la folie mais voyez donc quel regard cette petite effrontée m'adresse ! »

Je n'avais pu retenir l'expression de ma colère en entendant traiter de folie mon dévouement pour Cornélius.

« Je ne vois qu'une chose, répliqua-t-il, c'est que tu ne poses plus du tout et qu'il faut lever la séance ; ah ! Daisy est un bien meilleur modèle que toi, » ajouta l'artiste en me donnant une caresse si affectueuse que miss O'Reilly ne put s'empêcher de lui dire d'un air à demi fâché :

« Tu te feras trop aimer de cette enfant, Cornélius.

— Ne crains rien, répondit-il, j'ai l'antidote ; ne suis-je pas en train, moi-même, de l'aimer de tout mon cœur ? »

Il disait la vérité, je le savais, et je me réjouissais chaque jour d'en acquérir la certitude.

L'été succéda au printemps, il passa et le tableau avançait ; Cornélius y travaillait avec ardeur et y consacra les vacances de l'automne.

« Mon pauvre enfant, lui disait miss O'Reilly, tu es pâle, tu as besoin de te reposer.

— Je me porte à merveille ; le travail est mon plus grand plaisir, répondait-il en courant à ses pinceaux.

— Mais tu as la fièvre, » reprenait sa sœur avec tristesse.

Il avait effectivement cette fièvre étrange, plus dévorante que celle de l'amour et qui est la vie des forts ; il s'y abandonnait avec délices et puisait dans cette ivresse une nouvelle existence. Jamais, en dépit de sa pâleur, son front n'avait été plus calme ; l'espoir donnait à son regard une limpidité singulière, sa démarche était plus vivante, ses mouvements avaient plus d'énergie. Mais quand l'automne avança, quand les journées, devenant plus courtes, diminuèrent ses loisirs, Cornélius devint plus agité. Il se levait avant l'aube et parcourait son atelier avec impatience, en attendant la venue du jour ; il prenait sa palette dès qu'apparaissait la lumière ; et chaque matin il devenait plus difficile de l'arracher au travail. A peine arrivait-il de son bureau, qu'il courait à l'atelier. Que de fois, l'ayant suivi, sans même qu'il s'en doutât, je l'ai trouvé debout, fixant sur sa toile un regard qui semblait vouloir lutter avec la nuit et triompher des heures ; vaincu par l'ombre, il s'éloignait en poussant un soupir où il y avait plus de révolte que de résignation.

Un soir, nous étions au coin du feu, c'était la veille de Noël ; la conversation, après avoir langui pendant quelques instants, avait fini par s'éteindre.

« Les jours recommenceront à grandir le mois prochain, dit tout à coup miss O'Reilly en se tournant vers son frère.

— Et j'aurai recouvré la liberté, répondit Cornélius.

— Tu as perdu ta place ! s'écria sa sœur avec effroi.

— J'ai donné ma démission ; ne prends pas cet air désolé, Kate, mon tableau sera fini, sois tranquille.

— Je n'en doute pas, répondit-elle amèrement.

— D'où vient dès lors ton inquiétude ?

— Suppose qu'il ne soit pas admis.

— C'est impossible, répondit Cornélius, d'un ton plein d'assurance.

— Mon Dieu ! n'ont-ils jamais refusé de tableaux ? »

J'étais assise auprès de Cornélius, dont la main jouait négligemment avec mes cheveux ; il regarda sa sœur, et secouant sa belle tête :

« Refuser ce tableau-là ! dit-il avec un rire plein de franchise et de gaieté.

— C'est tout à fait son père, murmura-t-elle.

— Qu'en penses-tu, Daisy ? me demanda Cornélius, que faisait sourire l'aveuglement de sa sœur.

— Ils n'oseraient pas, lui dis-je.

— C'est absurde, en effet, de le supposer, » reprit-il, pour taquiner la pauvre Kate ; mais, au lieu de s'en irriter miss O'Reilly lui répondit gravement :

« Cornélius, ton assurance me donne plus d'espoir que ton enthousiasme ; j'aime le courage et la décision ; un homme doit se suffire et n'être à charge à personne, je le sais ; mais il faut poursuivre la tâche que tu as commencée et t'y livrer corps et âme. Veux-tu suivre les cours de l'Académie ? étudier sous quelque grand maître ? Veux-tu voyager ? Parle, j'ai de l'argent.

— Merci, Kate ; je suis bien aise de voir que tu m'approuves ; mais je continuerai, comme j'ai fait jusqu'à présent, n'ayant pour aide que ma propre expérience ; je veux conserver mon originalité.

— Toujours son pauvre père ! soupira Kate ; lui aussi croyait être un peintre original. »

Cornélius tenait également de son père une volonté absolue que rien ne faisait fléchir. Kate le savait et s'abstint sagement de prolonger la discussion.

Quelques jours après, Cornélius était libre ; son pas retentissait différemment sur les dalles du vestibule, ses yeux rayonnaient de joie ; il était ravi des séances interminables que nous lui donnions tous les jours, et s'amusait, comme un enfant, à bâtir des châteaux en Espagne. Son rêve, — la fortune et la gloire étaient pour lui une certitude, — son rêve était d'enlever la toiture, afin que son atelier reçût la lumière d'une façon plus convenable.

« Oui, chère sœur, dit-il un jour en levant les yeux vers le plafond, si tu veux me garder chez toi, il faut absolument percer les combles et m'éclairer par en haut. Il y a des peintres qui vont chercher un atelier en ville ; mais je suis un homme d'intérieur, fort attaché à mes pénates, et, en m'accordant ce que je te demande, tu me conserveras toujours.

— Présomptueux !

— Ai-je tort ? vois plutôt ; n'est-ce pas de la belle et bonne peinture ?

— Assurément ! s'écria-t-elle avec admiration ; où vas-tu l'envoyer ?

— A l'Académie, chère sœur ; le grand jour ou l'obscurité complète.

— Je crains qu'il soit mal placé.

— On place toujours bien les tableaux qui ont du mérite. »

Miss O'Reilly garda le silence ; mais il était facile de voir qu'elle n'était pas sans inquiétude, et il lui arriva plus d'une fois de s'écrier tout à coup, au moment où l'on s'y attendait le moins :

« J'espère qu'il sera bien éclairé, Cornélius ?

— J'en suis sûr, » répondait-il d'un air calme.

Enfin arriva le grand jour, où ce point intéressant devait être décidé. C'était au mois de mai, par un temps admirable ; Cornélius voulut y aller seul. « La foule est si grande le premier jour ! » avait-il répondu à nos instances ; et nous l'avions laissé partir.

C'était à qui de nous deux s'efforcerait de paraître indifférente ; mais Kate ne pouvait rien faire, et je laissai tomber mon livre.

« Je voudrais bien savoir pourquoi tu regardes à cette fenêtre ? me demanda miss O'Reilly.

— Cornélius disait ce matin qu'il reviendrait par la grande porte, répondis-je.

— Pourquoi l'attendre aujourd'hui plus tôt qu'à l'ordinaire, poursuivit-elle. Daisy, tu m'ôtes le jour. »

Mais à peine avais-je quitté la fenêtre, que miss O'Reilly l'ouvrait et se penchait dans la rue. L'heure avançait, Cornélius ne revenait pas ; elle n'y tint plus et dit avec anxiété :

« J'ai peur qu'on ne lui ait pas donné la place qu'il méritait.

— Moi aussi, répondis-je, car ma confiance commençait à s'ébranler.

— Pourquoi ne revient-il pas ? » et ne pouvant plus cacher son impatience, Kate retourna près de la fenêtre, d'où elle ne bougea plus.

« Le voilà ! m'écriai-je, en entendant sonner à la porte du jardin.

— C'est impossible, répondit Kate avec indignation ; Daisy, je te défends d'aller ouvrir ; cela ne peut être qu'un mendiant. Lui, revenir par la porte de derrière ! mais tu es folle ! »

J'allai regarder par la fenêtre d'une petite chambre qui donnait sur le jardin ; j'y arrivai au moment où Déborah ouvrait la porte. C'était bien Cornélius ; son chapeau était rabattu sur ses yeux, et le bas de sa figure était d'une pâleur livide. Il entra sans rien dire, monta l'escalier rapidement, je l'entendis fermer la porte de sa chambre, et tout redevint silencieux.

Lorsque je rentrai dans le parloir, miss O'Reilly marchait avec agitation : « Mon pauvre enfant ! » s'écriait-elle avec un profond mélange de tendresse et de douleur. Puis s'arrêtant tout à coup, son regard étincela, et d'une voix indignée :

« Ce sont des méchants, dit-elle, des envieux ; ils ne le laisseront pas parvenir, dans la crainte d'être éclipsés par lui. Oh! non ; ils savent trop bien deviner le mérite ; ils l'écraseront du premier coup, sans lui donner le temps de se révéler ; ils ont eu peur de son avenir! Mais on devait s'y attendre. Comment Cornélius ne l'a-t-il pas compris! un Irlandais! Pourquoi n'a-t-il pas signé son tableau du nom de Smith, de Jenkins ou de Léopold Trim? on l'aurait admis sans discussion; mais un Cornélius O'Reilly! Il fallait être fou pour conserver de l'espoir.

— Est-ce qu'on n'accepte pas les tableaux des Irlandais?

— Tais-toi, répondit Kate.

— Faut-il servir le thé, madame? demanda la bonne qui venait d'ouvrir la porte.

— Et pourquoi pas? répliqua miss O'Reilly; avez-vous un motif pour ne pas le faire? je voudrais savoir lequel? »

La pauvre fille resta muette de surprise.

« Apportez les tasses, continua sa maîtresse, et désormais rappelez-vous que je ne veux pas d'observations; cela ne me convient nullement. »

Déborah, toute confuse, se retira sans rien comprendre à la mauvaise humeur de Kate, et revint avec le plateau quelques instants après.

Miss O'Reilly fit le thé en poussant un soupir; nous avions peu mangé à dîner, mais Cornélius n'avait rien pris du tout, et cependant il ne paraissait pas.

« Va le chercher, » me dit sa sœur à voix basse.

CHAPITRE X.

Je frappai à sa porte ; il m'ouvrit sans rien dire ; je lui fis ma commission, il ne répondit pas et me suivit immédiatement. En entrant dans le parloir il rencontra le regard de sa sœur qui resta fixé sur lui; je pus examiner sa figure que je n'avais pas distinguée dans l'ombre ; il était pâle, mais d'un calme parfait.

Le thé se passa dans le plus profond silence. Déborah vint reprendre les tasses, et dès qu'elle eut fermé la porte :

« La jalousie est un sentiment bien vil, s'écria miss O'Reilly.

— Très-vil, répondit Cornélius.

— En pareil cas surtout.

— Ce n'est pas la jalousie, Kate, reprit-il d'un air attristé.

— Ton nom, alors ! je le disais tout à l'heure ; un Smith, un Jones ou un Trim aurait été admis sans conteste ; mais un O'Reilly....

— Ce n'est pas la signature, interrompit Cornélius en rougissant.

« Qu'est-ce que cela peut être ? »

Ses lèvres tremblèrent, mais surmontant son émotion, il reprit d'une voix ferme :

« C'est la faute du tableau.

— Du tableau ! répéta sa sœur d'un air désespéré.

— Oh ! ce n'est pas parce qu'il a été refusé que je suis malheureux, dit Cornélius, devenu tout à coup inexorable pour lui-même ; c'est parce qu'il a mérité de l'être. Je me suis bien cruellement trompé, ma pauvre Kate ; et ce n'est pas d'aujourd'hui que j'ai fait cette découverte ; il y a des semaines que je m'en suis aperçu. Tant que je n'ai pas été aux prises avec l'art, tant qu'il est resté pour moi à l'état d'idéal, la foi était dans mon âme, et y affluait comme la marée montante ; le flot s'est retiré et n'a laissé derrière lui que stérilité et sécheresse. »

Il était assis près de la table, le front appuyé sur sa main ; la clarté de la lampe tombait sur son visage d'où la volonté s'efforçait vainement d'effacer l'amertume.

« Que vas-tu faire ? lui demanda sa sœur après quelques instants de silence.

— Chercher une autre place, n'importe laquelle.

— Redevenir commis ! Pourquoi ne pas continuer la peinture ?

— Et travailler comme manœuvre après avoir espéré la maîtrise ? Non, Kate, non ; ce serait trop déroger.

— Ainsi tu l'abandonnes ?

— Complétement. »

Kate se leva de son siége et posant la main sur le bras de son frère : « Laisse le commerce et la banque aux gens de métiers, lui dit-elle avec chaleur ; tu es jeune, instruit, courageux, prends une carrière honorable, travaille, fais ton chemin comme tu pourras ; je t'aiderai si tu veux, j'en trouverai les moyens.

— Je ne peux pas, répondit Cornélius.

— Ah ! tu reviendras à la peinture !

— Non, Kate ; ne pouvant faire de bons tableaux, je n'en peindrai pas de mauvais.

— Eh, bien ! alors que feras-tu ?

— Je rentrerai dans une maison de commerce.

— Une maison de commerce, fumeuse et sale, pour un gentilhomme irlandais de pur sang milésien, dont la race n'a jamais été souillée par une alliance saxonne ou écossaise. Le commerce pour un O'Reilly ! va, retourne à tes pinceaux, Cornélius !

— Cela ne dépend pas de ma volonté, Kate ; je ne peux plus peindre maintenant ; ma foi est morte. Ferme l'atelier si tu veux, pose le chevalet contre le mur, brise la palette et les pinceaux, ton frère ne les reprendra jamais.

— Il ne sera pas commis, » dit-elle d'une voix pleine de résolution.

Cornélius fronça les sourcils avec impatience.

« Mais pourquoi ? reprit sa sœur, pourquoi cet entêtement de vouloir se replacer dans le commerce ?

— Tu le demandes ?

— Et je désire le savoir, dit-elle en revenant à sa place.

— Kate, lorsque James vit qu'il ne pouvait pas épouser sa cousine, pourquoi est-il allé se jeter dans la Tamise ? »

Miss O'Reilly fit un bond sur son fauteuil.

« C'est absurde, s'écria-t-elle en pâlissant ; tu ne vas pas te jeter à l'eau parce que tu fais de mauvaise peinture ?

— Non ; mais je suivrai l'exemple de James ; ne pouvant pas avoir celle que j'aime, je n'en aurai jamais d'autre. J'avais choisi pour amante l'éternelle fraîcheur, l'éternelle beauté, le rayon et la vie ; et tu crois que je peux maintenant épouser la chicane ou la médecine, l'une de ces vieilles femmes que les hommes courtisent pour de l'argent ! dit-il d'une voix indignée.

— James était fou, reprit vivement sa sœur.

— Tu as raison ; et bien qu'il n'y ait pas de fiancée comparable à la peinture, bien que l'amour, dont les poëtes ont fait tant de bruit, ne soit que tiédeur à côté de la passion qui brûle et domine l'artiste, je ne me jetterai pas à la rivière parce que le don divin m'a été refusé, et qu'au lieu d'être cet homme....

— Bien ; mais si tu ne veux pas faire autre chose, interrompit sa sœur.

— Impossible !... Daisy, pourquoi n'apportez-vous pas vos livres comme à l'ordinaire ? »

J'obéis aussitôt, mais je fus horriblement distraite.

« A quoi pensez-vous donc ? » s'écria Cornélius.

Je pensais qu'il ne serait plus artiste, et, qu'en abandonnant la peinture, il renonçait à la gloire. Cette question me fit fondre en larmes.

« Je comprends, dit-il, vous ne savez pas votre leçon. » Il ferma le livre, alla au piano et chanta comme à l'ordinaire.

Évidemment Cornélius ne voulait pas qu'on le plaignît ; il était sans pitié pour lui-même et n'acceptait pas celle des autres. L'orgueil ne lui permettait pas d'avouer qu'il souffrait, et pourtant il était facile de voir qu'il était malheureux.

Il s'occupa de chercher une nouvelle place de commis avec l'étrange ardeur qu'un homme peut mettre à choisir une corde pour se pendre. Une expression pénible contractait sa figure ; sa parole devenait amère, son sourire était ironique ; sa gaieté avait quelque chose d'effrayant, et sa crainte d'éveiller la pitié se montrait tellement soupçonneuse, que c'est tout au plus si nous osions le regarder. Trois semaines s'écoulèrent ainsi, lorsqu'un jour, nous trouvant dans le jardin, il me sembla que Cornélius était moins sombre.

« Quel sera le sujet de votre prochain tableau ? » m'aventurai-je à lui dire de ma voix la plus douce.

Il me lança un regard tellement sévère que je reculai tout effrayée.

« Comment oses-tu parler de cela ? » s'écria sa sœur avec irritation.

Je m'esquivai peu de temps après et courus dans l'atelier

pour rêver au sujet dont on ne pouvait plus s'entretenir. Le chevalet était appuyé contre le mur, une poussière épaisse couvrait les tableaux et les toiles ; l'esquisse d'un paysage, la dernière chose à laquelle j'avais vu travailler Cornélius, était restée sur la table où elle gisait inachevée. J'ouvris un portefeuille, j'en tirai les dessins et, m'agenouillant par terre, je les étendis autour de moi. Absorbée dans ma contemplation je n'entendis pas entrer Cornélius.

« Que faites-vous ici ? me demanda-t-il.

— Je les regarde, répondis-je toute confuse.

— C'est une grande liberté que vous avez prise. »

Je me disposais à les remettre dans le portefeuille lorsqu'il reprit d'un ton sec :

— Laissez-les par terre, ils y sont à leur place.

— Cornélius, lui fis-je observer timidement, vous marchez sur l'italien et vous allez mettre le pied sur la jeune fille au bouquet.

— Ce n'est bon qu'à jeter au feu, répondit-il avec aigreur.

— Laissez-moi les ranger. »

Il ouvrit la bouche pour me répondre, mais il se recula sans rien dire.

« Je vous en prie, ne les brûlez pas, dis-je en levant les yeux vers lui,

— Allez-vous-en, » répondit-il.

Au moment où j'allais ouvrir la porte, je vis Cornélius prendre une allumette. Voulait-il simplement allumer son cigare ou mettre le feu au portefeuille ?

« Je vous en prie, ne le faites pas, m'écriai-je d'une voix suppliante.

— Ne vous ai-je pas dit de vous en aller, Daisy ? »

J'ouvris la porte, que je fermai aussitôt ; mais il me fut impossible de résister à la tentation de connaître le sort réservé aux dessins, et je me baissais pour regarder par le trou de la serrure quand la porte se rouvrant tout à coup :

« Partez donc, » s'écria Cornélius d'une voix irritée.

Je descendis en pleurant et je courus dans le parloir où miss O'Reilly travaillait.

« Kate, lui dis-je à travers mes larmes, Cornélius qui brûle tous ses dessins !

— Vraiment ? dit-elle avec calme.

— Oh ! je vous en prie, allez l'en empêcher.

— Y en a-t-il beaucoup ?

— Trois grands portefeuilles et un plus petit.

— C'est considérable.

— Peut-être pourriez-vous en sauver quelques-uns.

— Cela exigera un certain temps, poursuivit-elle d'un air distrait ; je vais faire retarder le thé.

— Ils seront tous brûlés, Kate, si vous n'y allez pas.

— J'espère, continua miss O'Reilly quelque peu inquiète, j'espère qu'il prendra garde de mettre le feu. »

Il était évident qu'elle ne voulait pas faire la moindre démarche pour sauver les portefeuilles. J'allai m'asseoir dans l'endroit le plus sombre de la pièce et je pleurai tout bas la perte de mes rêves.

On attendit longtemps Cornélius ; il finit par descendre et s'excusa d'avoir retardé le thé.

« Peu importe, dit Kate avec un soupir ; Daisy, où es-tu donc ?

— Me voici, répondis-je en me levant.

— Donne cette tasse à Cornélius. Il y a de ces choses excessivement pénibles, ajouta miss O'Reilly.

— C'est vrai, Kate.

— Elles exigent de la résolution ; mais après tout, mieux vaut trancher dans le vif.

— Qu'est-il donc arrivé ?

— Rien ; seulement j'admire ton courage.

— A propos de quoi ?

— Mais d'avoir brûlé tes dessins. »

Il se mordit les lèvres, rougit et répliqua d'un ton grave :
« Je ne les ai pas brûlés, Kate.

— Pas brûlés ! s'écria-t-elle en me regardant ; pas brûlés ! et moi qui ai laissé refroidir le thé pour ne pas te troubler dans ton sacrifice !

— Je ne t'en remercie pas moins, Kate.

— Pas brûlés ! mais alors que faisais-tu là-haut ?

— Je terminais quelque chose que je te montrerai demain matin.

— Il revient à la peinture ! s'écria miss O'Reilly.

— Plus amoureux que jamais, Kate.

— Mon pauvre enfant, c'est une coquette sans âme.

— Non, Kate; elle a seulement un peu de cette ruse toute féminine qui nous attire et qui a sur nous une puissance irrésistible.

— Elle t'a déjà échappé.

— C'est moi qui n'ai pas su la saisir; j'essayerai de nouveau; un cœur sans vaillance n'a jamais rien obtenu d'une jolie femme. »

Il avait l'air si confiant, sa voix était si joyeuse, que le nuage qui assombrissait la figure de Kate se dissipa.

« J'étais folle, dit-elle avec un sourire, de croire à la colère d'un amoureux.

— Oui, répondit Cornélius, j'avais juré de ne plus m'occuper d'elle; mais c'est impossible, Kate, l'homme ne peut pas renier sa propre nature, renoncer à la vie même.

— Que vas-tu faire? reprit sa sœur.

— Travailler, Kate; travailler sans cesse, rien ne me semblera pénible, rien ne me rebutera, » dit-il, et son regard étincelait.

Je ne pus pas y tenir plus longtemps; au risque de renverser la tasse qu'il tenait à la main, je lui jetai mes bras autour du cou et je m'écriai en pleurant de bonheur :

« Que je suis contente, Cornélius!

— Elle est aussi folle que lui, et plus encore, » dit sa sœur en hochant la tête.

Il se mit à rire, m'attira sur ses genoux et me combla de ses caresses. Toutefois je n'étais pas bien depuis quelques jours, et lorsque la première émotion fut dissipée, je retombai dans une somnolence indéfinissable. Il fallut que Cornélius me rappelât qu'il était l'heure de la leçon; je ne sais pas comment je lui répondis, mais quelques instants après il repoussa les livres et me fit asseoir à côté de lui. Kate me regardait avec inquiétude, et son frère n'avait jamais été aussi bon pour moi qu'il le fut dans cette soirée. Il me fit la lecture, se mit au piano, chanta quelque chose, vint se rasseoir sur le divan où j'étais couchée, et me regardant avec une tendresse que je n'oublierai jamais, il me pressa de lui dire ce que je voulais qu'il me donnât.

« Je ne veux rien, répondis-je d'une voix languissante.

— Un livre, reprit-il avec insistance, un coffret en bois de rose, un pupitre, je suis riche, enfant, voyez plutôt ma bourse. Qu'est-ce qui vous fait envie ?

—Je voudrais connaître le sujet du tableau que vous allez peindre, lui demandai-je.

—Comme si je n'allais en faire qu'un seul ! » répondit-il gaiement. Il me décrivit en quelques mots pittoresques une magnifique collection de batailles, de saintes familles, de sujets dramatiques, d'intérieurs, de paysages tout humides de rosée.

« Mais, Cornélius, il faudra une galerie pour les contenir, m'écriai-je avec ravissement.

—Nous en ferons bâtir une, me dit-il en réprimant un sourire ; et quand vous serez pâle et abattue comme ce soir, nous nous y promènerons. Vois plutôt Kate, n'est-elle pas mieux que tout à l'heure ; qu'en penses-tu ?

—Je pense, répliqua miss O'Reilly, que tu ne t'es jamais occupé d'une femme, ou d'un enfant, comme tu le fais ce soir de cette pâlotte, et qu'elle a gagné ton cœur par le fol amour qu'elle a pris pour la peinture.

—Puisque tu l'as deviné, répondit-il en riant, je ne m'en défendrai pas ; j'attends que Daisy soit assez grande pour me marier avec elle.

—Non, m'écriai-je avec chaleur.

—Elle me repousse, l'ingrate ! Est-ce pour en arriver là que je vous ai si souvent rapporté du pain d'épice, des pommes et des noix, moins dures que votre cœur impitoyable ? »

Je n'en persistai pas moins à refuser Cornélius. Pour moi l'affection la plus vive était celle que l'on a pour son père, et je ne pouvais pas, même en plaisantant, consentir à lui donner un autre nom qui me paraissait moins doux. Miss O'Reilly trancha la difficulté en prétendant qu'il était ridicule pour une petite fille de mon âge de veiller aussi tard. Elle se leva, me prit par la main, et je souhaitai le bonsoir à mon père adoptif. Il m'embrassa deux ou trois fois avec une tendresse qui fit dire à sa sœur :

« Tu aimes beaucoup cette enfant. Cornélius !

—Oui, répondit-il ; après toi, il n'est personne au monde pour qui j'aie la moitié de l'affection qu'elle m'inspire ; et je ne l'ai jamais éprouvé aussi vivement que ce soir »

Ma joue était près de la sienne, sa chevelure épaisse effleurait mon visage, ses yeux étaient fixés sur les miens, et son regard avait quelque chose de triste au milieu de sa tendresse. Je sentis combien il aimait sincèrement l'orpheline qu'il avait adoptée, et lui rendant ses baisers je fus heureuse jusqu'à la souffrance même.

Je crois aux pressentiments du cœur, et je suis persuadée qu'en cet instant, Cornélius et moi, nous subissions à notre insu l'influence mystérieuse d'événements qui étaient prêts à s'accomplir. Le lendemain il sut pourquoi il m'avait plus aimée qu'à l'ordinaire : j'étais dangereusement malade, et pendant plusieurs semaines on désespéra de me sauver.

CHAPITRE XI.

Cette époque de ma vie n'a laissé dans ma mémoire qu'un souvenir confus, ou plutôt un vide au milieu duquel se détachent deux figures lumineuses : l'image de Cornélius assis auprès de moi, tenant ma main dans la sienne ; et celle d'une jeune femme, pâle et blonde qui, vêtue de blanc, se tenait au pied de mon lit, calme et belle comme une vision céleste. Je me rappelle toujours combien mon pauvre cerveau fiévreux se tourmentait pour deviner quelle pouvait être cette ravissante créature, et je me souviens d'avoir fini par lui demander son nom.

« Miriam, » répondit-elle d'une voix douce et froide comme le son d'une cloche argentine. Le nom de Miriam m'était complétement inconnu ; mais ma pensée flottante n'avait pas assez de force pour discuter une idée quelconque, et je m'habituai à la présence de cette femme, sans chercher à en savoir davantage. Une fois, j'en ai gardé le souvenir, elle était à demi cachée par les rideaux blancs ; Cornélius, un peu plus loin, parlait à un homme grave, et bien que ce fût à voix basse, il y avait dans son accent quelque chose qui réveilla ma conscience endormie.

« Je ne puis vous donner aucun espoir, disait l'homme grave en secouant la tête ; elle s'éteindra peu à peu.

— Oh! docteur, répondit Cornélius d'une voix suppliante, elle est si jeune, douze ans à peine!

— Mon cher monsieur, nous ne pouvons pas faire de miracles, et ces enfants d'une nature excitable....

— Mais elle est si tranquille, ma pauvre petite Daisy, interrompit Cornélius; vous n'avez jamais vu d'enfant aussi calme; elle reste des heures entières sans bouger, tandis que je suis à peindre; je vous assure, monsieur, qu'il n'y a pas sur terre de plus douce créature.

— Il est possible, reprit le docteur, qu'elle triomphe de cette maladie; mais elle est trop délicate, trop frêle, pour que je puisse avoir foi dans son avenir. »

En disant ces mots il s'éloigna; quand il fut parti, Cornélius se rapprocha de moi et se penchant au-dessus de ma tête :

« Ma pauvre Daisy, murmura-t-il d'une voix douloureuse, je ne peux pas croire que tu te flétrisses d'aussi bonne heure. »

Deux larmes tombèrent sur mon visage.

« Elle vivra, dit une voix douce et limpide; elle vivra, monsieur O'Reilly; vous l'aimez trop, elle ne peut pas mourir. »

Je regardai languissamment par mes paupières demi-closes: Miriam était auprès de Cornélius ; elle avait la main sur l'épaule du jeune homme, qui la contemplait avec surprise.

« La mienne avait été condamnée trois fois, poursuivit-elle en souriant; mais je ne voulais pas la laisser partir, et elle ne m'a pas quittée; soyez tranquille, votre enfant vous restera.

— Dieu puisse vous entendre et vous bénir pour cette bonne prédiction, » répondit-il bien bas; et s'inclinant, il lui baisa la main. Elle rougit; la porte venait de s'ouvrir, Kate au lieu d'entrer dans la chambre, demeura sur le seuil, où elle resta comme frappée d'étonnement.

Le jour même il s'opéra une crise favorable, et le médecin, à sa première visite, déclara que j'étais hors de danger. Kate et Cornélius étaient seuls près de mon lit; je n'oublierai jamais la joie qu'ils éprouvèrent en écoutant ces paroles; j'aurais été leur propre enfant qu'ils n'en auraient pas ressenti plus de bonheur. Ma convalescence fut rapide; l'une des premières choses que je demandai fut d'être portée dans l'atelier; et toutes les précautions ayant été prises pour m'empêcher d'avoir froid, mon désir fut satisfait par une belle matinée de juillet. Je regardai le tableau que Cornélius avait commencé pendant que j'étais malade, puis je voulus être placée auprès de la fenêtre ouverte, qui donnait sur le jardin et sur celui de miss Russell, notre locataire, une vieille fille que je ne connaissais pas. J'avais toujours vu son jardin aussi désert que le nôtre, avec lequel du reste il offrait une grande ressemblance, et je fus très-étonnée en remarquant deux personnes assises à côté d'un massif de chèvrefeuille; l'une d'elles faisait la lecture à une femme âgée, qui lui dit quelques instants après:

« C'est assez, ma chère demoiselle, assez pour aujourd'hui.

—Est-ce que vous voulez rentrer, nourrice? demanda la jeune fille avec douceur.

—Je crois que je ferais bien. Miss Ducky, ne vous occupez pas de moi, ajouta la vieille femme en s'adressant à une tierce personne, le bras de mademoiselle me suffira. »

La jeune lady, qui avait fait la lecture, aida la vieille femme à se lever et la reconduisit à la maison avec la plus grande sollicitude; elle reparut bientôt, alla se rasseoir auprès du chèvrefeuille, et se mit à lire dans un volume plus petit que celui qu'elle tenait précédemment. Elle portait une robe blanche; et la tête légèrement inclinée, les yeux fixés sur son livre qui était posé sur ses genoux, elle avait l'air de ces belles statues dont on décore les jardins. La personne que la vieille femme avait appelée Ducky était très-jeune, presque une enfant, petite, jolie, fraîche comme une rose, et possédait une profusion de cheveux bruns et bouclés. Elle s'était beaucoup ennuyée de la lecture qui se faisait à la nourrice, et je lui avais vu se permettre de bâiller deux ou trois fois. Toute joyeuse d'être délivrée de la contrainte qu'elle avait cru devoir s'imposer, elle papillonnait maintenant autour du chèvrefeuille, légère et active comme une abeille. Une grâce indicible était dans ses moindres gestes, et le mouvement lui seyait aussi bien que le repos convenait à sa compagne ; elle bondissait et fuyait sans cesse ; puis elle cueillit une fleur, effeuilla un arbuste et se retournant tout à coup :

« Miriam ! s'écria-t-elle du ton d'un enfant gâté, laisse ton livre, tu as assez lu aujourd'hui. » Elle lui jeta la rose qu'elle tenait à la main.

La jeune femme releva son beau visage, et d'une voix qui monta dans l'air comme une note harmonieuse :

« Que veux-tu ? lui demanda-t-elle.

— Je veux que tu cesses de lire, et que tu viennes avec moi. »

Miriam ferma son livre et se dirigea vers celle qui l'appelait.

« Comment peux-tu faire la lecture à cette vieille nourrice, reprit l'enfant gâtée ; encore si c'était un livre amusant ; mais Baxter que je déteste !

— Elle est aveugle, répondit la belle créature, et Baxter est son auteur favori.

— Si j'étais aussi jalouse que toi, Miriam, continua miss Ducky, cela me déplairait beaucoup. »

Elle posa sa tête bouclée sur l'épaule de sa compagne qui l'embrassa tendrement ; puis elles se promenèrent toutes les deux en parlant à voix basse. Je tournai la tête pour demander à Cornélius quelles étaient ces deux jeunes filles, et je le trouvai derrière moi, l'œil ardent et fixé sur le jardin où se promenaient nos voisines.

« Cette jeune lady, qu'on appelle Miriam, n'est-elle pas venue me voir pendant que j'étais malade ? lui demandai-je.

— Oui, répondit-il en se remettant à son chevalet.

— Qui est-elle ? poursuivis-je.

— La nièce de notre locataire.

— Et l'autre jeune fille ?

— Sa sœur.

— Y a-t-il longtemps qu'elles sont ici ?

— Depuis la première semaine de votre maladie.

— Est-ce qu'elle est venue me voir souvent ?

— Tous les jours ; elle a même passé une nuit auprès de vous.

— Elle ne vient donc plus, Cornélius ?

— Non ; elle a cessé de venir du moment où vous avez été sauvée.

— Comme elle paraît aimer sa sœur.

— Jusqu'à la folie, répondit Cornélius qui continuait à peindre sans détourner la tête.

— Elle est pourtant bien plus belle que miss Ducky, » ajoutai-je en me retournant vers le jardin, où les deux sœurs avaient fini par se rasseoir.

Cornélius quitta son chevalet et vint regarder par-dessus mon épaule.

« Vous vous trompez, répondit-il en souriant; la petite est beaucoup plus jolie. Demandez à Kate, ajouta-t-il en voyant cette dernière qui venait d'ouvrir la porte.

— Ta vue est meilleure que la mienne, répliqua miss O'Reilly; mais, autant que je puis en juger, la petite est gentille et l'autre fort belle, bien qu'elle soit un peu froide.

— Gentille! s'écria Cornélius, mais elle est ravissante!

— Ne crains-tu pas que l'enfant ne se refroidisse? » Kate approcha de la fenêtre, et la ferma, en jetant sur les deux jeunes filles un regard qui semblait dire : J'aimerais mieux que vous ne fussiez pas ici.

Je restai quelque temps encore dans l'atelier. Cornélius prit la peine de me distraire en me parlant de notre galerie de tableaux; puis il me reporta dans ma chambre, et Kate vint travailler auprès de moi. Je la questionnai au sujet de miss Russell, mais j'en appris fort peu de chose; elle supposait que la belle miss était venue me voir par bonté de cœur; c'était de sa part, disait-elle, une preuve de dévouement, dont je n'avais certes pas besoin. Elle ajoutait que les natures froides sont vraiment singulières, et beaucoup de choses que je ne comprenais pas. Je lui demandai s'il était venu d'autres personnes pendant que j'étais malade. Elle me répondit que M. Trim et M. Smalley qui, par parenthèse, n'avait pas eu la cure qui lui était promise, étaient venus plusieurs fois savoir de mes nouvelles.

« J'espère bien que M. Trim ne m'a pas embrassée! m'écriai-je avec inquiétude; car cet aimable personnage continuait à me témoigner une affection dont j'étais révoltée.

— A quoi penses-tu? répondit Kate; ils étaient plus occupés de miss Russell que de ta maigre personne. Repose-toi; je crois qu'ils doivent venir ce soir, et Cornélius a l'intention de te descendre pendant une demi-heure.

Je ne tardai pas à m'endormir du plus profond sommeil, et le soir, enveloppée comme une momie, Cornélius me prit dans ses bras et me porta dans le salon. A peine m'avait-il déposée sur le divan, que la porte s'ouvrit et qu'on annonça miss Russell.

Une tête charmante et frisée apparut derrière Déborah, et s'éclipsa tout à coup.

« Entrez, je vous en prie, dit Kate en se levant.

— Vous avez quelqu'un? répondit une voix enjouée qui résonna dans le vestibule.

— Pas du tout, je n'ai personne.

— Vous prenez peut-être le thé?

— Dans une heure tout au plus, miss Russell.

— J'aime mieux revenir un autre jour, répondit la petite voix qui paraissait trembler.

— Mon frère ne vous fait pas peur?

— Oh! non, » balbutia la timide créature d'un accent qui voulait dire : Bonté divine! horriblement!

Kate se dirigea vers la porte ; nous entendîmes un éclat de rire, quelques mots étouffés, et bientôt après miss O'Reilly rentra dans le salon, tenant par la main une belle enfant, hors d'haleine, et qui ressemblait à une biche effarouchée : elle venait savoir comment allait la petite fille.

« Je suis si contente qu'elle soit guérie! dit-elle.

— Asseyez-vous, miss.

— Excusez-moi, je ne peux pas; il faut que je m'en aille. »

Elle parlait avec une volubilité enfantine, secouait avec grâce les anneaux brillants de sa chevelure; et ses yeux bruns, remplis d'étincelles, regardaient partout, excepté dans la direction de Cornélius. Kate la pressait en vain de s'asseoir, lorsque l'entrée subite de MM. Trim et Smalley vint ajouter à son effroi. Dans sa confusion, elle vola vers la fenêtre au lieu de courir à la porte.

« Quelle méprise, oh! mon Dieu;... mais vous savez.... je suis un peu folle. »

Et la jolie créature, plus charmante sous sa rougeur, finit par céder aux instances de miss O'Reilly. Pendant ce temps-là j'avais reçu les félicitations de M. Smalley et de M. Trim, qui, tous deux, regardaient avec un intérêt mêlé de curiosité la ravissante petite miss.

On n'a jamais vu pareille coquette; à peine lui eut-on présenté ces messieurs, qu'elle attaqua M. Trim du regard, M. Smalley avec un sourire, Cornélius à la fois du regard, du sourire et de la voix; et les ayant pris à l'hameçon, elle continua de les traîner à sa suite avec une satisfaction évidente. M. Trim, que les femmes n'avaient pas accoutumé à de telles faveurs, jubilait sans vergogne et se permettait les compliments les plus hyperboliques. Après avoir averti la jeune miss du peu d'importance qu'il fallait attacher à ses paroles, il se rapprocha d'elle et lui demanda, en la regardant en face, combien de cœurs elle avait déjà brisés.

« J'en ai cassé un en cornaline avant-hier, répondit-elle d'un air contrit, et j'en ai eu beaucoup de chàgrin.

— Ne peut-on pas le raccommoder, demanda M. Smalley avec innocence.

— Je n'en sais rien, je ne l'ai pas essayé, dit-elle; j'avais l'habitude de le porter au cou; il est maintenant dans un tiroir.

— Pauvre cœur! » s'écria Cornélius.

La petite fille se mit à rire, secoua gaiement ses papillotes flottantes, puis tout à coup devint muette comme une souris, et de l'air effrayé d'un enfant pris en faute, regarda vers la porte que sa sœur venait de franchir sans qu'on l'eût annoncée.

Miriam entra d'un air tranquille, passa à côté de moi et de Cornélius sans nous regarder ni l'un ni l'autre, et s'excusa auprès de Kate de la liberté qu'elle avait prise de venir ainsi chez elle sans y être attendue; mais sa sœur avait disparu tout à coup, à la grande inquiétude de sa famille, dont les alarmes ne s'étaient dissipées qu'en entendant la voix de la fugitive s'échapper de la maison voisine. Miss Ducky, les yeux baissés et la figure repentante, s'était levée immédiatement et se disposait à suivre Miriam qui avait refusé de prendre un siége. M. Trim paraissait désireux de la retenir, et les mains croisées sur ses genoux, il se pencha en essayant d'attirer le regard de miss Russell.

« Votre sœur, lui dit-il, nous entretenait des cœurs....

— Je n'ai parlé que de celui de cornaline, » interrompit Ducky d'un air tout effaré.

Miriam transperça M. Trim du regard froid de ses yeux verts, souhaita le bonsoir à miss O'Reilly, adressa un sou-

rire à M. Smalley, qui devint tout rouge, inclina froidement
la tête en passant auprès de Cornélius, et ferma la porte sur
elle et sur sa sœur.

« La jolie fille ! s'écria M. Trim en fermant les yeux dès
qu'elles furent sorties du parloir.

— Jolie n'est pas le mot; elle a une beauté vraiment clas-
sique, lui fit observer M. Smalley.

— Ah! c'est de l'autre que vous parlez, répondit M. Trim
en ricanant. Bon pour vous, Smalley, qui êtes un ecclésiastique, d'admirer une femme, aussi fière que Satan, par cela
seul qu'elle possède un nez grec.

— Je l'admire, interrompit M. Smalley en rougissant de
nouveau, parce que la première fois que je l'ai vue, elle ac-
complissait le précepte qui nous enjoint de visiter les malades
et de consoler les affligés.

— Chacun son goût, répliqua M. Trim; je préfère la
petite à son admirable sœur, et je suis persuadé que Cornélius en dirait autant, s'il ne faisait profession de détester
toutes les femmes.

— J'espère que c'est faux, » repartit M. Smalley en se
tournant vers Cornélius, qui ne repoussa pas l'accusation de
M. Trim, et qui paraissait absorbé par la demande que je lui
faisais de me reporter dans ma chambre. J'étais encore
faible, le bruit des voix me faisait mal à la tête, et je souhaitai le bonsoir à nos deux visiteurs. M. Trim, qui savait probablement combien je détestais son affreux visage, éprouvait
un malin plaisir à le rapprocher de ma figure. Lorsque je
vis qu'il se penchait vers moi, je me réfugiai, en criant,
dans les bras de Cornélius, qui le pria d'un air impatienté
de vouloir bien me laisser tranquille.

« J'ai toujours été malheureux avec le beau sexe, répondit M. Trim en soupirant, tandis que Smalley étant d'une
timidité qui a toujours réussi auprès des femmes.... »

Je ne pus en entendre davantage, Cornélius m'emporta
dans ses bras en murmurant une phrase où les mots de Trim
et d'insolence furent les seuls qui parvinrent à mon oreille.

Deux jours après, j'étais assez forte pour descendre au
jardin où Cornélius me sacrifia une heure de son travail.
L'après-midi était chaude et lumineuse, et je jouissais avec
délices de ce retour à la vie qui annonce la convalescence,

lorsque Miriam apparut. Cornélius se trouvait auprès de
moi ; le sang lui jaillit au visage, et sa main trembla dans
la mienne.

« Comment allez-vous? me demanda miss Russell.

— Très-bien, je vous remercie, » lui répondis-je à voix
basse, car ses traits purs, qui avaient la froide beauté du
marbre, repoussaient toute idée de familiarité. Elle laissa
tomber sur moi un regard indifférent de ses yeux trop pâles,
et dit à Cornélius après avoir refusé de s'asseoir :

« Votre enfant vous est restée.

— Elle est toujours bien faible, répondit-il.

— Ne vous en tourmentez pas ; elle grandira comme a
fait la mienne.

— Je l'espère, répliqua-t-il en me regardant.

— Vous la gâtez, n'est-ce pas? reprit miss Russell.

—Kate le prétend. Est-ce qu'elle a raison? me demanda-t-il.

— Oui, » répondis-je en me cachant à moitié sur son
épaule, d'où je regardai Miriam qui souriait, comme si la
tendresse que je témoignais à Cornélius lui eût fait plaisir à
voir.

« Elle me gâte aussi, mais elle ne veut pas l'avouer, » dit
une voix enfantine qui résonna sur le perron, et nous vîmes
la jolie tête de miss Ducky, dont les yeux étaient tournés
vers nous.

« Elles est si jalouse ! continua la belle enfant. Est-ce que
vous êtes jalouse de Daisy, monsieur? »

Elle était charmante à voir à l'ombre du vieux porche, et
Cornélius, dont elle attendait le regard, sourit à sa jeune
beauté. Miriam jeta sur eux, tour à tour, un coup d'œil inquiet,
sa figure pâle s'assombrit, elle nous dit subitement adieu,
se dirigea vers sa sœur, et l'emmena malgré la répugnance
que celle-ci éprouvait à partir. Cornélius continua à regarder avec extase l'endroit que miss Russell venait d'occuper.
Je n'étais qu'une enfant, mais je compris qu'il écoutait la
voix douce et trompeuse de la passion, à laquelle il avait
résisté jusqu'alors, et qui avait fini par le séduire. Je le regardai attentivement ; il baissa les yeux , rencontra les
miens, et d'un air calme et distrait :

« Avouez, me dit-il, que miss Ducky est beaucoup plus jolie
que sa sœur. »

Ma réponse affirmative le désappointa visiblement, car il avait besoin d'être contredit.

« Je croyais, reprit-il d'un ton bref, que vous trouviez Miriam beaucoup plus belle.

— Je ne savais pas alors qu'elle avait les yeux verts. »

C'était vrai, la teinte verdâtre de ses prunelles était le seul défaut qu'on pût trouver dans sa figure; et j'avais été prompte à le saisir. Cornélius rougit, et ne me reparla jamais de la beauté de miss Russell.

Quant à Miriam, elle ne vint plus nous voir, et garda si bien sa sœur que l'occasion ne se représenta plus pour nous de les comparer l'une à l'autre. Chose à la fois singulière et triste à dire, au commencement de l'automne miss Ducky devint souffrante, et mourut six semaines après dans les bras de Miriam, où elle s'endormit comme un enfant. Je regardai avec miss O'Reilly le convoi sortir de la maison; quand il passa près de nous, il me parut que la mort, frustrée dans son attente et ne voulant pas quitter notre demeure les mains vides, avait saisi la jolie miss à ma place.

« Ne croyez-vous pas que cette pauvre Ducky est morte pour moi? demandai-je à ma compagne.

— Miséricorde! s'écria Kate en pâlissant, ne dis jamais rien de pareil. »

Mais cette idée s'était emparée de mon esprit, et, si je ne me trompe, de celui de miss Russell. Des semaines s'écoulèrent sans que nous aperçûmes la pauvre sœur éplorée; on nous disait que, plongée dans son chagrin, elle passait des journées entières enfermée dans sa chambre, et que, repoussant les consolations avec mépris, elle s'abandonnait à toute l'amertume de sa douleur. Kate blâmait ce désespoir excessif; quant à son frère, il conservait à cet égard le plus profond silence.

Bien que je fusse guérie, j'étais toujours chétive et languissante. Un soir que je pouvais à peine me tenir debout, miss Kate voulut me faire mettre au lit; mais Cornélius était sorti depuis le matin, et voulant attendre son retour, j'allai me coucher sur le divan de la petite pièce qui était derrière le salon, et je ne tardai pas à m'assoupir.

J'ignore s'il y avait longtemps que je dormais lorsque je fus à demi réveillée par le bruit de deux voix qui s'échappaient de la pièce voisine dont la porte n'avait pas été fermée. L'une était celle de Cornélius qui paraissait implorer quelqu'un ; l'autre était la voix glacée de Miriam. Elle l'accusait froidement d'infidélité à la pauvre défunte ; il protestait avec passion, et lui disait qu'elle seule avait jamais occupé sa pensée. Surprise et confondue je me mis à mon séant ; la chambre était sombre, ils ne m'apercevaient pas, mais je les voyais distinctement. Miriam, en grand deuil, était assise auprès de la table ; Cornélius, placé entre elle et moi, lui avait pris la main et continuait de la supplier ; elle ne répondait plus, il posa ses lèvres sur la main qu'on ne lui disputait pas, et une vive rougeur couvrit tout à coup le visage pâle de Miriam.

Je retombai sur ma couche, effrayée de ce que j'avais surpris ; mais ce n'était pas ma faute ; je ne pouvais pas sortir de la chambre sans passer auprès d'eux ; je me levai plusieurs fois avec l'intention de le faire, mais le courage me manqua. Je restai bien tranquille, bouchant mes oreilles avec mes doigts pour ne pas les entendre, et en dépit de mes efforts je saisis, malgré moi, quelques-unes de leurs paroles.

« Savez-vous pourquoi j'ai le désir de vous aimer, disait-elle, c'est parce que vous différez de moi totalement »

Je ne sais pas ce que répondit Cornélius ; Miriam s'en alla quelques instants après ; il la reconduisit jusqu'à la porte, revint dans le salon, se jeta sur le divan et sourit à ses rêves.

Je me levai sans bruit et j'allai m'asseoir sur un coussin placé aux pieds de Cornélius. Celui-ci me regarda comme s'il ne pouvait en croire ses yeux, se releva lentement, et pencha vers moi son visage assombri.

CHAPITRE XII.

« D'où sortez-vous ? me demanda-t-il.
— De la chambre voisine, répondis-je.
— Y étiez-vous depuis longtemps ?

— J'y ai passé toute la soirée ; j'étais couchée sur le sofa où je me suis endormie.

— Et c'est à l'instant même que vous venez de vous réveiller ? poursuivit-il d'une voix indifférente, mais en me regardant au fond des yeux.

— Je suis éveillée depuis quelque temps, balbutiai-je.

— Avant le départ de miss Russell ?

— Oui, Cornélius. »

Le sang lui jaillit au visage.

« Vous avez écouté ! s'écria-t-il avec colère.

— J'ai entendu, répliquai-je, mais si peu, Cornélius.

— Si peu, répéta-t-il d'un air indigné. Sur ma parole.... et pourquoi n'êtes-vous pas partie ?

— J'ai essayé plusieurs fois ; j'ai fait du bruit pour vous avertir, vous ne vous en êtes pas aperçus ; et je n'ai pas osé vous déranger. »

Cornélius ne me dit pas ce qu'il aurait préféré de ces deux maux : être dérangé ou entendu par moi. Je regardais sa figure où se peignait une vive contrariété. Quel est celui qui dans une occasion aussi intéressante n'aurait pas été vexé de la présence d'un témoin ?

« Jamais cela ne s'est vu, reprit-il avec impatience. Je vous suis fort attaché, Daisy, mais vous ne pouvez pas supposer que j'aie l'intention de vous prendre une seconde fois pour confidente. Une petite fille encore ! Voyons, que pensez-vous ? ajouta-t-il d'un air de perplexité qui aurait fait sourire un spectateur indifférent.

— Je ne pense rien, lui répondis-je.

— Petite sotte ! ne pas être restée dans cette chambre et m'avoir laissé croire qu'elle avait dormi jusqu'à présent !

— Mais, c'eût été mentir, répliquai-je avec chaleur ; je suis sortie précisément pour que vous sachiez que j'étais là.

— Merci.

— Je ne le dirai à personne, repris-je à voix basse.

— Ce n'est pas un secret, » répondit-il sèchement.

Il se leva, fit deux ou trois fois le tour de la chambre et vint se rasseoir avec agitation. Je n'avais plus rien à dire et j'allais m'éloigner, lorsqu'il me retint tout à coup.

« Restez, dit-il avec un profond soupir ; c'est d'autant plus vexant qu'il n'y a pas moyen de la plonger dans le Léthé.

Bah! honni soit qui mal y pense; je n'ai pas dit un seul mot qui puisse me faire rougir; quant à être ridicule.... un homme peut bien se permettre de l'être de temps en temps, n'est-ce pas, Daisy?

— Vous n'êtes pas fâché contre moi? lui demandai-je en le regardant.

— Pas le moins du monde, répondit-il avec un sourire plein de bonne humeur; je vous pardonne cette indiscrétion involontaire, j'aurais dû fermer la porte; mais on ne pense pas à tout. »

Il avait posé sa main sur mon épaule, je détournai la tête et je pressai mes lèvres sur ses doigts, sans savoir pour quel motif je me servais à son égard du témoignage d'amour qu'il avait donné à Miriam. C'est ainsi dans la vie; nous donnons sans cesse à des personnes qui donnent à leur tour, mais qui nous le rendent bien rarement.

Cornélius paraissait avoir oublié la vexation qu'il venait de ressentir; son visage n'en portait plus la moindre trace; il se recula un peu, j'allai m'asseoir auprès de lui dans l'attitude qui m'était familière, il rejeta les cheveux qui lui couvraient le front, et d'un air philosophique :

« Après tout, dit-il, ce n'est qu'avancé de quelques heures; elle l'aurait su demain matin; seulement, poursuivit-il avec un léger embarras, il n'est pas nécessaire que Miriam le soupçonne, vous comprenez, Daisy?

— Oui, Cornélius, répondis-je humblement.

— Quel ton d'obéissance, reprit-il d'une voix joyeuse; il est bien dommage qu'il n'y ait pas dans cette affaire quelque mystérieuse aventure; comme vous seriez discrète, mignonne! comme vous auriez porté avec adresse les billets et les messages! Malheureusement vos bons offices ne seront pas nécessaires. »

J'essayai de lui sourire, mais il ne savait pas combien mon cœur était brisé.

« Vous allez vous marier avec miss Russell? » repris-je après quelques instants de silence.

Il sourit d'un air rêveur.

« Bientôt, Cornélius? »

Pour toute réponse il hocha la tête en soupirant.

« Resterez-vous dans cette maison? continuai-je.

— Pourvu que Miriam ne la trouve pas trop petite! répondit-il d'un air inquiet; mais en la réunissant à la maison voisine, elle sera bien assez grande; j'aurai alors un immense atelier éclairé par le haut; cela vaudra bien mieux que d'en avoir un en ville; d'ailleurs, il faudra que je fasse son portrait, n'est-ce pas, Daisy? »

Je détournai la tête afin qu'il ne vît pas les tortures que me faisaient subir ses paroles. Quelle était cette étrangère qui s'était glissée entre Cornélius et moi, dont le souvenir absorbait sa pensée, dont l'image effaçait toutes les autres, dont les désirs supposés faisaient déjà sa loi, et qui tout à coup m'arrachait mes privilèges?

Il attendait ma réponse et je m'efforçai de la lui donner.

« Oui, Cornélius, lui dis-je d'une voix tremblante.

— Ce sera pour notre galerie, vous savez, » poursuivit-il.

Je ne répondis pas, je me sentais défaillir; il s'inclina vers moi et sans se douter de rien:

« Comme vous êtes pâle, dit-il avec intérêt; vous avez la fièvre, il faut remonter dans votre chambre. »

Il me souhaita le bonsoir et m'embrassa deux ou trois fois avec plus de chaleur qu'à l'ordinaire; mais la jalousie est toute pénétration: je subis ses caresses avec une profonde répugnance, je savais bien qu'elles ne m'appartenaient pas, et j'aurais voulu refuser cet épanchement d'un cœur dont la joie était causée par une autre. J'aimais bien mieux le baiser tranquille ou insouciant qu'il me donnait tous les soirs que cette tendresse prenant sa source dans l'amour que lui inspirait Miriam. Je fus contente lorsqu'il me laissa partir, contente de le quitter, de me trouver seule et de m'abandonner à mon chagrin.

Jamais, depuis l'époque où Sarah m'avait dit que mon père allait se remarier, jamais je n'avais éprouvé pareille chose. La douleur que je ressentis à la mort de mon père avait été plus violente, mais elle ne troublait pas ainsi la source même de l'affection qui me faisait vivre; elle m'avait foudroyée et ne me mordait pas au cœur. Une fois qu'il aurait épousé Miriam, Cornélius ne partagerait plus notre existence, il vivrait avec elle dans une autre maison, composerait ses tableaux pour elle qui le regarderait peindre ou qui poserait pour lui. Où serais-je alors? Cette pensée était si douloureuse qu'elle me donnait la fièvre. J'avais perdu la place que j'occupais dans son cœur immédiatement après Kate; et Celle qui devenait l'espoir et la joie de sa vie profitait de la perte que j'avais faite. Son amour pour Miriam ne détruisait pas les affections qu'il avait eues jadis, mais elle les rejetait dans l'ombre à une distance qu'on ne pouvait pas mesurer. C'en était trop pour moi; j'étais jalouse par caractère et par habitude; mon père m'avait habituée dès l'enfance au dangereux bonheur d'être aimée sans rivale. Je n'avais pas espéré de Cornélius un amour aussi profond que celui de mon père; mais à force de patience, de tendresse excessive, j'avais fini par le forcer à m'aimer. Tous mes efforts étaient perdus; Miriam s'était emparée immédiatement de ce cœur où j'avais eu tant de peine à conquérir une place, et avait gagné, sans le vouloir, l'affection exclusive que je n'osais pas espérer, mais que je ne pouvais me résoudre à voir donner à une autre.

Le lendemain matin, à peine avions-nous fini de déjeuner, que prenant un air assez grave, miss Kate pria son frère de lui dire ce qu'il m'avait fait la veille pendant qu'elle était sortie.

Cornélius était auprès du feu, et contemplait les charbons en souriant à ses propres pensées; les paroles de sa sœur le tirèrent de sa rêverie, il releva la tête, et la regardant avec surprise :

« Je ne lui ai rien fait, répondit-il d'une voix indifférente.

— Elle a cependant pleuré toute la nuit, reprit sa sœur.

— Faiblesse de nerfs, répliqua-t-il en tournant les yeux vers moi.

— Quelle idée! as-tu jamais entendu dire qu'une blonde ayant des sourcils bruns ait manqué d'énergie?

— C'est un grand charme que des sourcils bruns chez une blonde, répondit-il d'un air rêveur.

— Qu'est-ce qui te parle de cela? je te dis que les sourcils bruns, en pareil cas, sont une preuve d'énergie, que cette enfant ne pleure jamais sans raison, et que je voudrais savoir pourquoi elle a versé tant de larmes depuis hier.

— Elle est souffrante, dit vivement Cornélius; voulez-vous venir avec moi dans l'atelier, Daisy? ajouta-t-il, cela vous distraira un peu. »

Je le suivis avec répugnance; il resta quelques minutes

sans rien dire, les yeux sur une étude commencée pendant que j'étais malade ; cette esquisse représentait de pauvres enfants qui jouaient dans une prairie ; elle devait servir à la composition d'un grand tableau qu'on appellerait le bon temps.

« N'ont-ils pas l'air d'être bien heureux ? » dit Cornélius qui me regarda avec un sourire ; mais frappé de ma tristesse, il reprit tout à coup :

« A propos, Daisy, pourquoi avez-vous pleuré ? »

Je gardai le silence.

« Ne m'avez-vous pas entendu ?

— Si, Cornélius.

— Eh bien ! répondez-moi. »

Je sentis que je rougissais et que je pâlissais tour à tour ; mais je ne pouvais pas lui dire que j'étais jalouse de miss Russell.

« Daisy, je vais me fâcher. »

Il se mordit les lèvres et fronça les sourcils ; j'appelai tout mon courage pour supporter sa colère ; mais à ma grande déception il me frappa sur la joue et dit avec une bonne humeur insouciante :

« Petite jalouse ! est-ce que je vous en aimerai moins pour cela ? »

Et ne retenant plus le sourire qu'il avait réprimé, il s'éloigna en sifflant : rêves d'amour. Blessée au vif j'éclatai en sanglots ; Cornélius se retourna, et me montrant un visage étonné : « Vous ne pleurez pas, Daisy, c'est impossible, » s'écria-t-il en riant.

Sa gaieté, son insouciance m'exaspérèrent ; je me dirigeai vers la porte avec l'intention de fuir ; mais il me saisit et m'enleva ; j'essayai vainement de lui résister, il se rendit maître de ma personne et se mit à rire des efforts que je faisais pour lui échapper. Épuisée par la lutte, irritée de ma défaite, je restai dans ses bras morne et silencieuse ; il se pencha vers moi, et de l'air d'un individu qui s'amuse :

« Vous êtes une singulière petite fille, me dit-il en plongeant son regard plein de gaieté dans mes yeux gonflés de larmes. Vous trouvez donc mauvais que je me marie ? C'est votre faute ; je ne demandais pas mieux que de vous attendre, vous le savez bien ; vous n'avez pas voulu m'écouter ; le chagrin s'est emparé de moi, et dans mon désespoir je me suis adressé à une autre. »

En disant ces paroles il se baissa pour m'embrasser ; humiliée au dernier point je détournai la tête avec indignation, il rit un peu plus fort et me donna deux ou trois baisers de plus. Mon cœur se brisa tout à fait et mes sanglots recommencèrent. Il vit que c'était plus sérieux qu'une mauvaise humeur enfantine, et me lâcha immédiatement. Je courus me jeter sur un lit de repos qui se trouvait dans un coin, et je plongeai ma tête dans l'oreiller afin de cacher ma honte et ma douleur. Cornélius me dit mille choses pour apaiser mon chagrin ; mais quand un peu calmée je levai mes yeux vers lui, je retrouvai dans son regard le sourire que réprimaient ses lèvres. La folle présomption d'une enfant de mon âge, se permettant d'être jalouse de sa belle Miriam, lui paraissait évidemment d'une bouffonnerie sans pareille. Mes larmes cessèrent tout à coup ; je renfermai profondément les tortures qui ne m'attiraient pas même la pitié de leur auteur ; j'écoutai ses paroles, je me soumis à ses caresses, et Cornélius, croyant m'avoir consolée, m'embrassa une dernière fois et se remit à son chevalet.

« Puis-je m'en aller ? lui demandai-je presque aussitôt.

— Certainement, » répondit-il avec surprise. C'était la première fois que je lui adressais pareille requête.

Je ne remontai pas de la journée ; le soir, quand j'apportai mes livres, comme je le faisais chaque jour, Cornélius me dit froidement que c'était sa sœur qui allait me donner ma leçon ; il prit son chapeau et sortit.

Quand il eut fermé la porte, miss Kate hocha la tête et remua le brasier d'un air pensif. Je vis bien qu'elle savait tout ; elle soupira une ou deux fois, mais elle domina sa tristesse, et me dit avec un enjouement forcé :

« Eh bien ! Daisy, prenons-nous notre leçon ? »

J'ouvris mon cahier, mais nous étions toutes les deux singulièrement distraites.

« Je ne sais pas ce que tu as, s'écria Kate avec impatience ; pourquoi t'arrêter ? c'est Cornélius qui chante dans la maison voisine ; qu'y a-t-il là d'extraordinaire ? »

Rien assurément ; et pourtant vous aussi, Kate, vous vous interrompiez au milieu d'une question pour écouter sa voix

joyeuse ; vous aussi vous vous disiez que le temps n'était plus
où il chantait pour vous, et ne songeait pas à vous quitter au
soir. Quand la leçon fut terminée, vous aussi, pauvre Kate,
vous avez regardé sa place vide et senti combien il était loin
de nous, celui dont les chants nous arrivaient à travers la
muraille. Oh ! amour ! envahisseur du foyer, destructeur des
liens les plus doux, pour deux êtres que tu ravis en les réunissant, que de blessures ne fais-tu pas à tous ceux que tu
divises !

Nous avions cru rester seules pendant toute la soirée ; mais
par un singulier hasard, nous eûmes la visite du révérend
Smalley, qui, cette fois, n'était pas accompagné de M. Trim.
Plus doux et meilleur que jamais, il nous exprima combien
il était fâché de ne pas voir Cornélius, dont il attribuait l'absence à quelque affaire sérieuse ; et s'adressant à miss Kate,
il lui demanda pourquoi elle permettait à son frère de travailler avec autant d'ardeur.

Kate secoua la tête en souriant d'un air triste.

« Je crains, poursuivit-il, que la peinture ne l'absorbe trop
complétement.

— Non, soupira miss O'Reilly.

— Nous ne sommes pas destinés à n'avoir ici-bas qu'une
vie purement intellectuelle, continua le révérend, et j'ai peur,
madame, que votre frère ne soit trop plongé dans ce que j'ap-
pellerai les abstractions de l'existence ; la vie a des réalités
pleines de douceur auxquelles je ne crois pas qu'il soit permis de se soustraire. »

Kate fourgonna la braise d'une main impatiente.

« Il est trop assidu au travail, reprit M. Smalley d'un air
pensif ; ne pas même se reposer le soir ! »

J'étais assise à l'écart sur un petit tabouret et personne ne
faisait attention à moi ; je ne sais par quelle impulsion je regardai notre visiteur en face, et lui dis avec vivacité :

« Cornélius est allé voir miss Russell. » M. Smalley tressaillit comme un homme qui reçoit une secousse électrique ;
il chercha des yeux le regard de Kate ; la figure de miss
O'Reilly lui confirma ce qu'il redoutait ; et sa pâleur fut
excessive.

« Laissez-moi vous offrir quelque chose, un peu de vin, »
lui dit Kate.

Il ne l'entendit même pas; troublé comme une personne qu'un rêve affreux obsède, il essuyait son front couvert de sueur. Miss Kate lui tendit un verre, il le prit d'une main tremblante, et souriant avec effort : « Au bonheur de Cornélius, » dit-il. Mais il lui fut impossible de boire le toast qu'il venait de porter; et posant le verre sur la table, sans l'avoir approché de ses lèvres, il serra la main de miss O'Reilly et nous quitta brusquement.

Lorsqu'il eut fermé la porte, « Daisy, montez dans votre chambre » me dit Kate d'un ton sévère. J'obéis sans rien dire et je passai une misérable nuit, pleine de cauchemars, interrompus par de fréquents réveils. Je me tins éloignée de Cornélius toute la journée suivante; il n'y fit pas attention, et nous quitta le soir comme il avait fait le jour précédent. Bientôt ses chants résonnèrent dans la maison voisine. « L'entends-tu? s'écria sa sœur; n'a-t-il pas l'air d'être heureux! Qu'il soit béni! Le cher enfant a toujours eu de la gaieté; alors que je ne savais pas où trouver le pain du lendemain, combien de fois son joyeux rire ne m'a-t-il pas rendu l'espérance! »

Le lendemain soir Miriam vint à son tour; elle entra d'un air calme, prit un livre, alla se mettre sur le divan, et parla de choses indifférentes comme si rien n'était arrivé. Cornélius était assis auprès d'elle; il se trouvait encore une place à côté de lui, c'était la mienne, je m'y glissai tout doucement et je posai ma tête sur l'épaule de M. O'Reilly. Au même instant je rencontrai les yeux de Miriam, qui ne m'avait pas encore aperçue; elle tressaillit et devint plus pâle comme si elle eût été blessée de voir que, frêle et maladive, j'avais triomphé de la mort, tandis que sa sœur, fraîche et rose, était couchée dans la tombe. « Comme cette petite a l'air souffrant, dit-elle; comme elle a mauvaise mine! »

Je me sentis rougir, et tout à coup j'embrassai Cornélius, avec la conscience qu'elle n'oserait pas en faire autant.

« Laissez-moi, » dit-il avec irritation. Je lui lançai un regard plein de reproches; il ne le vit pas, ses yeux étaient fixés sur Miriam qui l'absorbait tout entier. L'enfant qu'il gâtait, qu'il caressait tous les soirs depuis bientôt deux ans, n'existait plus pour lui.

« Viens me tenir cet écheveau de fil, » me dit miss

O'Reilly. C'était un prétexte pour m'éloigner d'eux; mais lorsqu'elle eut fini son peloton, j'allai me rasseoir à côté de Cornélius, et pendant deux heures j'essayai vainement d'obtenir une parole ou un regard. Il ne se doutait même pas que j'étais à côté de lui. Miriam lui parla d'une romance nouvelle.

« Demain matin, répondit-il, je prierai Daisy de vous la chercher.

— Daisy est auprès de vous, repartit miss Russell.

— Tiens, elle est là! » dit-il en se retournant avec surprise.

Je crus que mon cœur allait se rompre, et blessée au vif de tant d'indifférence, j'allai m'asseoir aux pieds de miss Kate, abandonnant sans rien dire la place qui pendant si longtemps avait été la mienne.

Tout le monde savait maintenant que miss Russell était la fiancée de Cornélius. Elle avait vingt-six ans, une fortune acquise, l'entière liberté de ses actions. Néanmoins sa tante ne cachait pas la mauvaise humeur que lui causait ce mariage : sa nièce, disait-elle, se perdait en épousant un artiste qui n'avait ni sou ni maille, et dont la sœur, une fine mouche, avait manigancé la chose.

Ces paroles furent répétées à miss O'Reilly qui en fut profondément blessée, non pour elle, mais pour son frère; et sans parler à celui-ci du motif qui lui suggérait cette remarque, elle lui dit un jour:

« Cornélius, miss Russell a de la fortune; mais j'imagine que tu ne songes pas à te marier avant de pouvoir te suffire.

— Non, certes, » répondit-il en rougissant.

C'est la seule fois que j'entendis miss Kate faire une observation à propos de ce mariage.

Je n'allais plus trouver Cornélius que lorsque j'y étais envoyée par sa sœur. J'espérai d'abord qu'il s'apercevrait de mon absence; mais l'image adorée qui peuple la solitude des amants lui était une compagnie suffisante; il ne demandait pas pourquoi je me tenais à l'écart, et l'orgueil blessé m'empêchait de revenir auprès de lui.

Malgré la passion qui l'absorbait, il restait fidèle à sort art; excessivement épris, il ne quittait pas même ses pinceaux pour sa maîtresse, et ne perdait pas une heure de la clarté du jour. Mais il consacrait à Miriam tous les instants dont il pouvait disposer en dehors de son travail; chaque soir il nous quittait pour aller frapper à la porte voisine; il avait conservé pour nous une bonté affectueuse; mais cette bonté, je ne saurais dire ni comment ni pourquoi, n'avait plus aucun charme.

Plusieurs semaines s'étaient écoulées ainsi, lorsque miss Russell fut appelée au chevet d'une vieille tante malade qui habitait un village retiré, à vingt-cinq milles de Londres. Cornélius parut éprouver un vif chagrin de cette séparation. Il soupira profondément quand la pendule sonna l'heure où d'ordinaire il se rendait chez elle, s'étendit sur le divan, et fuma ce qu'on aurait pu nommer le calumet du chagrin, si au lieu d'un cigare il avait fait usage d'une pipe. Toutefois ce n'était pas l'un de ces fumeurs invétérés, qui, du milieu des nuages dont ils s'entourent, supportent les tribulations de ce monde avec une sérénité olympienne; lorsqu'il eut achevé son cigare il n'en prit pas un second et s'étira, en bâillant, d'un air affreusement ennuyé. Kate, un peu souffrante, nous avait quittés de bonne heure; j'étais assise à côté de sa chaise vide, à la place que j'avais maintenant tous les soirs.

« Daisy ! » dit Cornélius en rompant le silence tout à coup.

Je levai la tête.

« Approchez, » poursuivit-il.

J'allai me placer en face de lui pour entendre ce qu'il avait à me dire; mais au lieu de me parler il m'attira sur ses genoux, et se mit à sourire en sentant battre mon cœur, et en voyant mon regard effaré.

« Avez-vous peur de moi? me demanda-t-il.

— Oh! non, » lui répondis-je en balbutiant; mais j'étais si heureuse de ce retour inattendu, si heureuse que, confuse de mon bonheur, je cachai mon visage sur l'épaule de Cornélius. Il embrassa en riant le bord de ma joue brûlante, et finit par contraindre mes yeux humides à rencontrer les siens.

« Comme vous avez été mauvaise! dit-il d'un air grondeur. Je ne sais vraiment pas ce qui me pousse à faire attention à vous, maussade petite fille; je vous aime trop, vilaine jalouse. »

Ses yeux avaient leur ancien regard, sa voix l'accent familier des bons jours, ses manières plus de tendresse que jamais; en me retrouvant auprès de lui, caressée, gâtée comme autrefois, pouvais-je ne pas oublier le passé et l'avenir! Oh! pourquoi ces témoignages d'une tendresse imprudente, alors que j'étais presque résignée à son indifférence? Pourquoi, détruisant en une seconde le résultat des efforts que j'avais faits depuis un mois, se plaisait-il à semer dans mon cœur le germe de nouveaux tourments! Mais alors je ne pensais pas au lendemain, lui non plus; j'étais heureuse et je voyais sur son visage qu'il était joyeux d'avoir retrouvé son enfant; il me regardait comme après une longue séparation, et tout en lissant mes cheveux avec la main :

« De quoi allons-nous parler? dit-il.

—De notre galerie de tableaux, répondis-je.

—Cela ne vous ennuiera pas, mignonne?

—Jamais, Cornélius.

—Je vous dirai donc que j'y ai fait dernièrement une addition : un couple de bohémiens au fond d'une allée verte; le mari est couché paresseusement dans l'herbe, tandis que sa femme, aux yeux noirs, est en train de faire la cuisine.

—Et l'enfant! demandai-je.

—Ils n'en ont pas, répondit-il.

—Mais je pourrais bien poser, moi!

—Vous, une petite blonde, poser pour une bohémienne!

—Je pourrais être un enfant volé.

—Assurément, s'écria Cornélius dont les yeux étincelèrent; admirable sujet, quel contraste émouvant! la faiblesse, intelligente et douce, au pouvoir de la force brutale; Una chez les Satyrs. Je ne voulais faire qu'une étude, mais ce sera un tableau. »

Il se leva, parcourut le salon d'un pas rapide, traça dans l'air avec son doigt les lignes extérieures du groupe qu'il venait de composer, vint se rasseoir et me dit gravement :

« Je le vois déjà terminé, suspendu avec honneur dans la grande salle de l'Académie. Occupons-nous de l'exécution. »

Nous discutâmes les moindres détails, ou plutôt j'approuvai

sans réserve toutes les paroles de Cornélius, jusqu'au moment où, à notre mutuelle surprise, la pendule sonna onze heures.

« C'est une bonne idée que vous avez eue là, petite fille, dit-il après m'avoir souhaité le bonsoir; il n'est pas étonnant que je vous sois si attaché. Mais savez-vous qu'il faudra que vous soyez couverte de haillons, comme une petite mendiante !

— Cela m'est bien égal, » répondis-je.

Il sourit en m'embrassant; et je gagnai ma chambre où la joie m'empêcha de dormir, ainsi que le chagrin l'avait fait quelques semaines auparavant.

Le lendemain, je me glissai de bonne heure dans l'atelier. Cornélius était à son chevalet; il ne se retourna pas lorsque j'entrai, mais il dit en souriant :

« Vous avez donc enfin retrouvé la porte? Pourquoi êtes-vous restée si longtemps sans venir ?

— Je croyais que vous n'aviez plus besoin de moi.

— Est-ce que vous m'êtes nécessaire aujourd'hui?

— N.... non.

— Alors pourquoi venez-vous?

— Est-ce qu'il faut que je m'en aille ?

— Prenez ce portefeuille, dit-il, et regardez ces études, vous ne les connaissez pas.

— Je les ai vues, Cornélius ?

— Et quand cela, s'il vous plaît ?

— Je suis montée l'autre jour, pendant que vous étiez sorti.... Ne vous fâchez pas ! Il m'était impossible de rester plus longtemps sans voir ce que vous faisiez. »

Moi qui croyais lui avoir déplu! Oh! non; la flatterie est si douce, si enivrante qu'il accepta en souriant cette preuve de mon admiration.

« Quelle est celle de ces études qui vous paraît la meilleure? » me demanda-t-il.

Je tombai fort heureusement sur le dessin qu'il préférait.

« Cette petite fille est un excellent juge, dit-il d'un air pensif; tant mieux, je pourrai la consulter. Daisy, rangez toutes ces esquisses; il y a longtemps que vous n'êtes venue et mon pauvre atelier est dans un affreux désordre. »

Je m'empressai d'obéir et j'eus bientôt remis tous les dessins à leur place.

A déjeuner, miss Kate me demanda d'un air un peu contrarié si j'allais de nouveau m'établir auprès de son frère.

« Précisément, » répondit Cornélius qui parla avec enthousiasme du tableau qu'il allait commencer. Un admirable sujet ! bien autre chose que tous les lieux communs qu'il avait traités jusqu'à présent.

La perspective de voir entrer chez elle des vagabonds révoltait miss O'Reilly. Son frère la plaisanta vivement, et promit de veiller sur le couple suspect.

Les deux bohémiens arrivèrent quelques instants après ; deux êtres farouches, à la mine patibulaire, qui mirent à l'épreuve la patience de l'artiste, et me lancèrent des regards défiants quand ils me virent approcher d'eux, couverte de haillons bruns qui s'effrangeaient sur mes pieds nus. Ils ne manquaient pas de ruse et d'intelligence, et avaient sur la manière de poser des notions toutes différentes de celles de Cornélius ; celui-ci, néanmoins, finit par nous placer et par faire une ébauche qui devait lui permettre d'étudier son sujet, comme il en informa sa sœur pendant que nous prenions le thé. « Ils sont un peu turbulents, poursuivit-il ; mais la prochaine fois nous serons contents les uns des autres. Je dois cependant avouer que Daisy ne paraît pas rassurée à l'égard de mes bohêmes.

— A propos, dit miss Kate, Déborah me demandait tout à l'heure une petite cuiller ; n'est-elle pas chez toi, Cornélius ? »

Il nous quitta précipitamment et reparut l'oreille basse quelques minutes après.

« Elle y était, dit-il, mais je ne l'ai pas retrouvée. Les affreux coquins !

— Je vais les dénoncer à la police.

— La police me les ramènera-t-elle ? demanda Cornélius.

— J'espère bien que non, reprit Kate d'un air indigné.

— Je ne peux pas être privé de leurs séances pour une misérable petite cuiller !

— Misérable ! mais Cornélius tu m'étonnes ; elle appartenait à la douzaine qui est depuis cent ans dans la famille, et sur laquelle est gravée une tête de faucon.

— Après tout, dit-il avec un soupir, ils m'ont laissé mon idée.

— Je voudrais bien qu'ils en eussent fait autant de ma petite cuiller.

— Moi aussi; mais j'ai la consolation d'être tombé sur le type que je désirais; il me fallait de francs coquins, et je pourrai, sans scrupule, les considérer comme les ravisseurs de Daisy. Somme toute, je suis fort heureux de cet incident qui me sera des plus utiles; je n'en serai que plus pénétré de mon sujet et de la signification que je veux donner à mon tableau. »

Miss O'Reilly ne put en supporter davantage; Cornélius écouta ses reproches avec la plus grande sérénité, se consola tout à fait en pensant que je lui restais, et qu'il pourrait à loisir terminer sa principale figure dont je lui offrais le modèle.

Je fus bienheureuse pendant les trois semaines qui suivirent. Cornélius travaillait avec ardeur; je posais du matin jusqu'au soir et je ne le quittais pas; il s'arrêtait pour me distraire et me remerciait d'un sourire. Miriam n'existait plus pour moi. Cornélius ne l'avait point oubliée; mais il n'est pas d'amoureux qui ne puisse penser à autre chose qu'à sa maîtresse absente, et la peinture était pour miss Russell une rivale bien dangereuse. Ils s'écrivaient tous les jours; chaque matin Cornélius consacrait un quart d'heure à sa fiancée; il se livrait ensuite, corps et âme, à sa tâche; et la place que j'occupais dans son esprit, moi qui partageais son travail, était plus grande que celle de sa maîtresse.

Un matin, cependant, que le facteur ne lui avait rien apporté, son visage était triste; il prit sa palette en affirmant qu'il lui serait impossible de rien faire; mais vingt minutes après, son front s'était éclairci et la peinture l'absorbait complétement. Il travailla jusqu'au moment, où fatigué, il alla s'asseoir sur le petit lit de repos et m'appela pour causer avec lui, comme il faisait toujours dès qu'il ne peignait plus; mais je prétendis que le sommeil le gagnait; il en convint.

« Dormez un peu, lui dis-je.

— Non, répondit-il; je dormirais trop longtemps.

— Je vous réveillerai.

— Vous ne pourrez pas.

— J'en réponds.

— Vous ne céderez pas à mes prières?

— Je vous le promets.

— Dans ce cas-là prenez ma montre, un cadeau de votre pauvre père, Daisy, et vous m'éveillerez dans un quart d'heure. »

Il ferma les yeux et tomba immédiatement dans un profond sommeil; assise à côté de lui, je ne bougeai pas tant que l'aiguille ne fut point arrivée au chiffre qu'il avait désigné; mais je l'appelai aussitôt que le délai fut expiré.

« Encore cinq minutes, me dit-il d'une voix tout endormie.

— Pas une seconde; éveillez-vous, Cornélius, ou je vous pince de toutes mes forces.

— Pincez tant que vous voudrez, et laissez-moi dormir. »

Je ne profitai pas de la permission, mais je tirai suffisamment une mèche de ses cheveux noirs.

« Petite méchante! s'écria-t-il, que me voulez-vous?

— Il faut bien travailler, Cornélius, pour devenir un grand peintre.

— Elle **a** raison! s'écria-t-il en se levant; merci, chère petite, vous êtes une véritable amie, et il s'inclina pour m'embrasser; mais au moment où ses lèvres allaient toucher mon front, ses yeux furent traversés par un éclair. Je me retournai, Miriam était debout vers la porte : mes trois semaines de bonheur étaient closes. »

CHAPITRE XIII.

Cornélius accueillit miss Russell avec un regard et un sourire qui révélaient sa joie; et cependant avec quelle indolence elle lui donna la main, avec quelle tranquillité, quel froid sourire elle écouta ses paroles, et répondit à ses questions nombreuses!

« Si j'arrive à présent? dit-elle, mais nón; je suis revenue depuis ce matin.

— Et moi qui l'ignorais !

—Vous ne l'avez pas deviné en ne recevant pas de lettre ! Je suis venue pour vous gronder, votre sœur m'a dit que vous ne preniez pas de repos.

— Je dormais lorsque vous êtes entrée.

— Oui; j'ai vu qu'on vous réveillait avec douceur.

— Je l'ai trouvée au contraire bien dure à mon égard, mais je ne saurais m'en plaindre; il faut bien que je travaille, regardez ! »

Il la prit par la main et la conduisit devant son chevalet.

« Vous avez fait tout cela depuis mon départ? demanda-t-elle.

— Oui, Miriam.

—Cela m'explique pourquoi vos lettres étaient si courtes. »

Il rougit, elle continua de sa voix impassible.

« Pourquoi, dit-elle ces deux figures ne sont-elles qu'ébauchées?

— C'est toute une histoire, répondit vivement Cornélius; la disparition d'une cuiller à café....Ce sont des bohémiens, ils ont volé un enfant....

— La petite à l'air malade.

— Je vois qu'elle n'est pas ressemblante, dit Cornélius d'un air mortifié, c'est Daisy que j'ai voulu faire.

— Vraiment! répliqua miss Russell. Comment pouvais-je la reconnaître sous un pareil costume?

— Vous ne trouvez pas qu'elle est charmante; sa pose est si gracieuse !

— Vous en avez fait une pauvresse.

—Mais je n'ai pas eu l'intention de la dégrader; si elle ne porte pas sous ses guenilles le signe d'une intelligence supérieure, c'est que je n'ai pas réussi. J'avais pourtant fait tous mes efforts pour rendre ce contraste frappant; je voulais mettre en regard de la satisfaction grossière des bohémiens, la souffrance non méritée de leur victime, la supériorité morale.... vous comprenez bien !

— Je ne l'aurais pas deviné, répondit Miriam en souriant d'une façon décourageante; il est vrai, ajouta-t-elle, que je ne m'y connais pas; je n'ai jamais eu de relations avec des artistes, et je n'ai jamais vu peindre; voulez-vous travailler devant moi pour que j'apprenne à m'y connaître? »

Il prit ses pinceaux d'un air radieux, et lui souriant avec orgueil, il se remit à l'ouvrage. Miriam était à côté du chevalet, dans une attitude simple et gracieuse; un pâle rayon de soleil éclairait sa belle tête, et faisait ressortir son admirable profil sur la teinte sombre du fond de l'atelier; mais Cornélius, les yeux fixés sur la toile, ne semblait pas même se douter de ce dangereux voisinage. Miriam le regarda tout d'abord avec surprise, on pourrait presque dire avec pitié, puis d'un air mécontent.

Jamais Cornélius n'avait été plus absorbé par le travail; je voyais à sa figure qu'il luttait contre une difficulté; il se mordait les lèvres, fronçait les sourcils, tenait son pinceau d'une main nerveuse.

« Je ne peux pas! je ne peux pas! s'écria-t-il en jetant par terre tout ce qu'il avait à la main.

— Vous allez casser votre palette, monsieur O'Reilly, lui dit Miriam d'un ton glacé.

— Je vous demande pardon, répondit Cornélius dont le tressaillement prouva qu'il avait oublié sa présence, mais Daisy et ma palette sont accoutumés à pareilles scènes; il y a de ces choses.... Croiriez-vous que je ne peux pas rendre le regard pensif de cette enfant! »

Miriam se mit à rire.

« Qu'est-ce que cela fait? dit-elle.

— Mon tableau sera manqué; au lieu d'un succès....

— Ayez plus de philosophie; le succès n'est dû qu'au hasard.

— Pardon, Miriam, c'est un hasard qui ne favorise que les bons tableaux, et qui, par conséquent, vaut la peine d'être recherché.

— Oh! je sais bien, dit-elle avec un accent de reproche, que vous autres hommes vous n'avez que de l'ambition.

— Voudriez-vous que je vécusse dans l'oisiveté?

— Je voudrais que vous eussiez moins d'amour pour la gloire.

— Il faut que je travaille, Miriam; l'artiste appartient à son œuvre, et la gloire est son véritable salaire.

— Faites des tableaux, puisque cela vous convient, dit-elle avec un froid sourire; mais qu'ils soient bons ou mauvais, peu importe, vous serez toujours le même homme.

— Je fais une grande différence entre un bon et un mauvais peintre, répondit Cornélius, et j'espère ne pas mourir avant d'avoir fait de la belle et bonne peinture. Approchez Daisy, les yeux sont-ils meilleurs?

— Je ne les aime pas.

— Et pourquoi ne les aimez-vous pas? dit-il en me pinçant la joue.

— Parce qu'ils regardent en dedans.

— Petite niaise! c'est précisément ce que je désire, reprit-il d'un air joyeux et en me frappant sous le menton. Je ne sais pas ce que je deviendrais si je n'avais plus cette petite, ajouta-t-il en se tournant vers Miriam, c'est un modèle parfait et un critique....

— N'avez-vous pas peur qu'elle ne s'enrhume, elle paraît bien légèrement vêtue.

— J'espère que non, répondit Cornélius, elle prétend qu'elle n'a pas froid, mais elle a un si grand désir de m'être utile. Daisy, vous ne me trompez pas, chère enfant! »

Il me fit coucher sur le lit de repos qu'il approcha du feu et me couvrit soigneusement d'un grand châle qui se trouvait dans l'atelier. Miriam le regardait avec surprise, comme si elle eût oublié que j'étais l'enfant de Cornélius.

« Que vous êtes bonne de m'y avoir fait songer, dit-il en s'adressant à miss Russell. Je suis distrait de ma nature, et si par ma faute, il arrivait quelque chose à Daisy, je ne me le pardonnerais pas. Comment la trouvez-vous?

— Pâle comme à l'ordinaire, répondit-elle en se dirigeant vers la porte.

— Vous ne partez pas encore, Miriam, je dois vous convertir à la peinture, et....

— Pas actuellement, » répliqua miss Russell en quittant l'atelier.

Cornélius revint auprès du feu et regarda la flamme d'un air pensif. J'essayai de me lever.

« Non, dit-il, vous ne poserez plus aujourd'hui.

— Oh! je vous en prie, Cornélius, je ne suis pas fatiguée, je serai si contente lorsque votre tableau sera fini.

— Vous, au moins, dit-il en soupirant, vous aimez l'artiste et son œuvre. »

Miss Russell avait toujours eu peu d'affection pour moi ; je l'avais senti dès sa première visite, et à la mort de sa sœur, je compris qu'elle ne m'aimerait jamais. Son retour ne diminua pas la bonté de Cornélius à mon égard, mais il réveilla toutes mes souffrances. Du moment où son froid visage se montrait à la porte, il me semblait qu'une ombre funeste envahissait l'atelier ; non-seulement elle prenait une partie de mon bonheur, mais elle empoisonnait la seule joie qu'elle ne m'eût point ravie. Cornélius était trop loyal pour s'apercevoir de ce qu'elle me faisait souffrir par sa pitié railleuse ; je n'osais pas m'en plaindre ; mais j'y pensais avec amertume, et la jalousie qu'elle m'inspirait devint bientôt une aversion profonde.

Il y avait une quinzaine que Miriam était revenue, lorsqu'un soir je la trouvai au salon qui feuilletait un album ; sa présence m'était moins pénible partout ailleurs que dans l'atelier, et je me réjouis en pensant que, puisque la peinture l'ennuyait, il était probable qu'on ne la verrait plus dans le jour. Pour comble de bonheur, au moment où je me dirigeais vers mon petit tabouret, Cornélius, qui était sur le divan, assis auprès de Miriam, se recula en me faisant signe de venir me mettre à côté de lui. Je ne me sentis plus jalouse : cette preuve d'affection, en présence d'une femme aussi belle, ne devait-elle pas me suffire ? Kate elle-même, ravie de mon air joyeux, me souriait de la chaise basse où elle était assise, lorsque tout à coup elle fronça les sourcils en entendant frapper d'une main timide à la porte de la rue.

« M. Trim ! s'écria-t-elle d'un air étonné, car nous n'avions pas eu sa visite depuis qu'il était question du mariage de Cornélius.

— Son coup de marteau, poursuivit miss O'Reilly, semble toujours vous dire : « Ne faites pas attention... vous savez, « personne ne s'occupe de moi... »

La porte s'ouvrit et la tête de M. Trim apparut, nous saluant tous les quatre d'un sourire bénin. Sa démarche tortueuse se dirigea vers la maîtresse de la maison.

« J'espère, lui dit-il, que votre santé est bonne ?

— Excellente, » répondit miss O'Reilly d'un ton bref.

M. Trim, fut tellement heureux de cette nouvelle qu'il en oublia de quitter la main de Kate, jusqu'au moment où Cornélius, lui frappant sur l'épaule, le contraignit à se retourner.

« Bonsoir, mon excellent camarade, bonsoir! dit-il en pressant avec ferveur les mains de ce cher ami. Que je suis heureux de vous voir; je voulais que Smalley m'accompagnât, je suis persuadé que cette visite lui aurait fait du bien; je n'ai pas pu le décider. Il m'a prié de vous remettre le volume de Byron que vous lui avez prêté; il espère que cet admirable poëte est mort avec des sentiments chrétiens, et m'a chargé de tous ses compliments pour vous, mais il n'a pas voulu venir; ah! mon cher camarade, les prêtres n'en sont pas moins des hommes!

— Et que voulez-vous qu'ils soient, des oiseaux? lui demanda miss O'Reilly. »

Lorsque M. Trim, ayant fermé ses petits yeux, eut donné carrière aux éclats de rires que provoqua chez lui cette question, il s'approcha de Miriam qui ne semblait rien voir de ce qui se passait autour d'elle. Notre visiteur espéra qu'elle allait bien, qu'elle s'était toujours bien portée depuis qu'il l'avait vue, et qu'elle continuerait à jouir de cette merveilleuse santé. Elle l'espéra comme lui, et prit un livre qu'elle feuilleta d'un air attentif. M. Trim, sans être découragé par le dédain qu'elle affectait à son égard, traîna sa chaise auprès de Miriam et s'y installa, en dépit du coup d'œil étonné que lui valut cette audace.

J'eus à mon tour l'honneur d'attirer son attention.

« Comment allez-vous, petite fille?

— Très-bien, monsieur.

— Il est inutile que vous le disiez; ne trouvez-vous pas, madame, que son teint s'éclaircit? »

Pour toute réponse, miss Russell inclina légèrement la tête.

« Savez-vous, poursuivit M. Trim, qu'elle sera fort jolie à seize ans. »

Un sourire plein d'ironie effleura les lèvres de Miriam.

« Trois années peuvent bien changer un visage, dit Cornélius en me regardant avec complaisance.

— Est-ce que Daisy a treize ans? demanda miss Russell avec vivacité.

— Bientôt; elle est du mois de mai.

— Vous disiez l'autre jour qu'elle n'en avait que dix.

— Lorsque son père est mort.

— Où en est ce fameux tableau que vous appeliez *le bon temps?* demanda M. Trim.

— Il est fini, et j'en ai commencé un autre.

— Je le comprends, dit notre visiteur qui ferma les yeux et qui salua Miriam. Ne trouvez-vous pas, miss Russell, qu'il est fatigant de poser?

— Je ne pose pas pour M. O'Reilly, dit-elle d'une voix glaciale.

— Comment! vous seriez assez cruelle pour priver ce cher artiste....

— Il ne me l'a pas demandé.

— Mais vous savez que j'ai l'intention de le faire dès que j'aurai fini mes bohémiens, dit Cornélius, dont les yeux cherchèrent en vain son regard.

— Permettez-moi, cher ami, de vous indiquer un sujet, reprit M. Trim avec une certaine animation, cela ne vous engage à rien.... vous savez.... on n'attache aucune importance à mes paroles.... Avez-vous lu le *Corsaire*, miss?

— Oui, répondit Miriam avec impatience.

— Et que pensez-vous de Médora?

— Mon héroïne favorite ! » s'écria Cornélius.

Il regarda Miriam, qui regarda M. Trim dont les yeux paraissaient ne rien voir.

« Médora, au moment où elle se sépare du Corsaire, ou attendant son retour. Vous n'y voyez pas d'inconvénient? reprit l'heureux auteur de la proposition.

— Aucun, si vous voulez poser pour Conrad, répondit miss Russell en toisant avec mépris la taille disgracieuse du petit homme.

— Il n'a rien de Conrad, m'écriai-je vivement; c'est Cornélius qui lui ressemble, n'est-ce pas Kate? »

M. Trim se mit à rire et se leva; miss O'Reilly l'engagea poliment à prendre le thé avec nous; mais il ne pouvait pas, il était obligé de nous quitter. Il venait à peine de sortir, que sa tête reparut à la porte :

« Quelle pauvre mémoire, dit-il en riant, j'oubliais votre Byron; certains passages ont un peu choqué Smalley; il vous prie de lire les notes qu'il a écrites sur Manfred.

— Petite, va prendre le livre que rapporte M. Trim, » me dit miss O'Reilly.

Lorsque je fus auprès de lui, cet odieux personnage me saisit par un bras, et je vis sa figure s'incliner vers la mienne ; je poussai un cri, en lui appliquant un soufflet.

« Trim, lâchez cette enfant, » dit une voix sévère qui retentit derrière nous.

M. Trim ne se le fit pas répéter, et je courus auprès de Cornélius dont la figure exprimait un profond mécontentement.

« C'est lui qu'on préfère, dit M. Trim en grimaçant un riré ; il ressemble à Conrad ; et moi, je n'aurai pas de Médora ! petite folle qui ne voit pas que c'était pour plaisanter !

— N'ayez pas peur, me dit Cornélius, en jetant un regard expressif à M. Trim ; il ne recommencera pas.

— Oh ! non ! répondit notre visiteur en se frottant la joue d'un air maussade ; quelle vaillante fille ! Du reste, pas de malice, ajouta-t-il ; bonsoir ; je suis bien aise de vous avoir vus si heureux ; Dieu vous protége et vous conserve. » Il promena son regard autour de la chambre et disparut.

Cornélius ne disait rien, mais sa figure était sombre, et il se mordait la lèvre inférieure comme un homme qui lutte avec lui-même.

« Sais-tu, Daisy, que tu as fait preuve de courage ? dit miss Kate avec gaieté ; je ne te croyais pas tant de bravoure. »

Je cachai ma figure sur l'épaule de son frère.

« N'y pense plus, fillette, il ne recommencera pas.

— Je voudrais bien le voir, dit Cornélius.

— Vous l'en empêcheriez, n'est-ce pas ? » dis-je en relevant la tête.

Il passa la main sur mes cheveux qui étaient ébouriffés, et jura que personne ne m'embrasserait malgré moi.

« Allons, reprit sa sœur, Daisy n'est qu'une enfant.

— Ce n'est pas une raison.

— Tu es aussi enfant qu'elle.

— Tant que tu voudras ; mais elle ne veut pas qu'on l'embrasse, ni moi non plus ; cela me déplait.

— En effet, vous n'avez pas l'air content, dit la voix glacée de Miriam.

— C'est que je ne le suis pas du tout, » répondit Cornélius.

L'entrée de Déborah interrompit la conversation, et miss Russell nous quitta quelques instants après.

CHAPITRE XIV.

Le lendemain matin, miss Kate eut besoin de moi, je ne sais plus à quel propos, et je restai avec elle jusqu'à neuf ou dix heures. Elle avait prévenu son frère de ne pas compter sur moi avant midi. Enchantée d'être libre plus tôt que je ne l'avais espéré, et voulant surprendre Cornélius, j'allai bien vite endosser les haillons avec lesquels je posais, je courus à l'atelier, j'ouvris brusquement la porte, et je restai immobile.

Au centre de la pièce était Miriam, parée d'un singulier costume : les plis d'une robe blanche flottaient autour d'elle, une écharpe de cachemire dessinait sa belle taille, ses beaux cheveux, découvrant tout son visage, retombaient derrière ses épaules en tresses volumineuses, et ses bras, d'une pureté sans égale, étaient complétement nus.

Cornélius la regardait avec des yeux ravis. « Je ne suis pas sûr, disait-il, que cela soit d'une grande exactitude, mais je suis certain de n'avoir rien vu d'aussi beau. »

Elle sourit et se laissa tomber sur le divan, dans une attitude pleine de grâce et de nonchalance ; l'un de ses bras pendait négligemment, l'autre soutenait sa belle tête.

« Ne bougez pas ! s'écria vivement Cornélius ; cette pose est ravissante. Oh ! Miriam ! quel admirable tableau !

— Vous ne pensez jamais qu'à vos tableaux, dit-elle avec impatience.

— Pourquoi êtez-vous si belle à reproduire ? Permettez

que j'arrange un peu votre bras gauche; très-bien, dit-il en se reculant, à merveille, c'est parfait.

— Aussi beau que théâtral ! reprit-elle d'une voix railleuse.

— Pouvez-vous trouver mieux? » lui demanda Cornélius d'un air un peu froissé.

Elle ne répondit rien, mais, l'instant d'après, son attitude, son regard, son visage, tout son être exprima l'attention la plus ardente, et l'on eût dit que ses yeux traversaient les profondeurs d'un horizon sans limites.

« Oh ! reprit Cornélius qui la contemplait avec extase, ne me dites plus que vous n'avez pas le sentiment de l'art, et soyez assez généreuse pour me permettre de vous représenter ainsi.

— Et l'enfant volé qui vous attend ? dit-elle en regardant vers la porte.

— Daisy est là ! s'écria Cornélius qui ne se doutait pas de ma présence; vous êtes une bonne petite fille, ajouta-t-il en m'envoyant un sourire; mais vous pouvez aller reprendre vos habits, je n'ai pas besoin de vous maintenant. »

Hélas ! je ne le savais que trop bien ; l'enchanteresse m'avait chassée de mon dernier fort.

Miriam ne voulait d'abord entendre parler que d'une esquisse au crayon ; mais d'un croquis à une étude à l'aquarelle, de cette étude à un tableau de grandeur imposante la progression fut rapide, et la Médora prit définitivement la place des bohémiens. Elle m'avait enlevé, du premier jour, les soirées de Cornélius, tous ses moments de loisir ; elle m'arrachait maintenant ses journées laborieuses, elle se glissait entre lui et moi sur le terrain même où je croyais être inattaquable ; et il me fallait assister à son triomphe, car elle ne voulait pas rester seule avec son fiancé, Kate avait autre chose à faire que de leur tenir compagnie, et c'est à moi que cette triste corvée fut dévolue.

Ce n'était pas de voir Cornélius choisir un autre modèle qui faisait mon tourment; je savais bien qu'il ne me ferait pas toujours poser, et le fait en lui-même n'avait rien qui m'offensât; mais il devenait la source d'une foule de tortures pour mon pauvre cœur, témoin forcé d'une préférence qui faisait son supplice.

Autrefois, si Cornélius détournait les yeux de son chevalet, s'il avait quelque mot à dire, son regard ou sa parole était pour l'enfant qui se trouvait auprès de lui ; et maintenant il enrichissait une autre de ce que j'avais perdu. C'était à Miriam qu'il parlait de son art avec enthousiasme, qu'il confiait ses rêves de gloire, ses aspirations vers l'idéal. Et je n'étais pas seulement condamnée à voir miss Russell jouir des trésors qui avaient été les miens ; elle possédait bien d'autres richesses que je n'avais jamais eues ; c'était une femme instruite, intelligente, elle pouvait répondre à Cornélius, s'entretenir avec lui, et je sentais l'immense supériorité que l'esprit et le savoir lui donnaient sur une enfant de mon âge. Si j'avais plus de ferveur, plus de piété pour l'art, sa critique était bien autrement habile que la mienne. Elle portait dans le sentiment du beau une pénétration particulière ; peu sensible aux formes habituelles qu'il revêt tous les jours, elle savait le découvrir où les autres ne l'auraient pas cherché. N'étant jamais de l'avis de Cornélius, elle lui contestait le mérite qu'il trouvait à ses œuvres ; mais elle lui montrait aussitôt des qualités réelles dont il n'avait pas conscience, et le charmait bien plus qu'elle ne l'avait irrité.

En face de cette belle créature qu'il aimait, qu'il pouvait entendre et regarder à loisir, quel besoin Cornélius avait-il de ma personne ! Il était bien naturel qu'il m'oubliât, ou qu'une indifférence involontaire se glissât dans les paroles qu'il était obligé de m'adresser ; bien naturel que son regard, perpétuellement rivé sur Miriam, ne tombât plus sur moi, j'en conviens ; mais le voir et le sentir, non pas une fois pour toutes, non pas à un instant donné, mais à toute heure du jour, devint un supplice intolérable, une sorte de fièvre continue qui minait mon existence.

D'ailleurs, en supposant que j'eusse gardé l'affection de Cornélius, et je le crois aujourd'hui, cette affection était bien pâle auprès du sentiment que lui inspirait Miriam ; s'il avait assez de force et de dignité pour contenir sa passion devant un tiers, il aimait trop ardemment pour ne pas se trahir à des yeux aussi jaloux que les miens ; son regard se reposait sur Elle avec une douceur dont il n'avait pas conscience ; il trouvait pour lui parler des accents d'une harmonie pénétrante qu'il n'avait pas cherchés ; sa voix se transformait d'elle-même quand il proférait son nom, comme l'expression de sa figure lorsqu'il rencontrait la sienne. Si j'avais connu la fragilité des sentiments humains, j'aurais eu plus d'espoir; mais je ne savais de l'amour que ce que m'en avaient dit les contes de fées, où je n'avais entendu parler que de tendresse inaltérable, aussi profonde que constante; et lorsque j'arrivais à me détacher du présent, je ne voyais dans l'avenir que la passion éternelle de Cornélius pour Miriam; et pour moi son éternel oubli! Mais ce n'est pas tout encore : miss Russell était dans tout l'éclat de sa beauté, Cornélius dans toute la ferveur d'un premier amour, il passait auprès d'elle presque toute la journée, et la présence d'un tiers, en lui imposant une réserve pénible, irritait la fièvre; que la solitude aurait calmée. Si je ne me trompe, Miriam le savait bien. Il était trop généreux, trop loyal pour m'en vouloir de cette contrainte à laquelle ma présence le condamnait sans cesse; mais je ne tardai pas à sentir que je lui étais à charge. Oui, dans cet atelier où j'avais montré à Cornélius un dévouement sans bornes, où je m'étais faite, en dépit du besoin d'agir que l'on éprouve à mon âge, l'esclave patiente et volontaire de son art, où il m'avait toujours si bien accueillie, je n'étais plus qu'un fardeau. Je le voyais à chaque instant dans ses yeux, dans la joie que lui causait mon départ; j'en avais la certitude et il me fallait rester! Je devais boire continuellement cette dernière goutte de lie qui se renouvelait sans cesse. Enfin j'étais jalouse; ce mot résume toutes mes tortures. J'étais, dira-t-on, une enfant bien précoce, la chose est vraie; d'ailleurs la jalousie est instinctive : le chien n'est-il pas jaloux de son maître? Elle se produit à tous les âges; c'est l'ombre de l'amour, et qui sait à quel instant l'amour naît dans un cœur?

J'aimais Cornélius comme une fille ardente aime son père; et ma jalousie était filiale et enfantine comme l'affection que j'éprouvais; elle était violente, mais pure de tout alliage; j'étais d'autant plus malheureuse qu'on m'oubliait pour prodiguer à un autre un amour que je n'ambitionnais pas. Si j'avais pu, à cette époque, analyser et définir les sentiments qui, chez l'homme, se confondent d'une manière si étrange, il est certain que je n'aurais pas envié à Miriam une étincelle de la passion qu'elle inspirait; mais je lui aurais toujours disputé jusqu'au dernier atome de la tendresse de Cornélius. Ma douleur n'avait pas ce cachet délirant qui a poussé tant de malheureux à la folie ; elle était calme et patiente, et je la sentais dans toute son amertume. C'est l'un des traits caractéristiques de cette affreuse passion, et l'un des plus horribles, que d'être constituée par le mélange des sentiments les plus opposés : l'amour dont elle dérive, et la haine qu'elle engendre. Elle a toute la chaleur du premier, toute la férocité de la seconde, et met fatalement celui qui l'éprouve entre sa propre torture, et le danger de rendre aux autres le mal qui l'exaspère. La seule chose qui me sauva d'une ruine complète, c'est que j'aimais infiniment plus Cornélius que je ne détestais Miriam. Malheur à moi si le contraire eût existé !

Toujours est-il que je souffrais de mon chagrin et de ma haine, et que je couvais ma douleur sans qu'on la soupçonnât. Cornélius avait bien dans le principe deviné que j'étais jalouse, puis il en avait ri et l'avait oublié ; Kate le pressentait bien, mais j'étais peu avec elle et je me tenais sur mes gardes. La seule personne qui connût la profondeur de ma blessure était celle qui l'avait faite, et qui l'envenimait constamment. Miriam ne savait que trop bien ce qu'elle me faisait souffrir, et si quelque chose pouvait ajouter à ma misère, c'était la certitude que ma faiblesse augmentait son triomphe.

Voilà pour moi comment passaient les jours ; nous vivons par le cœur, et les événements au milieu desquels nous sommes placés n'ont d'importance que par la manière dont ils nous impressionnent. Les aventures bizarres, les épisodes les plus dramatiques ne suffisent pas pour agiter la vie ; nous puisons le calme en nous-mêmes, et c'est dans le flux et le reflux de nos sentiments que nous rencontrons la tempête. Jamais enfant n'eut une existence plus tranquille au fond d'un abri plus paisible, et, néanmoins, c'est à l'époque dont il est question que j'éprouvai le plus d'orages. C'est au souvenir de ce que je sentis alors que je dois celui des incidents que je raconte, et qui, sans cela, n'ayant nul intérêt par eux-mêmes, seraient depuis longtemps effacés de ma mémoire. Mais l'enjeu fait la partie, et lorsque le bonheur est en cause, il n'est pas étonnant que l'on palpite à chaque coup de dés, et que la moindre alternative de perte ou de gain vous fasse défaillir ou vous ranime.

Un jour, c'était à la fin de l'hiver, ils étaient occupés tous les deux, et quittant leur place, ils avaient été s'asseoir sur le lit de repos où je m'étais moi-même assise tant de fois à côté de lui. Je me trouvais auprès de la fenêtre; je tenais un livre, mais je ne pouvais pas lire : je n'avais d'attention et de facultés que pour les voir et les entendre.

« Il faudra, lui disait Cornélius, que vous me fassiez la grâce de poser pour une Magdeleine.

— Hier c'était une Juliette que vous vouliez, répondit-elle en souriant, que ne dois-je pas être?

— Oh! que ne seriez-vous pas, si j'en avais le pouvoir.

— Et pourquoi vous manquerait-il? »

Miriam avait jeté cette phrase avec indifférence, et pourtant Cornélius n'avait jamais eu cet air ravi, quand de tout mon cœur, je lui assignais une place parmi les princes de l'art. Sous l'influence vivifiante des froides paroles de sa maîtresse, il courut à ses pinceaux.

« Je suis encore fatiguée, lui dit-elle.

— Reposez-vous, Miriam; je n'ai pas besoin de vous maintenant.

— Pourquoi si vite à la besogne?

— Ne faut-il pas que ma belle Médora s'achève?

— Votre belle Médora! » reprit-elle d'un air blessé.

Cornélius, debout devant son chevalet, souriait à l'image qu'il avait sous les yeux.

« Certainement qu'elle est belle, répondit-il à demi-voix; je sais bien que vous n'en conviendrez pas, mais cela n'en est pas moins.

— Je conviendrai au contraire de tout ce que vous voudrez; Médora n'est pas mon portrait : c'est une femme idéale pour laquelle vous avez emprunté ma taille et mon visage.

— Que ne cherche-t-on pas à idéaliser? répliqua-t-il avec un peu d'embarras.

— Je suis loin de penser que la chose n'était pas nécessaire; seulement, si vous aviez l'intention d'avoir mon portrait, dit-elle d'une voix douce, il ne fallait pas me donner les yeux et les sourcils de Daisy. »

Cornélius devint pourpre; il comprenait que l'artiste avait fait commettre une bévue à l'amant.

« Vous croyez cela, répondit-il avec une feinte indifférence, parce qu'en essayant de donner à vos yeux votre regard si profond, je les ai faits d'une teinte un peu plus sombre qu'ils ne devraient l'avoir. »

Elle sourit et se leva.

« Vous ne partez pas? lui demanda-t-il avec surprise.

— Pourquoi resterais-je, puisque vous n'avez pas besoin de moi? »

Il supplia d'une voix émue, lui prit les deux mains qu'il pressa dans les siennes; elle les retira d'un air mécontent et me désigna du regard.

« N'avez-vous rien à faire en bas? votre leçon à apprendre? » me dit vivement Cornélius.

Je ne répondis pas, mais je pris mon livre et je sortis de l'atelier.

« Qu'est-ce que tu viens faire ici? me demanda Kate lorsque j'entrai dans le parloir.

— Cornélius m'a dit qu'il fallait apprendre ma leçon!

— Tu peux bien l'étudier là-haut. »

J'essayai de dire que non; miss O'Reilly insista.

« Cornélius m'a renvoyée, lui dis-je enfin pour expliquer mon refus.

— Cela m'est égal; je ne veux pas qu'il perde son temps pendant le jour, comme il le fait chaque soir; va bien vite les retrouver. »

J'obéis avec répugnance et m'arrêtai quelques instants avant d'ouvrir la porte; je l'entre-bâillai enfin, mais sans être entendue.

Miriam était couchée sur le petit lit de repos; Cornélius était assis à ses pieds et la regardait fixement. Elle se penchait vers lui, ses lèvres étaient entr'ouvertes, ses joues plus colorées, l'une de ses mains était perdue au milieu de ses cheveux blonds, qui encadraient son visage, l'autre démêlait indolemment la noire chevelure de Cornélius.

« Ce n'est pas moi que vous contemplez, c'est Médora, dit-elle avec impatience.

— En êtes-vous jalouse?

— Oh! quand je voudrai l'être, ce sera d'abord de Daisy.

— Jalouse de Daisy! comme si c'était possible! »

Elle leva les yeux, m'aperçut et se mit à rire. Cornélius rougit comme une jeune fille et se redressa immédiatement. Je fermai la porte comme si je n'avais rien entendu, j'allai m'asseoir et je pris mon livre; mais ces paroles de Cornélius : « Jalouse de Daisy! » étaient gravées sur toutes les pages. Il m'aimait donc bien peu, qu'il ne comprenait pas qu'on pût être jalouse de moi! Miriam s'en alla au bout d'une heure. A peine avait-elle fermé la porte, que je me levai pour partir; mais Cornélius m'arrêta au passage.

« Vous aussi vous m'abandonnez! » s'écria-t-il avec un accent de reproche.

Je le regardai en face; mes larmes ne coulaient pas, mais il vit combien je souffrais.

« Qu'avez-vous? me dit-il, mal à la tête? vous êtes brûlante! »

Il se pencha pour m'embrasser au front. Ce témoignage de tendresse avait perdu tout son charme; il me semblait que j'étais trahie, et je me reculai malgré moi. Cornélius sourit d'un air étonné.

« Qu'est-ce que je vous ai fait? » me demanda-t-il gaiement.

Je ne lui répondis pas et je courus m'enfermer dans ma chambre où je pouvais du moins pleurer en liberté.

Durant les huit jours qui suivirent, il eut à faire plusieurs copies de quelques mauvais dessins, travail plus lucratif qu'agréable, et la Médora fut mise nécessairement à l'écart. C'est à peine si pendant ce temps-là j'entrai dans l'atelier; Cornélius n'y fit pas attention, non plus qu'à mon humeur boudeuse; c'était sans doute par bonté; mais je ne voulus y voir qu'une preuve d'indifférence qui augmenta mon ressentiment. Cette conduite ridicule avait duré toute la semaine, lorsqu'un soir Cornélius descendit tellement pâle et défait, que sa sœur en fut effrayée. Il répondit à ses questions qu'il avait la migraine, et, posant ses coudes sur la table, il prit sa tête à pleines mains.

« Vas-tu sortir? lui demanda Kate après un moment de silence.

— Non, » répliqua-t-il sans faire aucun mouvement; et au bout de quelques minutes, il remonta dans sa chambre.

Le lendemain matin il souffrait davantage et ne vint pas déjeuner. Vers le milieu du jour, il me sembla l'entendre; je le dis à sa sœur qui n'en voulut rien croire; mais elle n'avait pas tourné le dos que je courus à l'atelier. J'avais raison; Cornélius était devant son chevalet et regardait sa Médora d'un air triste.

« Que voulez-vous? me dit-il.

— Rien, et si je vous dérange....

— Non; mais il n'y a pas de feu, et vous vous enrhumeriez.

— Je n'ai pas froid, » répondis-je.

Il se mit à parcourir la pièce d'un pas agité, s'approcha du lit de repos, et s'y laissa tomber en poussant un soupir. J'allai m'asseoir auprès de lui avec l'intention de lui dire combien j'étais peinée de lui voir autant de chagrin; puis, au moment de le faire, je ne pus que l'embrasser de tout mon cœur. Il fit un geste d'impatience et parut vouloir m'éloigner; mais lorsque ses yeux, en rencontrant ma figure, virent que les miens étaient pleins de larmes, il arrêta le mouvement qui allait lui échapper.

« Pauvre enfant! dit-il en souriant avec tristesse, elle oublie sa colère dès qu'elle me voit souffrir.

— Cornélius, m'écriai-je avec émotion, je ne serai plus méchante, je vous le promets; si vous saviez comme je suis malheureuse depuis hier au soir que vous avez l'air si malade.

— Et vous êtes venue poser votre tête sur mes genoux comme un chien fidèle; vous m'aimez, vous, je le sais bien!

— Et je vous aimerai toujours, quand même vous m'oublieriez tout à fait.

— Le voudriez-vous encore?

— Je ne pourrais pas m'en empêcher.

— Ah! c'est précisément là ce qui rend la chose si amère: ne pas pouvoir s'en empêcher!

— Mais je le pourrais que je ne le voudrais pas, » m'écriai-je en m'attachant à lui.

Cornélius garda le silence; on voyait sur sa figure le reflet du combat qui se livrait en lui-même; puis il me pressa sur son cœur et d'une voix agitée :

.« Vous êtes plus sage, me dit-il, que tous ceux qui ont écrit des volumes sur le renoncement de soi-même ; qu'ils en parlent, qu'ils le prêchent, une enfant le pratique et l'enseigne mieux qu'ils ne l'ont jamais fait. »

Je compris aussitôt que j'avais, sans le vouloir, plaidé la cause de celle qui m'était odieuse ; cette pensée était à la fois pleine de douceur et d'amertume.

« Cornélius, dis-je à demi-voix, pourquoi vous fait-elle d chagrin ? »

Il me lança un regard de défiance et me repoussant un peu.

« Cette pièce est froide, dit-il, retournez auprès de Kate. »

J'aurais voulu rester, mais il fallut obéir.

Le soir, quand sa sœur lui demanda de ses nouvelles, il répondit tout d'abord qu'il souffrait davantage, et quelques instants après qu'il allait beaucoup mieux. Ses mouvements n'étaient pas moins irrésolus que ses paroles, il se levait, se rasseyait, s'approchait de la table, ou de la cheminée, puis tout à coup il se dirigea vers la porte, son chapeau à la main.

« Et ton mal de tête ? lui cria sa sœur.

— Ne t'en inquiète pas, » répondit-il en s'éloignant.

J'allais me coucher lorsqu'il rentra ; sa figure était animée, ses yeux étincelaient ; il me parut cependant plus excité que joyeux. Ses bras m'arrêtèrent au passage, et avec tant de vivacité que je faillis perdre l'équilibre ; il me demanda pardon, puis m'embrassa deux ou trois fois si tendrement, que miss Kate en fut jalouse, et s'écria que c'était absurde.

« Est-ce qu'on ne peut pas embrasser son enfant ? dit-il en riant de son joyeux rire.

— Cornélius, reprit sa sœur, ta maladie n'était qu'une querelle avec Miriam, avoue-le. »

Il rougit et parut déconcerté.

« J'en suis sûre, je le sais, poursuivit-elle.

— Non, répondit-il avec calme, tu ne sais pas. Je te donne ma parole qu'il n'y a pas eu entre nous la moindre discussion. A propos, elle m'a chargé de ses compliments pour toi. »

Quelques jours après Miriam vint poser pour Médora ; le seul changement qu'on put remarquer chez Cornélius, c'est qu'il paraissait plus amoureux qu'il ne l'avait jamais été. Quant à sa manière d'être avec moi, il n'avait pas attaché

assez d'importance à notre prétendue querelle pour modifier
sa conduite à mon égard. Un homme de vingt-deux ans, passionnément épris d'une jeune et belle femme, ne s'inquiète
guère de la mauvaise humeur d'une petite fille de mon âge;
malheureusement je me persuadai qu'il avait souffert de ma
bouderie et que je devais lui prouver mon repentir; fâcheuse
méprise qui m'attira de nouveaux chagrins. Miriam me laissait tranquille depuis qu'elle m'avait entièrement éclipsée;
mais aussitôt que je voulus me rendre agréable elle envi-
sagea le fait comme une entreprise insolente dont elle éprouva
une certaine irritation.

Ce ne fut pas de la colère, mais cette feinte pitié qui m'é-
tait si odieuse. Un jour que les voyant fort occupés l'un de
l'autre, j'avais les yeux fixés sur mon livre : « Cette enfant,
dit Miriam, a encore plus mauvaise mine qu'à l'ordinaire;
elle s'applique trop; je la crois d'une nature bilieuse; son teint
est de la même couleur que ses cheveux, il est vrai qu'elle
est d'un blond jaune; prenez-y garde, monsieur O'Reilly,
ne la faites pas tant travailler.

— Elle est si laborieuse, répondit Cornélius.

— Comme tous les enfants qui ont la compréhension difficile.

— Mais Daisy a l'intelligence très-vive; elle fait souvent
des réponses qui m'étonnent.

— Je voudrais bien être surprise à mon tour; voulez-vous
me permettre de vous interroger, Daisy? »

Je ne me souciais nullement de lui donner le droit de
m'embarrasser, et de jouir de ma confusion.

« Merci, lui répondis-je, M. O'Reilly doit m'examiner ce
soir. »

Cornélius me lança un regard sévère et changea de conversation. Je m'attendais à être grondée après le départ de
miss Russell; il n'en fut rien; mais le soir quand j'apportai
mes livres à Cornélius, il me regarda froidement : « J'admire
votre assurance, » me dit-il; et prenant son chapeau il nous
quitta pour aller chez Miriam.

Il y avait plus de huit jours que je pensais à cet examen,
que je travaillais de toutes mes forces pour surprendre Cornélius, et je fondis en larmes dès qu'il eut fermé la porte.

« Qu'est-ce que tu as? » me demanda miss O'Reilly.

Je me précipitai dans ses bras et je lui dis en pleurant ce qui m'était arrivé.

« Tu as eu tort d'être impolie pour Miriam, me dit-elle ; mais ne t'inquiète pas ; bien qu'il soit un peu fâché, il t'aime au fond du cœur.

— Oh ! bien moins qu'autrefois. »

Elle n'eut pas le courage de me contredire.

« Ce ne sera jamais la même chose, ajoutai-je.

— Comme si je ne le savais pas ! » s'écria-t-elle involontairement.

Je la regardai tout étonnée. Elle me sourit avec tristesse, me serra sur son cœur et m'embrassa longtemps. Malgré la différence d'âge qui nous séparait, nous étions unies par le lien puissant de la même douleur secrète.

CHAPITRE XV.

C'est ainsi que la lutte s'engagea entre miss Russell et moi. Je lui fis mes excuses le jour suivant ; mais dans la vie domestique les réconciliations n'engendrent que de nouveaux sujets de querelles ; à quoi bon se rapprocher dès que le même esprit vous anime ? Je n'en étais pas moins jalouse ; Miriam se montrait tout aussi mordante à mon égard ; elle continuait à s'irriter des efforts que je faisais pour plaire à Cornélius. J'aimais trop celui-ci, d'ailleurs j'avais trop d'orgueil pour céder à miss Russell, et ma persistance devait me coûter bien cher. Cornélius lui-même me la faisait expier ; jamais il ne s'était aperçu de mes défauts comme à présent, et la chose est facile à comprendre : jusqu'ici le mauvais côté de ma nature sommeillait sous l'influence de la tendresse qu'il avait pour moi ; tandis que maintenant, sans cesse éveillé par les manœuvres de mon ennemie, tout ce qu'il y avait de défectueux dans mon caractère s'exposait au grand jour. Une fois que je l'eus senti, je résolus d'être bonne et

patiente, ne fût-ce que pour faire enrager ma rivale; mais je
ne pus mettre à profit cette détermination; Miriam savait
trop bien comment s'y prendre pour aigrir mon humeur et
me pousser à un degré d'entêtement dont rien ne pouvait
triompher.

Cornélius ne me reconnaissait plus; le triste changement
qui s'opérait en moi lui causait autant de surprise que de
chagrin; il finissait par comprendre que la jalousie d'une
enfant est sérieuse et qu'il ne faut pas en rire. Il essaya de
me raisonner, fut indulgent et sévère tour à tour, sans arriver à son but. Le malheur voulait que je lui fusse d'autant
plus attachée que je souffrais davantage, et ma jalousie gran-
dissait avec ma tendresse.

Combien ces tristes enfantillages se sont gravés dans ma
mémoire! Un matin qu'Elle me provoquait par ses allusions
perfides et que j'opposais un silence obstiné à ses questions
insidieuses, Cornélius lui dit en me regardant avec dégoût :

« Laissez-la tranquille, Miriam; c'est une maussade créature qui n'est pas digne de votre attention.

— Elle est si chétive, si malingre, » répondit miss Russell!

Ma pauvre mine était l'un des sujets de conversation qu'elle
se plaisait à ramener sans cesse, et qui me blessaient au vif;
elle savait combien Cornélius admirait la fraîcheur, la joie,
l'exubérance de séve qui accompagnent la santé.

« Vous êtes trop bonne, répondit-il, vous l'excusez toujours. »

Je ne pouvais que me taire, et je fis semblant de n'avoir
rien entendu. Miriam se leva quelques instants après.

« Voulez-vous venir jeter un coup d'œil sur notre petit
jardin? lui demanda Cornélius; mettez votre chapeau, ajouta-
t-il en s'adressant à moi, l'air et le soleil vous feront du bien. »

Il lui fit un bouquet, et voyant qu'elle admirait des perce-
neige qu'il ne lui donnait pas : « Ils sont à Daisy, je ne
peux pas en disposer, » dit-il. Miriam alla s'asseoir sur le
banc, Cornélius se mit à côté d'elle et fut bientôt absorbé
par sa présence. Le soleil brillait dans un ciel bleu, la brise
était douce et parfumée, la vieille maison avait des teintes
chaudes que faisait ressortir le ton vigoureux du lierre, le
jardin ouvrait ses premières fleurs entourées de verdure
naissante; un oiseau était sur la dernière branche du plus

grand peuplier, d'où il jetait dans l'air ses chants joyeux et rapides ; c'était bien le cadre où deux amants devaient être assis l'un auprès de l'autre, regardant le ciel, oubliant la terre, sans s'éloigner néanmoins de l'abri paisible qui leur servait de retraite.

Je les regardais, et les paroles de Cornélius résonnaient dans mon cœur : « Ces perce-neige sont à Daisy, je ne peux pas en disposer. » C'était bien moi qui les avais plantés et j'allais chaque jour les voir grandir ; mais je n'y attachais pas de sentiment égoïste ; mon rêve était de les placer un matin dans l'atelier et de jouir de la surprise de Cornélius ; mais s'il aimait mieux les donner, que m'importait qu'il les prît ! Elle m'avait enlevé ses regards, sa pensée, elle pouvait bien avoir mes fleurs. Je cueillis les perce-neige, et sans rien dire je les posai sur les genoux de Miriam ; elle me regarda en rougissant, Cornélius parut enchanté et m'entoura de l'un de ses bras avec un retour subit de tendresse.

« Vous avez raison, lui dit Miriam, ce n'est pas à moi, c'est à vous qu'ils sont donnés, et c'est vous qui devez les remerciements. » Elle plaça les perce-neige au milieu de son bouquet, dont elle respira les douces émanations d'un air pensif.

« Oh ! s'écria Cornélius, vous ressemblez à Namouna, l'enchanteresse des contes d'Orient qui se nourrit du parfum des fleurs.

— Comment pouvez-vous être aussi cruel ? répondit Miriam en levant ses yeux verts, que traversa une lueur perfide, cette pauvre enfant attend toujours son baiser ? »

En écrivant ces paroles j'éprouve encore quelque chose de l'indignation qu'elles m'inspirèrent. De quel droit venait-elle parler ainsi ? Cornélius m'avait embrassée avant de la connaître ; il pouvait l'aimer davantage ; mais c'était moi qu'il avait aimée la première. Devait-il donc attendre ses ordres pour me donner une caresse, et fallait-il, pour que ses lèvres pussent effleurer ma joue, qu'elle le lui eût permis ?

Ce que j'en éprouvai alors, fut bien plus intense que je ne puis l'exprimer, car je ne mis à le ressentir que ce qu'il fallut de temps à Cornélius pour sourire à Miriam. Il se retourna vers moi afin de me donner le baiser qu'elle voulait bien m'accorder ; mais à de pareilles conditions j'aimais

mieux n'avoir jamais de caresse, et j'échappai aux lèvres de
Cornélius.

« Il faut avouer que je suis bien malheureuse, dit Miriam
d'une voix pleine de douceur; je fais du mal sans le vouloir,
et quand je désire faire le bien.

— Ne m'en parlez pas, répondit Cornélius avec un chagrin
sincère; je ne puis dire combien il m'est douloureux de rencontrer de pareils sentiments chez Daisy. »

Je lui tournais le dos et je tremblais de la tête aux pieds
sous l'influence des sentiments qu'il déplorait. Comment ne
se disait-il pas qu'ils avaient leur source dans mon affection
pour lui! Mais la destinée voulait qu'Elle eût toujours raison,
moi toujours tort; et je n'essayai point de me justifier.

Les querelles d'intérieur, ainsi que je l'ai dit plus haut, ne
s'apaisent que pour renaître et se prolonger sans fin. Il y avait
une heure à peine que nous étions rentrés quand Miriam dit tout
à coup : « A propos, Daisy, je ne vous ai pas remerciée de vos
charmants perce-neige; pardonnez-moi cet oubli involontaire.

— Vous pardonner! s'écria Cornélius.

— C'est bien le moins que je remercie la pauvre enfant
de ses fleurs. Je veux aussi lui donner quelque chose. Daisy,
dites-moi donc ce qui pourrait vous plaire? »

Quelle ironie de sa part! elle qui me prenait tout, parler
de me faire un présent! moi lui devoir un plaisir! Oh! non;
rien ne pouvait m'y contraindre. Je baissai la tête et me renfermai dans une muette obstination.

Cornélius avait le sang impétueux de sa race; on pouvait
demeurer longtemps avec lui et ne pas s'en apercevoir, tant
il avait l'humeur facile et agréable; mais cette fois, exaspéré
par mon entêtement, il devint pâle de colère, quitta son
chevalet et s'avança vers moi. Son regard me fit chanceler,
et je me reculai en tremblant; Miriam se leva :

« Monsieur O'Reilly, possédez-vous! » s'écria-t-elle avec
autorité.

Cornélius la regarda d'un air stupéfait, et la rougeur lui
monta jusqu'au front.

« Oh ! Miriam, dit-il avec un accent impossible à décrire,
comment avez-vous pu supposer une pareille chose !... Et
vous, me dit-il, en me prenant par la main et en m'attirant
vers lui, avez-vous cru aussi que je voulais vous frapper? »

Il me regardait en face ; toutes ses bontés me revinrent à la mémoire, ma poitrine se gonfla subitement, les larmes, que n'avait pas fait couler sa fureur, éclatèrent :

« Non, m'écriai-je en me précipitant dans ses bras, je ne le penserai jamais ; quand je vous aurais assez fâché pour cela, quand même votre main serait déjà levée sur moi, je n'aurais pas peur une seconde, car je sais bien que vous ne l'abaisseriez pas. »

Ses lèvres tremblèrent ; je vis dans ses yeux quelque chose qui répondait à mon cœur.

« Vous avez été bien méchante, me dit-il enfin, vous m'avez exaspéré au point de faire croire que j'avais perdu tout empire sur moi-même, et cependant, pour les paroles que vous venez de dire, non-seulement vous êtes pardonnée, mais si jamais nous nous fâchons encore, n'oubliez pas, quelle que soit la faute que vous ayez commise, qu'il suffira de me rappeler ce jour pour que la paix soit faite de nouveau entre nous. »

Il me pressa sur sa poitrine, m'embrassa plusieurs fois, et se dirigea vers Miriam, qui, pâle et impérieuse, semblait repousser d'avance les reproches qu'elle attendait.

« Je vous demande pardon, lui dit Cornélius d'une voix grave.

— Et pourquoi ? répliqua-t-elle en le regardant avec un air de doute.

— Parce qu'en allant vers Daisy, je n'avais pas d'autre intention que de la prendre par la main pour la mettre à la porte, afin de la punir de son entêtement, et qu'il a fallu que je me fusse bien oublié pour que vous ayez pu commettre une aussi cruelle méprise. Je viens de pardonner à Daisy, puis-je espérer que vous lui pardonnez à votre tour ?

— Oh ! certainement ; pauvre petite ! » soupira Miriam, comme si je lui inspirais trop de pitié pour qu'elle pût m'en vouloir.

Cornélius n'avait pas été moins sensible à la confiance que je lui avais témoignée, qu'au soupçon injurieux de miss Russell. Rien ne changea dans ses manières à l'égard de Miriam, mais il était évident qu'il éprouvait une recrudescence d'affection pour moi, et, si j'avais été plus sage, il m'aurait été facile de regagner tout ce que j'avais perdu ; mais qui **est** sage en ce monde ! je fus assez folle pour tomber dans le premier piége que me tendit miss Russell, et pour me montrer plus maussade, plus entêtée que jamais.

Cornélius, fidèle à sa parole, étouffa sa colère ; mais il aurait mieux valu pour moi qu'il donnât cours à sa mauvaise humeur. Le ressentiment qu'il avait de mes fautes continuelles s'amassa en lui-même et ne tarda pas à s'aigrir ; l'obligation, où je le mettais, de se contraindre sans cesse, lui devint insupportable ; j'étais une épine dans sa vie, le gravier qu'il sentait à chaque pas, l'ombre qu'il trouvait à chaque détour. Miriam avait enfin réussi à me rendre insupportable.

Combien notre intérieur, autrefois si paisible, était maintenant changé ! L'esprit de discorde en avait empoisonné toutes les joies. Miss O'Reilly était grave et triste, Cornélius irritable, et moi bien malheureuse. Miriam était la seule qui eût gardé toute sa sérénité.

Il devenait impossible qu'un pareil état de choses se prolongeât ; nous le sentions tous d'une manière plus ou moins confuse. La fin d'avril amena ce changement impérieux. Le déjeuner s'était passé comme à l'ordinaire, quand, au moment de nous séparer, Cornélius me pria de monter avec lui. Miriam ne devait pas venir ce jour-là, et comme depuis quelque temps il paraissait plutôt fuir que rechercher ma présence, je crus voir dans cette invitation comme un retour de faveur.

« Que je vous remercie ! m'écriai-je, lorsque je fus seule avec lui dans cet atelier que j'aimais tant. Hier j'avais envie de monter, mais Kate n'a pas voulu ; pourrai-je venir demain ?

— Non, répondit Cornélius.

— Après-demain alors ?

— Taisez-vous, enfant ; laissez-moi travailler ! »

Je le regardai peindre en silence ; il copiait un intérieur hollandais pour un marchand de tableaux.

« Quand vous serez un grand artiste, lui dis-je, vous ne ferez plus de copies, n'est-ce pas ?

— Ne vous ai-je pas priée de vous taire ?

— Je ne parlerai plus. »

Mais je ne sais quel démon s'était emparé de moi, et bientôt, manquant à ma promesse :

« Croyez-vous, demandai-je, que votre dernier tableau soit admis à l'exposition ?

— Je n'en sais rien et m'en inquiète fort peu; si on l'accepte il n'en sera pas meilleur.

— Rien que d'y penser, j'en perds la tête, c'est une fort belle peinture.

— Qu'en savez-vous?

— J'en suis certaine.

— Vous n'avez jamais été aussi babillarde; sur quelle herbe avez-vous donc marché? »

Il s'appuya sur le dos de sa chaise et se retourna pour me voir : « Je suis si contente d'être ici, répliquai-je en l'embrassant.

— Est-ce la première fois que vous y entrez?

— Il y a bien longtemps que je n'y suis venue, c'est-à-dire lorsque vous y êtes seul; j'aurais bien pu monter depuis huit jours, mais je vous croyais fâché contre moi; et ce matin, quand vous m'avez dit de venir, j'ai été si contente que je vous aurais sauté au cou si votre sœur ne m'avait pas regardée. »

Mais Kate n'était pas là, et j'embrassai Cornélius de tout mon cœur.

« Je ne pourrai jamais, s'écria-t-il d'un air malheureux; écoutez-moi, Daisy : j'ai quelque chose à vous dire.

— Parlez, répondis-je, sans changer d'attitude.

— Je ne peux pas comme cela, il faut que je voie les personnes. »

Je fis le tour de sa chaise, et vins m'asseoir sur ses genoux.

Il parut déconcerté.

« Vous êtes trop grande, me dit-il d'un air sérieux; il y a de ces actions qui, pardonnables à un enfant, sont ridicules chez une jeune fille.

— Je ne le ferai plus, dis-je en me levant bien vite, et s'il y a autre chose que vous trouviez ridicule....

— Je ne dis pas cela.

— Et que je fasse quand il y aura quelqu'un, vous n'aurez qu'à prononcer mon nom, je saurai bien vous comprendre; je suis habituée à lire dans vos yeux; n'y a-t-il pas trois ans que nous sommes ensemble?

— Je ne pourrai jamais, reprit-il, et cependant il le faut; venez ici, chère enfant. »

Il m'attira sur ses genoux.

« Vous disiez que c'était ridicule? m'écriai-je.

— Oui.... comme habitude, mais pour une fois! »

Il me regarda en face, et changeant de ton : « Vous savez que je vous aime, dit-il, je crois vous l'avoir prouvé, et j'espère que vous n'en doutez pas. »

Mon cœur battait à se rompre, c'est à peine si j'eus la force de lui répondre.

« Depuis quelque temps, poursuivit-il, j'ai remarqué, sur votre figure, l'expression d'une douleur qui m'a vivement peiné; je ne dis pas que votre chagrin soit raisonnable; mais alors même que je pourrais vous blâmer, je n'en suis pas moins triste de penser que vous êtes malheureuse avec nous.

— N'y faites pas attention, m'écriai-je; cela m'est égal de souffrir; j'aime bien mieux être malheureuse ici que d'être heureuse partout ailleurs.

— C'est possible; car si vous avez de grands défauts, je vous reconnais, du moins, la qualité d'être aimante; peut-être même la poussez-vous trop loin; mais ce n'est pas là ce qui m'occupe; vous êtes malheureuse, vous l'avouez, et l'unique remède qu'il y ait à vos douleurs.... c'est de vous séparer de nous. »

Je gardai le silence, il continua d'une voix ferme :

« Peut-être ne comprenez-vous pas combien il m'en coûte de vous parler ainsi; mais je n'ai pas le droit d'hésiter; vous n'êtes pas la seule qui souffriez dans la maison; il y règne un malaise, qui ne peut durer plus longtemps, et c'est votre intérêt surtout, qui m'a fait prendre ce parti. Ne voyez-vous pas que le sentiment que vous nourrissez en vous-même gâte avec rapidité ce qu'il y a de bon et de généreux dans votre nature? Enfant, votre esprit est malade; j'ai tout fait pour le guérir, je n'ai pas pu, le mal a dépassé mon pouvoir; mais l'absence en triomphera. Un dernier mot, Daisy : vous ne pouvez pas me faire changer de résolution, épargnez-moi le chagrin de vous refuser ce qu'il me serait impossible d'accorder à vos prières. »

J'étais foudroyée par la douleur, et lui épargnai, sans le vouloir, les instances qu'il redoutait. J'avais été mauvaise, j'en avais souffert; j'aurais trouvé juste qu'il me fît expier mes torts, mais je ne pouvais pas croire qu'il eût la pensée de me bannir. Il s'attendait probablement à des pleurs, et mon silence l'étonna.

« M'avez-vous entendu? me demanda-t-il.

— Oui, Cornélius.

— Et qu'avez-vous compris?

— Que vous m'enverriez quelque part.

— En pension, chère petite.

— A l'école de miss Wood?

— Non; en pension tout-à fait.

— Et je ne viendrai que le dimanche.

— Kate et moi, reprit-il avec un embarras évident, nous serions bien heureux de vous avoir tous les huit jours; mais vous comprenez que cela n'atteindrait pas le but que nous nous proposons. »

L'exil était complet! Je regardai Cornélius, non pas avec l'intention de l'émouvoir, mais pour lui demander si c'était bien possible.

« Kate viendra-t-elle quelquefois? lui dis-je après un instant de silence.

— Certainement.

— Et pourrai-je vous écrire?

— Pourquoi demandez-vous cela?

— Parce que vous ne viendrez pas.

— Pourquoi n'irais-je pas vous voir? est-ce que nous nous séparons avec aigreur? C'est un traitement que j'essaye, j'espère qu'il sera de courte durée. Après mon mariage, miss Russell et moi nous habiterons la maison voisine, et vous vivrez ici avec ma sœur. J'ai la confiance qu'avec le temps, et grâce à votre bon naturel, vos sentiments perdront leur exagération, et que vous aimerez et respecterez celle qui partagera mon existence. »

A quoi bon toutes ces paroles? N'était-ce pas le commencement d'une séparation éternelle? Une fois marié, Cornélius était perdu pour moi. Je n'avais qu'à me soumettre en silence.

« Vous ne demandez pas dans quelle pension vous devez aller, me dit-il.

— Je ne tiens pas à le savoir. Quand partirai-je?

— Demain matin; mais si vous voulez rester jusqu'à la fin de la semaine....

— Non, merci.

— Désirez-vous quelque chose? dites-le-moi bien franchement.

— Je voudrais voir tous vos dessins, et les ranger encore une fois. »

Il alla me chercher les portefeuilles et m'en donna le contenu. J'avais cet esprit d'ordre minutieux que possèdent la plupart des femmes; Cornélius l'avait souvent mis à profit, et je ressentais un douloureux plaisir à lui être utile une dernière fois. Je l'aimais toujours, en dépit de mon bannissement; je lui donnais d'autant plus que je recevais moins de sa part; il semblait que je dusse lui rendre tout ce qu'il m'avait retiré afin que la somme de tendresse qui existait entre nous restât toujours la même.

Il travaillait, pendant que de mon côté j'accomplissais ma tâche; de temps à autre j'appelais son attention sur tel ou tel dessin que je mettais à une place différente.

« Remarquez-le bien, disais-je, vous savez que je ne serai pas là pour vous dire où ils sont.

— C'est pourtant vrai! » murmurait-il d'une voix émue.

Ma résignation paraissait l'étonner; il oubliait que c'était seulement en présence de Miriam que je n'étais pas soumise, et ma docilité l'affectait plus vivement que ne l'auraient fait mes pleurs. Une fois il posa sa palette et se dérangea pour venir auprès de moi; je tenais à ce moment-là un petit dessin, où il m'avait représentée derrière lui, attentive à le regarder peindre.

« Mettez-le à part, me dit-il, je le ferai encadrer pour l'avoir sous les yeux. »

Il s'assit à côté de moi, je me retournai pour lui sourire; il me prit la tête à deux mains, et me regardant avec une tendresse émue:

« Si j'osais! dit-il; mais non, c'est impossible, je m'en repentirais ensuite. »

Ma tâche m'occupa jusqu'au soir et servit à me distraire. Au fond je ne souffrais pas beaucoup; j'avais dans le cœur une incrédulité que rien ne pouvait détruire. Kate et son frère étaient bien plus tristes que moi; ils savaient que la

chose était réelle; et tout en me disant qu'elle était vraie,
je la croyais impossible. Mais le lendemain matin quand je
descendis pour déjeuner, lorsque je vis la figure désolée de
ma pauvre Kate, le regard troublé de son frère, j'eus tout à
coup le sentiment d'une affreuse certitude. Je me mis à table,
et malgré tous mes efforts pour plaire à Cornélius, il me fut
impossible de rien prendre.

Jamais matinée de printemps n'avait été plus belle, et
mon départ ne devait avoir lieu qu'une heure après.

« Voulez-vous faire un tour dans les allées? me demanda
Cornélius.

— Merci, lui dis-je tout bas, j'aime mieux rester dans
notre jardin. » J'y avais été si heureuse! Je regardais les
fleurs, les arbres, les brins d'herbe avec amour, et je
marchais lentement sans parler. Cornélius était à côté de
moi.

« Daisy, me dit-il, me promettez-vous de n'être plus
jalouse? »

Un oui ardent et joyeux monta jusqu'à mes lèvres, et fut
aussitôt réprimé.

« Je ne peux pas! m'écriai-je avec désespoir, je ne peux
pas, Cornélius! »

Il me regarda fixement sans rien dire.

« Enfant, cria miss O'Reilly d'une voix triste, il faut venir
t'apprêter. »

Son frère m'arrêta : « Demandez-moi quelque chose avant
de partir, dit-il.

— Quand vous le saurez, lui répondis-je, écrivez-moi
pour me dire si votre tableau est reçu.

— N'avez-vous pas autre chose à me demander?

— Non, Cornélius. » Il me lâcha la main et j'allai retrouver Kate.

Je fus bientôt prête, le cab attendait à la porte de l'allée;
miss O'Reilly, qui devait me conduire, me dit tout à coup :

« Va faire tes adieux à Cornélius. »

Je m'approchai de lui toute tremblante; il posa le journal
qu'il tenait à la main, et me serra dans ses bras. Toute ma
force m'abandonna quand je me trouvai sur son cœur, et je
sanglotai amèrement.

« Oh! Daisy! » s'écria-t-il d'une voix navrante.

Je le regardai, ses yeux étaient humides, mes sanglots s'arrêtèrent; j'étais confuse de l'avoir tant ému.

« Eh bien! » dit sa sœur. Il m'embrassa une dernière fois, Kate m'entraîna vivement, nous traversâmes le jardin, elle me fit monter en voiture, et le cab descendit l'allée verte. C'était le chemin que nous avions suivi pour venir. Avec quelle sollicitude Cornélius m'avait soignée pendant ce voyage! il m'avait enveloppée de son manteau, fait dormir dans ses bras, apportée dans cette maison d'où il m'exilait aujourd'hui, et je sanglotais à me briser la poitrine.

CHAPITRE XVI.

« C'est impossible, dit Kate, je ne pourrai jamais y tenir; enfant,... tu sais bien,... je ne peux pas te voir ainsi. » Elle m'entoura de l'un de ses bras, me fit poser la tête sur son épaule, et m'embrassa avec une effusion qui ne lui était pas ordinaire.

« Pauvre Daisy! reprit-elle avec douceur, tu commences bien jeune à souffrir; mais ton chagrin perdra son amertume; une fois qu'ils seront mariés, tu reviendras auprès de moi; nous serons heureuses ensemble.

— A quelle époque se marie-t-il?

— Dans un mois ou deux. C'est une folie, Midge, une véritable folie; je lui croyais plus de raison; on lui a promis de l'ouvrage, et sur cette assurance voilà qu'il se marie. Ce n'est qu'un jeune homme; il ne sait pas; mais elle, qui à son âge doit savoir ce qu'elle fait, c'est une honte de le mettre dans une pareille position.

— Je croyais qu'elle était riche.

— Oui, elle a une certaine fortune; mais je connais mon frère, il ne voudra jamais vivre de l'argent de sa femme, il fera de méchante besogne pour subvenir à ses besoins, copiera de mauvais tableaux, et perdra son avenir. Dieu veuille qu'il n'ait pas à le regretter. Pourvu qu'il l'aime toujours! Ne pleure pas comme cela, enfant! Il n'était pas digne d'avoir une aussi bonne fille que toi.

— Est-il vrai qu'il renonce à être un grand artiste?

— Il n'y pense pas du tout, le malheureux! il ne voit pas plus qu'il se suicide moralement, il ne se doute pas que c'est pour lui plaire qu'il te renvoie de la maison, il croit que c'est lui qui en a eu l'idée. Comme si jamais de lui-même Cornélius aurait consenti à se séparer de l'enfant d'Édouard Burns! J'aurais bien pu te garder, car après tout, la maison m'appartient; mais, par amour pour toi, je n'ai pas voulu que ta présence lui devînt à charge; il ne faut jamais empêcher les hommes de faire leur volonté, afin qu'ils puissent eux-mêmes découvrir leur méprise. Il te regrettera, Daisy, tu peux en être sûre, et cela vaudra bien mieux. »

Le cab venait de s'arrêter à la porte des demoiselles Clapperton. Ces deux sœurs habitaient une villa mauresque, ayant des fenêtres assez étroites pour satisfaire la jalousie d'un Turc, une terrasse admirablement calculée pour s'y enrhumer du cerveau, et une tourelle qui donnait à l'édifice un petit air de chevalerie espagnole, confirmé par le nom euphonique d'*Alhambra lodge*. A gauche de cette demeure, plus ou moins arabe, se trouvait une imitation d'un ancien cottage anglais, aux pignons effilés, aux pièces de bois artistement peintes sur la muraille; à droite, un chalet suisse faisait rêver d'innocence pastorale; un peu plus loin s'élevait un castel gothique.... mais laissons en paix l'architecture privée de la moderne Angleterre.

On nous introduisit dans un parloir, meublé d'une manière plus confortable que mauresque, où nous fûmes reçues par miss Mary Clapperton. Courte et grosse, difforme, d'une laideur ridicule, miss Mary n'en avait pas moins une bonne et joyeuse figure, le regard intelligent et la vivacité d'un oiseau; elle m'appela ma chère, et se mit à rire et à babiller à toute vapeur, de la façon la plus étourdissante. A peine étions-nous assises, que miss Anne Clapperton arriva; c'était la contre-épreuve de miss Mary; je n'ai jamais vu de ressemblance plus parfaite : la même voix, les mêmes expressions, la même tournure; et comme elles s'habillaient pareillement, il était impossible de les distinguer l'une de l'autre; quant à moi, je les ai toujours confondues, et elles ne m'ont laissé, à elles deux, que le souvenir d'une seule et même personne appelée Marie-Anne Clapperton.

Il fallut enfin se séparer de Kate. Nos adieux furent paisibles ; elle me promit de revenir bientôt, à condition que je ne me désolerais pas. La chose m'était facile, du moins en apparence ; je n'étais pas pleureuse de ma nature, et j'avais trop d'orgueil pour mettre les étrangers de moitié dans ma douleur. Restée seule avec les demoiselles Clapperton, elles me regardèrent avec bonté, et causèrent de moi, si toutefois on peut employer cette expression à propos de deux personnes dont la pensée est indivise. La seule nuance que leur esprit parut offrir, c'est que Mary suggérait les idées, et que sa sœur les affirmait immédiatement, témoin la conversation suivante qu'elles tenaient à demi-voix :

« Anne, elle paraît d'une santé délicate ?

— Très-délicate, Mary.

— Je la crois intelligente.

— Extrêmement intelligente. » Et ainsi de suite.

Au bout de quelques instants, l'une des demoiselles Clapperton, je suppose que c'est Mary, mais je n'en suis pas bien sûre, car elles s'étaient mêlées en se levant, me demanda si je ne voulais pas faire connaissance avec mes futures compagnes ; sur ma réponse affirmative, elle me conduisit dans un jardin, tout en bosquets et en allées sableuses, où je fus présentée à deux jeunes misses, avec toutes les formalités d'usage.

Jane et Fanny Brook, orphelines, âgées l'une de quatorze ans, l'autre de quinze, étaient de belles filles aux joues roses, aux cheveux noirs et crépus, aux dents blanches, aux allures tant soit peu garçonnières. Réservées comme des nonnes en face de la maîtresse, à peine miss Clapperton se fut-elle éloignée, qu'elles commencèrent à rire et à chuchoter en me regardant ; puis, tout à coup, s'adressant à moi :

« Voulez-vous courir ? me demanda Jane.

— Je ne cours jamais, je ne peux pas.

— Essayez, ce n'est pas difficile. »

Les deux sœurs me prirent chacune par la main, et m'entraînèrent en me faisant tourbillonner comme un toton ; mais bientôt hors d'haleine, je fus forcée de m'arrêter.

« Je vous disais bien que je ne pouvais pas courir, repris-je d'un air blessé.

— Pauvre petite ! s'écria Jane.

— Voulez-vous jouer au but ? vous serez le juge, » me dit sa sœur.

Il s'agissait d'atteindre un cytise placé à l'autre bout de l'allée ; on me fit asseoir sur un banc ; toutes les deux partirent comme une flèche, arrivèrent en même temps, se renversèrent l'une sur l'autre, se relevèrent aussitôt, et, les cheveux tout en désordre, revinrent de mon côté.

« Je l'ai touché la première, cria Jane.

— Ce n'est pas vrai, je l'ai touché avant elle, n'est-ce pas, petite ?

— Je crois que vous êtes arrivées toutes les deux en même temps. »

Cette décision impartiale déplut à l'une et à l'autre ; elles prétendirent que j'étais aussi rusée que méchante, se réconcilièrent à mes dépens, se mirent à jouer à la tape ; et comme elles avaient récréation jusqu'au soir, à propos de mon arrivée, lorsqu'elles eurent épuisé les charmes de la tape, Fanny s'amusa à tirer de l'arc pendant que sa sœur jouait à la balançoire. Quant à moi, je les regardais avec surprise, ne supposant pas qu'il eût jamais existé de semblables créatures.

Ma qualité d'étrangère en ces lieux, où chaque chose était nouvelle pour moi, me fit paraître la journée doublement longue ; mon chagrin s'irritait en face de ces figures, de ces objets inconnus qui sollicitaient mon attention, mais n'absorbaient pas ma pensée, et j'accueillis la fin du jour avec un sentiment de joie réelle, espérant que la nuit m'apporterait le repos et une solitude relative. Je partageais avec les deux sœurs, qui couchaient ensemble, une vaste pièce d'un aspect agréable, et parfaitement aérée. Tout d'abord, ces demoiselles furent tranquilles ; mais quelques instants après, j'entendis comme le froissement d'un papier qui semblait provenir de l'endroit où elles étaient couchées.

« Penses-tu qu'elle dorme ? demanda tout bas l'une des deux.

— Essaye, répondit l'autre.

— Quel beau clair de lune ! reprit Jane à haute voix.

— Admirable ! s'écria sa sœur.

— Aimez-vous le clair de lune ?

— Oui, » répliquai-je, supposant que c'était à moi qu'on parlait. Je pus à peine articuler ma réponse, tant mon cœur était plein de mon paradis perdu ; je pensais à notre petit jardin, à ses fleurs, aux vieux arbres, que cette même lune éclairait.

Une consultation à voix basse eut lieu entre les deux demoiselles, et se termina par ces mots qui m'étaient adressés :

« Voulez-vous des bonbons ?

— Merci, répondis-je tout étonnée ; je ne mange jamais de sucreries. »

Cette réponse sembla produire une impression très-défavorable sur les deux sœurs ; elles pensèrent que j'étais un espion, et se repentirent vivement de leur conduite imprudente.

« N'ayez pas peur, je ne vous trahirai pas, » leur dis-je, tout indignée de leurs soupçons.

Elles m'affirmèrent qu'elles n'en doutaient nullement, et m'offrirent de nouveau de partager leurs friandises.

« N'y mettez pas de discrétion, reprit Jane d'une voix encourageante, nous en avons beaucoup.

— Une sachée tout entière, ajouta sa sœur, dont l'énorme bouche me parut être aussi pleine que le sac dont elle parlait.

— Vilaine gourmande ! s'écria Jane ; tu m'avais promis de ne pas commencer avant moi, je suis sûre que tu as mangé tout le candi. »

Il paraît que la chose était avérée, car le bruit d'un soufflet se fit entendre, et la bataille commença.

Je ne puis dire le dégoût qu'une pareille conduite m'inspirait ; mais des pas qui s'approchaient du dortoir, arrêtèrent, comme par magie, les hostilités des deux sœurs.

« N'allez pas nous démentir, » me dit Jane à voix basse.

Je sentis quelque chose tomber sur moi, la porte s'ouvrit, et l'une des deux miss Clapperton apparut, une bougie à la main : sa bonne et laide figure était grave et mécontente.

« Mesdemoiselles ! n'êtes-vous pas honteuses, dit la maîtresse d'un ton plein de gravité.

— Nous n'avons pas pu nous empêcher de rire, miss, répondit Jane, sans la moindre hésitation.

— Impossible, ajouta sa sœur en riant encore.

— Elle a des bonbons et voulait nous en faire manger, n'est-ce pas Fanny? J'ai répondu que je voulais tout le candi, Fanny a demandé les pastilles, mais c'était pour nous amuser. »

Je n'en revenais pas de leur audace, et ne pouvais comprendre pourquoi miss Clapperton me regardait avec autant de sévérité. Je ne tardai pas à le savoir : la perfide Jane, n'ayant pas eu le temps de cacher le sac de bonbons, l'avait jeté sur mon lit. Miss Clapperton me dit avec douceur que les bonbons étaient défendus chez elle, que je n'étais pas coupable, puisque j'ignorais cette défense, mais qu'elle regrettait que j'eusse attendu la nuit pour les manger en cachette; et ne voulant pas faire preuve de rigueur, elle se bornerait, disait-elle, à confisquer mes bonbons, ajoutant que les sucreries étaient pernicieuses pour la santé.

Je n'avais pas démenti Jane, mais je n'en étais pas moins fort mécontente, et je me réservais de le lui dire, quand à ma grande stupéfaction, elle m'attaqua la première.

« Comment pouvez-vous être assez niaise pour lui avoir laissé prendre le sac? me demanda-t-elle froidement; elle va en faire cadeau à cette affreuse Polly. Vous ne pouviez pas la flatter un peu? les nouvelles sont toujours sûres d'obtenir ce qu'elles veulent. »

Fanny fit chorus avec sa sœur, et toutes les deux m'appelèrent *manchon*, épithète mystérieuse qui m'intrigua beaucoup, me déplut énormément, et qu'elles refusèrent de m'expliquer, sous prétexte que je savais fort bien ce qu'elle signifiait.

Les souvenirs de pension n'ont pas pour moi la douceur qui leur est généralement attribuée. Je n'étais qu'une enfant, mais je n'avais pas les goûts de mon âge : ce fut à la fois le tourment et le bonheur de ma jeunesse. Quelques jours suffirent néanmoins pour me réconcilier avec les manières un peu brutales de Jane et de Fanny Brook. C'étaient de bonnes filles, remplies de gaieté, mais beaucoup trop jeunes pour moi, en dépit de leur droit d'aînesse. J'avais une foule d'idées et de sentiments dont elles ne possédaient pas la plus légère teinture ; et après avoir passé trois ans dans la société de Kate et de son frère, la conversation et les jeux de ces grands enfants ne pouvaient avoir aucun intérêt pour moi. Cependant elles avaient pitié de ma faiblesse, et m'aimaient à cause des services que je leur rendais au sujet de leurs études.

Kate ne m'avait pas affirmé qu'elle viendrait le dimanche suivant ; mais je l'attendais avec confiance, et lorsqu'on m'apprit que j'étais demandée par une visite, mon cœur battit plutôt de joie que de surprise. Ce n'était pas miss O'Reilly, c'était Cornélius que je trouvai au parloir. Je fus si heureuse que je ne pouvais pas parler. Il m'embrassa plusieurs fois et me gronda gaiement de ce que mes yeux étaient pleins de larmes.

« Est-il reçu ? demandai-je aussitôt que j'eus recouvré la parole ; c'est hier que s'ouvrait l'exposition, j'y ai pensé toute la journée.

— J'en étais sûr, répondit-il en passant la main sur mes cheveux.

— Oh ! dites-le-moi, Cornélius.

— Vous ne devinez pas ! »

Son sourire ne pouvait avoir qu'une signification ; je lui sautai au cou ; il se mit à rire en disant que j'avais l'air d'une petite folle. Je ne sais pas l'air que j'avais, mais je me sentais ivre de joie.

« Est-il bien placé ? lui demandai-je.

— Mieux qu'il ne le mérite, ma pauvre Daisy ! j'étais bien sûr que vous seriez contente de le savoir, et je suis venu de bonne heure, tout exprès pour vous le dire.

— Miss Russell et Kate ont dû être bien heureuses ?

— Oui ; mais elle ne sont pas aussi amateurs que vous, chère petite folle. Comment allez-vous donc ? Vous êtes pâle.

— Je me porte très-bien.

— Les demoiselles Clapperton vous plaisent-elles ?

— Beaucoup, elles sont très-bonnes.

— Elle m'ont fait votre éloge ; mais l'une d'elles m'a dit quelque chose à propos d'un sac de bonbons que vous aviez apporté.... bref, je n'ai pas pu la comprendre.

— Promettez-moi de n'en rien dire ; » et je lui racontai toute l'histoire qui l'amusa beaucoup.

« Je les ai vues en arrivant, dit-il ; de belles et grandes filles, qui chacune en ferait au moins deux comme vous. Êtes-vous bien avec elles ?

— Très-bien.

— Vous n'avez pas l'air de les aimer beaucoup.

— Si ; mais elles sont trop enfants ; imaginez-vous qu'elles n'ont jamais entendu parler de Michel-Ange et de Raphaël.

— Pauvres créatures ! comment font-elles pour vivre.

— Je n'en sais vraiment rien ; quand je leur parle de peinture, Jane répond qu'elle aimerait assez à colorier des écrans, et Fanny qu'elle s'en moque.

— Le fait est qu'il n'y a pas beaucoup de petites filles comme la mienne. Oh ! Daisy, je n'ai pas l'intention de vous gronder ; mais comment se fait-il qu'étant si bonne et si gentille, à tant d'égards, vous soyez parfois si mauvaise ! »

Je baissai la tête sans répondre ; s'il ne comprenait pas que la seule faute qu'il me reprochât c'était de trop l'aimer, à quoi bon le lui dire ? Il se leva quelques instants après, et me quitta, en disant qu'à sa première visite, nous ferions une longue promenade ensemble.

Kate vint dans l'après-midi, son frère me l'avait annoncée.

« Cornélius est déjà venu, s'écria-t-elle. Viens me dire après cela qu'il n'a pas d'affection pour toi.

— Je ne l'ai jamais pensé, Kate.

— Je crois bien, il a failli se mettre en disgrâce à propos de cette visite.

— Et comment cela ?

— Parce qu'il devait aller se promener avec quelqu'un, et qu'il s'est fait attendre ; il a demandé mille fois pardon, et comme un fou, qu'il sera toujours, il a rejeté sa faute sur la visite qu'il t'avait faite, ne voyant pas que c'était précisément cela qui faisait la gravité de l'offense. Je n'ai jamais connu personne, ajouta-t-elle en soupirant, qui ait moins la faculté de découvrir l'égoïsme et l'hypocrisie que mon pauvre frère ; c'est un enfant, Midge, un véritable enfant. »

Je pressentis, en écoutant ces paroles, que j'aurais beaucoup à souffrir de cette confiance imprudente. En effet, il ne revint plus. J'avais tous les dimanches la visite de miss O'Reilly; elle s'apercevait du chagrin que **me** faisait l'absence de son frère, et cherchait à me consoler.

« Ce n'est pas l'intention qui lui manque, me disait-elle ; que de fois il a fait le projet de venir ici ; mais il a toujours quelque chose qui l'en empêche. Il ne faut pas croire qu'il t'en aime moins pour cela : il parle souvent de toi, fait ton éloge, a mis dans son atelier un petit dessin où tu es représentée derrière lui, et qu'on a vainement essayé de lui faire ôter.

— Je sais bien qu'il m'aime, répondis-je ; et cependant, il m'avait promis que nous ferions bientôt une grande promenade ensemble ; je suis toujours à l'attendre.

— Mieux vaut l'avenir que le passé, dit Kate ; et voyant que cette réflexion philosophique était loin de me suffire, si j'osais…. ajouta-t-elle ; mais non, toute réflexion faite, il vaut mieux ne pas en parler, cela te donnerait trop d'orgueil.

— Je sais bien ce que c'est, répliquai-je ; il dit que je suis intelligente et studieuse. J'aimerais bien mieux qu'il vînt me voir.

— Tu n'y es pas : l'autre jour, **au** moment où j'étais loin de supposer qu'il pensait à toi, il se prit à dire tout à coup : « Je voudrais bien que cette ennuyeuse petite « fille revînt ici. » Vraiment, lui ai-je répondu avec indifférence, afin d'en apprendre davantage. « Oui, a-t-il répli- « qué, je n'ai su combien je l'aimais que depuis qu'elle est « partie. » J'espère que tu es contente. »

L'affection est pleine de ruse, et suivant le précepte que venait de m'indiquer miss O'Reilly, pour en savoir davantage :

« Est-ce tout ? lui demandai-je d'un air indifférent.

— Tout ! répondit-elle avec indignation. Naïve enfant, tu ne sais pas que le cœur de l'homme est composé de niches curieuses, et que tu en as une tout entière dans celui de Cornélius. Il a pour sa sœur plus d'affection que pour toi, pour Miriam, hélas ! plus d'amour que pour nous deux ensemble ; mais je me tromperais beaucoup s'il n'éprouvait pas à ton égard plus d'amitié que pour miss Russell, ou pour moi-même ; et sache bien, enfant, que le sentiment libre et désintéressé que n'imposent pas les liens de famille, et qui subsiste en dehors de la passion, est une ravissante chose.

N'est-il pas étrange qu'une petite fille de ton âge soit littéralement, pour mon frère, ce qu'on appelle un ami? Est-ce en raison de quelque sympathie invisible dont le secret m'échappe, ou bien parce que tu es folle de peinture? je ne saurais le dire, mais ce n'en est pas moins vrai. »

Elle parlait sérieusement; je retrouvais dans ma mémoire la confirmation de ce qu'elle venait de me dire, et les paroles de Cornélius m'en donnaient la certitude. Être regretté! n'est-ce pas la meilleure preuve d'affection qu'on puisse recevoir? Tout mon sang me reflua vers le cœur, et la joie rayonna dans mes yeux.

« Daisy! s'écria la pauvre Kate, dont la figure se bouleversa, oh! Midge, Midge! comment tout cela finira-t-il? »

Elle écarta les cheveux qui me voilaient le visage, et me regarda d'un air désolé. Mais pouvait-elle m'empêcher d'être heureuse? j'étais l'amie de Cornélius, ma présence lui manquait, il l'avait dit, j'en étais sûre.

« Comme vous êtes bonne de me l'avoir raconté, m'écriai-je, et que vous ayez bien fait!

— Profites-en, dit-elle, car c'est la dernière fois que je te dis quelque chose. Il est inutile de m'embrasser, et de prendre cet air douloureux; je ne te parlerai plus de lui, tu l'aimes bien assez comme cela. »

Il me suffit pendant quelque temps de savoir qu'il me regrettait; mais le cœur est avide, le mien désira davantage, et n'obtenant pas ce qu'il voulait, je le sentis défaillir. J'avais besoin de Cornélius, de le voir, de l'entendre; il me fallait son baiser du matin, ses câlineries du soir, tout ce que j'avais perdu : la maison que j'aimais tant, le vieux porche tapissé de lierre, notre jardin, ses grands arbres, la liberté dont je jouissais autrefois. Tous ces trésors appartenaient à une autre; les fleurs des massifs lui donnaient leur parfum, et les peupliers leur murmure; elle passait auprès de Cornélius des journées entières, assise dans l'atelier, seule avec lui. Cette pensée ne me quittait pas; la guérison que devait me procurer l'absence était bien longue à venir.

Il y avait trois mois que j'étais partie; le mariage se remettait de jour en jour, au grand ennui de Kate.

« Ce n'est pas que je sois pressée d'en finir, me disait-elle; mais je suis malheureuse de le voir berner de la sorte;

Miriam joue avec le cœur de mon frère comme un chat avec une souris. Il ne pense plus qu'à elle; autrefois, du moins, il travaillait encore, mais elle lui a brûlé le sang. Dieu veuille qu'il ne se refroidisse pas trop vite, une fois qu'il sera trop tard.

— Je voudrais qu'il fût marié, répondis-je; je retournerais auprès de vous et je le verrais quelquefois. »

Kate me prit les deux mains entre les siennes, et me regardant avec tendresse :

« Tu es assez grande, me dit-elle, assez courageuse, ma pauvre Midge, pour entendre raison et prendre ton parti, comme j'ai déjà pris le mien. Une fois marié, enfant, Cornélius sera perdu pour nous deux; ne t'imagine pas, en revenant auprès de moi, que le passé t'y suivra, crois-en ma douloureuse expérience, les affections éteintes ne se renouvellent jamais. »

Elle vit dans mes yeux combien il m'en coûtait d'admettre ces dures paroles.

« Oui, reprit-elle en soupirant, il en est ainsi; tu peux aimer Cornélius, le vénérer, lui garder ton souvenir, mais n'attends plus rien de lui; sèvre ton cœur, pauvre Midge, il le faut dans son intérêt, comme dans le tien.

— J'essayerai, Kate; je ne serai plus jalouse de Miriam.

— Tu ne me comprends pas, chère enfant; il est vrai que c'est difficile; mais les femmes, vois-tu, n'aiment pas que leurs maris s'occupent des autres; elles tiennent à les garder pour elles seules, et pour leurs enfants.

— Je les aimerai tant, répondis-je; vous le savez bien, Kate, j'aimerai ses enfants comme je l'aime, de tout mon cœur, de toutes mes forces.

— Pauvre folle! c'est là, précisément, qu'est le tort! » Elle m'expliqua le sentiment que je devais avoir pour son frère; il fallait, d'après elle, y mettre tant de froideur et de réserve que je me sentis glacée, rien que de l'entendre.

« Il me serait plus facile de le détester, lui répondis-je, et vous savez bien que c'est impossible; mais ce n'est pas ainsi que vous l'aimez. »

Elle sourit et m'embrassa. « Aime-le à ta manière, me dit-elle; Dieu seul connaît l'avenir; mais ne permets pas à ton amour de faire naître le désespoir. »

Le sens de ses paroles m'échappa complétement, et j'imagine qu'elle n'avait pas l'intention d'être comprise. Plus tard, j'ai deviné qu'elle redoutait pour son frère, et pour moi, une affection qui pouvait être fatale à notre repos; mais elle fut assez sage pour ne pas insister. Il n'était au pouvoir de personne de diminuer ma tendresse; Cornélius s'était trompé s'il avait cru y parvenir en m'exilant; je souffrais de ne pas le voir, je pleurais son abandon, mais je l'aimais avec autant d'ardeur.

Quelques jours après, c'était vers la fin de juin, miss Clapperton m'annonça que M. O'Reilly était là, et demandait à me parler, ainsi qu'un autre gentleman. Était-ce M. Trim ou le révérend Smalley qui venait me faire une visite? J'aperçus Cornélius en entrant au parloir, il se trouvait en face de la porte; l'autre gentleman, assis dans un fauteuil, avait les mains croisées sur la pomme de sa canne; il releva la tête et je reconnus la figure bronzée, la barbe blanche et les yeux noirs de mon grand-père. Cornélius m'embrassa tranquillement.

« Approchez, me dit M. Thorntone; me reconnaissez-vous? poursuivit-il en fronçant les sourcils.

— Oui, monsieur.

— Savez-vous ce que je viens faire?

— Non, monsieur.

— Je viens débarrasser M. O'Reilly de votre personne. Je vais bientôt m'embarquer, et je veux régler cette affaire avant mon départ; vous m'entendez?

— Oui, monsieur.

— Qu'avez-vous à dire à cela?

— Rien, monsieur.

— Est-ce qu'elle est devenue idiote? demanda mon grand-père à M. O'Reilly; autrefois, elle avait de l'intelligence. »

Cornélius rougit sans répondre.

« Pourquoi êtes-vous ici? continua M. Thorntone en s'adressant à moi.

— Pour apprendre, monsieur.

— Est-ce bien pour cela qu'on vous y a placée? »

Je baissai la tête et restai silencieuse.

« Je m'en doutais, grommela-t-il entre les dents; il paraît, monsieur O'Reilly, que malgré l'empressement que vous avez montré, lorsqu'il s'est agi de la prendre, vous n'aviez pas l'intention de la garder?

— J'ai cru bien faire, dans son intérêt même, répondit Cornélius avec hauteur.

— Ce n'est pas sa faute, m'écriai-je vivement : c'est la mienne : j'étais méchante.

— Et l'on vous a mise en pension pour vous punir, dit mon grand-père; êtes-vous contente d'y être?

— Pas beaucoup; on est en vacances et je suis toute seule.

— Pourquoi êtes-vous ici, pendant que vos compagnes sont chez elles? »

Je ne répondis pas. M. Thorntone regarda Cornélius, et reprit d'un ton sévère :

« Il y a trois ans, monsieur, quand vous êtes venu chercher ma petite-fille, vous m'avez exprimé franchement votre opinion sur la manière dont on la traitait chez moi; je n'aurai pas moins de franchise, et je vous dirai, monsieur, que je désapprouve votre conduite. Vous avez librement contracté une obligation que personne ne songeait à vous imposer; il fallait la remplir ou vous en décharger. Le jour où cette enfant vous embarrassera, vous la ramènerez chez moi, vous ai-je dit il y a trois ans. J'ai le moyen, monsieur, de la mettre en pension et de vous éviter la peine d'en supporter les frais. Je ne vous blâme pas de vous être délivré d'un ennui, je dis simplement que vous ne deviez pas le faire d'une façon aussi complète, surtout sans m'en prévenir. Vous êtes maintenant d'un âge à comprendre tout cela, poursuivit M. Thorntone en mettant la main sur mon épaule, M. O'Reilly vous trouvant importune....

— Monsieur! interrompit Cornélius.

— Si elle ne vous gênait pas, dit le vieillard en lui coupant la parole à son tour, pourquoi vous en êtes-vous débarrassé?... M. O'Reilly vous trouvant importune, vous a placée dans cette maison, que vous n'aimez pas, et où néanmoins vous lui coûtez beaucoup d'argent. La question est celle-ci : dois-je vous mettre dans une autre pension? et comme il m'est beaucoup plus facile qu'à M. O'Reilly....

— Monsieur! interrompit de nouveau Cornélius.

— Je ne prétends pas valoir mieux que vous, riposta mon grand-père, mais je dis que j'ai plus d'argent. C'est pour-

quoi, reprit M. Thorntone en s'adressant à moi, je demande
s'il faut vous mettre dans une autre pension, où je payerai
ce qu'il faudra : répondez oui ou non. »

Je savais que M. O'Reilly n'était pas riche, qu'il avait
beaucoup de peine à subvenir aux dépenses que je lui occa-
sionnais, et bien que je me sentisse prête à défaillir, j'acceptai
la proposition de mon grand-père. Cornélius parut blessé au
vif.

« Rappelez-vous que ce n'est pas moi qui vous abandonne, »
me dit-il en m'adressant un regard de reproche ; et prenant
son chapeau, il sortit du parloir sans regarder derrière lui.
Je m'élançai pour le suivre, mais je fus retenue par une
main de fer.

« Petite folle ! s'écria M. Thorntone d'une voix ironique,
vous ne voyez pas qu'il se soucie autant de vous que de sa
première jaquette. Allons, pas de jérémiades. Quel jour
voulez-vous partir?

— Quand vous voudrez, monsieur.

— Très-bien, attendez-moi quelques minutes ; » et il sortit
pour annoncer mon départ aux maîtresses de la maison.

CHAPITRE XVII.

Au bout de quelques instants, mon grand-père, dont j'entendais la voix dans la pièce voisine, reparut avec les demoiselles Clapperton ; celles-ci m'apportaient mon chapeau
et mon mantelet; elles me dirent adieu et m'embrassèrent
avec bonté. M. Thorntone, que tous ces détails impatientaient,
me prit par la main et me fit sortir en toute hâte. Une voiture nous attendait à la porte, nous y montâmes, et les che-
vaux nous entraînèrent rapidement. Après avoir traversé,
dans le silence le plus complet, des rues et des places que je
ne connaissais pas, la voiture entra dans un square solitaire
et s'arrêta devant une maison fort simple. Une servante, à

l'air grave et plus que modeste, répondit au coup de marteau du cocher, et fut immédiatement suivie d'une dame entre deux âges, vêtue de noir, qui me donna la main pour descendre de voiture et me fit entrer dans le vestibule.

Je me retournai pour voir où était mon grand-père, il avait disparu.

« Est-ce que M. Thorntone est parti? lui demandai-je.

— Vous ne sauriez croire, me répondit-elle, combien je suis enchantée; j'avais peur que vous ne vinssiez pas. Non, ma chère, il n'est pas encore parti. En vous voyant arriver subitement, j'ai été on ne peut pas plus surprise; mais il va tout m'expliquer. Par ici, ma chère, montez l'escalier, prenez garde, tenez bien la rampe. »

Elle me prit par la main comme si j'avais été un enfant; la sienne était douce et timide. Elle s'arrêta au premier étage, et m'introduisit dans une grande chambre à coucher, qui donnait sur le square.

« Je crois, reprit la dame, que je ferais bien de vous ôter votre chapeau.

— Merci, madame, je le déferai bien toute seule.

— A merveille; puis-je faire quelque chose pour vous, chère miss?

— Non, madame.

— Ne regardez pas par la fenêtre, je vous en conjure, vous pourriez tomber et vous tuer. »

Je lui promis tout ce qu'elle voulait, elle m'appela sa chère enfant, et s'éloigna. J'allai la rejoindre au bout de quelques minutes, et la trouvai dans un petit parloir, sombre et triste, d'une physionomie tout anglaise. Elle parut troublée en m'apercevant, dit à la hâte quelques paroles, destinées j'imagine à me prémunir contre un accident quelconque, se rassura en voyant que tout allait bien, et retomba dans sa placidité ordinaire. Elle avait dû être jolie, sa figure était encore agréable, en dépit d'une expression de malaise que lui donnaient les scrupules et les terreurs d'une conscience timorée.

« M. Thorntone, viendra-t-il bientôt? lui demandai-je, en ne voyant pas mon grand-père.

— Il est parti, chère enfant; je l'avais prié de vous attendre, il m'a répondu qu'il n'avait rien à vous dire; mais soyez tranquille, tout est réglé.

— Est-ce que je dois rester avec vous, madame ?

— Oui, ma chère, c'est moi qui suis chargée de vous soigner et de vous instruire ; je m'appelle mistress Gay ; j'habite cette maison qui est très-aérée, très-saine, condition à laquelle M. votre grand-père tenait essentiellement. Nous avons le privilége de nous promener dans le square à toute heure. J'ai reçu moi-même une excellente éducation, et je suis très-capable de vous enseigner tout ce que vous devez apprendre.

— Savez-vous, madame, lui demandai-je quelques instants après, pourquoi M. Thorntone m'a retirée de la pension où j'étais depuis trois mois ?

— Je n'en sais rien, ma chère ; probablement qu'il n'était pas satisfait de la manière dont on y enseignait.

— Verrai-je miss O'Reilly dimanche prochain ?

— Miss O'Reilly ? n'est-ce pas un nom irlandais ?

— Oui, madame ; les O'Reilly sont nés à Bully-Bunion.

— Quel nom étrange ! et vous, chère enfant, êtes-vous aussi de Bally-Brigg ?

— Non, madame, je suis née en Angleterre.

— Vous devez en être bien plus contente ?

— Cela m'est égal, madame ; pouvez-vous me dire si je verrai miss O'Reilly dimanche.

— Je n'en sais vraiment rien, balbutia mistress Gay ; si par hasard elle venait, je puis vous assurer que je serais fort heureuse de lui offrir une tasse de thé. Je prends toujours le mien à cinq heures très-précises. »

Je vis qu'elle ne savait rien, et ne la questionnai pas davantage.

Mistress Gay était veuve et n'avait pas d'enfants. C'était l'une de ces calmes Anglaises qui semblent aimer l'inertie pour elle-même, et se délecter dans l'engourdissement et l'ennui ; elle habitait une maison silencieuse, au fond d'un square ombreux, situé dans un quartier désert. Nous nous levions de grand matin, nous déjeunions dans une petite salle obscure, et je prenais mes leçons jusqu'au dîner. Mon institutrice ne manquait ni de savoir, ni d'intelligence, mais elle était nerveuse et timorée au point de me faire souffrir de l'embarras que lui causaient ses scrupules. Nous dinions à deux heures, puis nous allions faire un tour de promenade dans le square, ou sur un mail du voisinage, planté d'ormes poudreux. Après le thé, que nous prenions à cinq heures, avec une exactitude monastique, je faisais mes devoirs et j'étudiais mes leçons, tandis que mistress Gay travaillait à l'aiguille ou lisait un roman. Tout d'abord, elle s'en cacha, avec autant de soin qu'une pensionnaire, mais quand elle vit que j'ignorais la nature des volumes, qui de temps à autre sortaient furtivement de son panier à ouvrage, elle ne se donna plus la peine de les dissimuler.

Miss Taylor et mistress Jones, les seules personnes qu'elle vit régulièrement, partageaient ce goût prononcé pour ce genre de littérature. Elles venaient tous les mardis prendre le thé avec nous, et mistress Gay allait chez elles le jeudi et le samedi. C'étaient de paisibles femmes, complétement inoffensives, et chez qui l'organe de la merveillosité occupait une place importante. Elles me considéraient évidemment comme la personnification de *Marguerite l'orpheline*, ou de *l'Enfant du mystère*. La première fois qu'elles me virent ce fut l'occasion d'une foule de regards et de signes d'intelligence, accompagnés de chuchotements, d'exclamations et de soupirs : « Serait-il possible ! chose bizarre ! sort fatal ! destinée malheureuse !... etc. »

Si en entrant chez les demoiselles Clapperton j'avais été abasourdie par les manières bruyantes de miss Brook, je m'affaissai péniblement au milieu du silence de ma nouvelle demeure. J'en souffris dès le premier jour, et n'aspirai qu'au dimanche ; mais il s'écoula sans amener la visite de Kate. Je restai à la fenêtre jusqu'au soir, regardant à travers les barreaux qui protégeaient nos croisées ; l'ombre s'étendit peu à peu sur le square solitaire, la nuit arriva, miss O'Reilly n'était pas venue. Je pensai d'abord qu'elle était fâchée contre moi ; puis, j'eus tout à coup l'idée qu'elle ne savait pas mon adresse.

« Fermez cette fenêtre, chère enfant ; vous allez vous enrhumer, supplia derrière moi la voix tremblante de mistress Gay ; miss O'Reilly viendra demain.

— Je vais lui écrire, madame, car elle ignore où je suis.

— Non, ma chère, n'en faites rien, je vous en conjure, c'est impossible ; fermez cette fenêtre, je vous en prie. »

Il fallut obéir ; mais les jours passèrent et je ne vis pas

arriver Kate. Je demandai de nouveau la permission de lui écrire ; j'étais sûre qu'elle ne savait pas où j'étais.

« Si elle l'ignore, me répondit mistress Gay d'une voix troublée, c'est probablement que M. Thorntone ne veut pas qu'elle le sache. Croyez-moi, je serais enchantée de la voir ; je suis sûre que c'est une femme charmante, mais je dois me soumettre aux ordres qui m'ont été donnés. »

Toutes mes prières furent inutiles. La seule chose à laquelle mistress Gay voulut bien consentir, fut que j'écrivisse à M. Thorntone pour lui demander la permission de recevoir mes amis. Je ne sais pas si ma lettre parvint à son adresse, toujours est-il qu'elle resta sans réponse. Combien je regrettais de m'être placée sous la direction de mon grand-père ! c'était moi qui l'avais voulu, et cette idée, jointe à la peur de ne plus revoir Kate et Cornélius, finit par altérer ma santé. Si j'avais eu de leurs nouvelles, je me serais trouvée moins malheureuse ; je le dis un jour, et mistress Gay, dont l'inquiétude augmentait en raison de mon chagrin, m'offrit d'aller aux informations. Je lui donnai l'adresse des principaux fournisseurs de Kate, et munie de tous mes renseignements, elle partit pour accomplir son message. Je la vis rentrer au bout de deux heures avec une figure satisfaite. « Eh bien ! dit-elle, je suis allée chez l'épicier, j'ai demandé à sa femme si elle connaissait une famille irlandaise qui s'appelle Mac Mahon (ce n'est pas un conte que je lui faisais là, je connais des Mac Mahon qui habitent les environs de Dublin), à quoi l'épicière m'a répondu qu'elle ne connaissait pas d'autres Irlandais que M. et miss O'Reilly, que le jeune homme allait se marier, et qu'elle espérait avoir la pratique du jeune ménage. Je lui ai demandé quelle personne était miss O'Reilly : une très-belle femme, me dit-elle, ayant les cheveux noirs comme son frère, qui est lui-même fort bien de taille et de figure. Je l'ai remerciée en lui disant que cela ne pouvait pas être les Mac Mahon, attendu que ces derniers ont les cheveux rouges. J'espère que vous êtes contente ; puisque M. O'Reilly va se marier, c'est une preuve qu'il n'est pas malade, sa sœur non plus ; et vous êtes trop raisonnable pour regretter le gâteau de noces. »

Hélas ! on ne pensait plus à moi dans cette maison où j'avais été si heureuse. Il se mariait, et je n'avais plus d'espoir. Mon institutrice, ne se doutant pas que la jalousie était la source de tous mes maux, s'étendit longuement sur cet agréable état de choses, se réjouit de la part qu'elle avait prise à la félicité que j'en devais ressentir, et de la diversion qu'une pareille démarche avait faite à sa vie monotone.

J'étais contente de savoir que miss Kate et son frère se portaient bien ; mais cela ne me suffit pas longtemps. A force de prières, et de promesses solennelles de ne pas dire un mot, de ne pas faire un signe qui pût révéler ma présence, je finis par obtenir que mistress Gay me conduisît au Bocage, où peut-être, en passant devant la fenêtre, je pourrais entrevoir les figures que j'aimais. Le hasard, ou plutôt la puissance généreuse qui ne dédaigne pas de compatir à la faiblesse humaine, voulut bien me favoriser.

Il faisait un temps couvert et doux, comme il arrive souvent à Londres ; la rue était déserte, nous nous promenâmes sous les arbres, en face de la maison. Il n'y avait pas encore de lumière dans le parloir, et je ne distinguais rien de ce qui se passait à l'intérieur; mais j'entendais la voix de Cornélius.

« Nous devrions partir, ma chère, me dit mistress Gay, dont chaque seconde augmentait l'inquiétude.

— Pas encore, madame, lui dis-je d'une voix suppliante. Déborah va tout à l'heure apporter de la lumière, la fenêtre est ouverte, je pourrai les voir, et je n'en serai pas moins invisible pour eux. »

Toutes les choses arrivèrent comme je l'avais prévu; quelques instants après, le salon fut éclairé ; les tableaux se détachaient de la muraille, et sur le fond assombri des tentures, ressortaient les visages de Kate, de son frère et de Miriam. Celle-ci, couchée dans un fauteuil, avait les yeux tournés vers Cornélius, qui lui parlait gaiement. Miss O'Reilly, assise un peu en arrière, était penchée sur son ouvrage ; ils paraissaient heureux. Tandis que je les regardais, à demi aveuglée par mes larmes, Cornélius alla se mettre au piano et chanta l'*Exilé d'Erin*. Que pouvais-je faire, sinon pleurer avec désespoir? N'étais-je pas moi-même exilée des lieux que j'aimais? hélas ! n'étais-je pas exilée de son cœur? Au moment où les derniers accords s'éteignirent, Kate se dirigea vers la fenêtre qu'elle ferma, puis elle tira les rideaux, et je ne vis et n'entendis plus rien.

« Je crois qu'il est temps de partir,» balbutia ma compagne, en m'entraînant de la place où j'écoutais toujours les chants qui avaient cessé.

Je ne fis aucune résistance ; et me laissai conduire par mistress Gay, qui, tout émue, regardait avec effroi derrière elle.

J'avais appelé cette promenade de tous mes vœux ; j'avais supplié pour l'obtenir, mais elle ne fit qu'ajouter à ma douleur secrète. La vie monotone que je menais depuis six semaines au fond de cette demeure calme et froide, se joignit à mon chagrin, et je devins de plus en plus languissante. Le médecin fut appelé ; il m'ordonna une quantité de potions noires, et surtout de l'exercice. Nous n'étions pas très-loin des jardins de Kenningstone, et dorénavant toutes les fois qu'il fit beau, mistress Gay m'y conduisit depuis le dîner jusqu'à cinq heures. Elle s'asseyait sur un banc, prenait son livre, et me laissait toute liberté d'action.

Ces jardins sont admirables : on y trouve de l'eau, de la verdure, des oiseaux de toute espèce, des fleurs sauvages et cultivées, du soleil et de l'ombre épaisse, le tout enveloppé de ce charme profond qui plane sur les bois séculaires. J'étudiais la botanique, et mon plus grand plaisir était de flâner dans les endroits les moins fréquentés pour y chercher des plantes. Il y avait surtout un bouquet d'ormes et de vieux hêtres dont j'aimais le silence, et où je m'enfonçais avec joie, comme un faon blessé qui cherche la solitude. Lorsque j'étais assise sur la mousse, qui couvrait la base de ces vieux arbres, quelque chose du calme profond de la nature descendait dans mon esprit, en même temps que l'ombre du feuillage rafraîchissait mes membres. Au-dessus de ma tête chantaient les grives et les merles, que j'avais entendus si souvent de notre maison. Leur voix joyeuse était pour moi sans gaieté, et cependant, j'aimais leurs chants si doux, qui me paraissaient pleins de tristesse, comme le souvenir du bonheur au moment des adieux.

Un jour, que tout en herborisant, j'avais été beaucoup plus loin qu'à l'ordinaire, je finis par me trouver dans un bas-fond, entouré d'arbres superbes, dont l'un avait été déraciné par un violent orage. Son épaisse feuillée commençait à se flétrir, et ses racines, qui pour la première fois voyaient la lumière, dressaient au hasard leurs bras nus et tortueux. Je remarquai tout cela comme on voit, sans y faire attention, les objets qui nous frappent quand notre cœur est ému, car sur le tronc de cet arbre était assis Cornélius qui dessinait un chêne.

Absorbé par son travail, il ne m'avait point aperçue. Je m'approchai sans rien dire, toute tremblante et mes fleurs à la main. Quelques rayons de soleil passaient entre les arbres qui se trouvaient derrière moi ; l'ombre de mon corps se projeta sur l'herbe au milieu de cette nappe lumineuse, Cornélius remarqua cette ombre, leva les yeux, pâlit et le crayon lui échappa des mains. Est-ce lui qui vint à moi ? je l'ignore ; mais une seconde après je me trouvais dans ses bras ; je ne sais pas si j'ai parlé, tout ce que je me rappelle c'est qu'il m'embrassait en me prodiguant les noms les plus doux.

« Mon pauvre agneau perdu, s'écria-t-il, où avez-vous donc été depuis si longtemps ?

— Chez une dame qu'on appelle mistress Gay ; mais comment se porte Kate ?

— Elle est bien malheureuse à cause de vous. Quelle est cette mistress Gay ? où demeure-t-elle ? est-elle bonne ? pourquoi êtes-vous si pâle ?

— Je suis un peu malade, je bois tous les matins quelque chose de très-mauvais. Mon institutrice demeure au square d'Auckland, numéro 3 ; c'est une excellente femme.

— Je connais ce quartier-là ; mais, vilaine enfant, pourquoi ne pas nous avoir donné votre adresse ?

— On n'a pas voulu me le permettre ; j'ai écrit à M. Thorntone pour le lui demander, il ne m'a pas répondu. Mistress Gay est allée chez Parkins pour avoir de vos nouvelles, et une fois elle m'a conduite au Bocage. Je vous ai vu par la fenêtre, c'était le soir, vous avez chanté l'*Exilé d'Erin*; je vous écoutais sous les arbres qui sont en face de la porte.

— Et vous n'êtes pas entrée !

— Je n'ai pas pu ; mistress Gay m'en empêchait, et puis…. vous savez bien ce que vous m'avez dit quand j'ai quitté la maison, » répliquai-je en évitant son regard.

Il ne me répondit pas, mais quand je levai les yeux, la

rougeur que mes paroles avaient appelée sur son visage
n'avait pas encore disparu.

« Est-ce que vous êtes seule? me demanda-t-il après quelques instants de silence.

— Oh! non; mistress Gay est là-bas. Voulez-vous lui
parler?

— Certainement, » dit-il en me frappant sur la joue,
comme il faisait autrefois.

Il ramassa son album, son crayon, me prit par la main et
nous nous dirigeâmes vers l'endroit où mistress Gay était
assise. Fort émue par la catastrophe finale d'un roman en
trois volumes, elle tressaillit depuis les pieds jusqu'à la
pointe des cheveux en me voyant apparaître à la main d'un
jeune homme. Toutefois; l'aisance et la franchise de Cornélius triomphèrent de son agitation; il avait immédiatement
compris quelle était la femme à laquelle il s'adressait, et se
garda bien de faire la moindre allusion qui pût alarmer son
interlocutrice. Il fut charmant, causa pendant une demi-
heure, et nous quitta. Au moment où il allait partir, j'ouvris
la bouche pour lui demander quand je le reverrais, mais
son regard m'arrêta. Je le vis s'éloigner, prendre la direction du Bocage, et mes yeux le suivirent tant qu'il fut possible
de le voir.

« Un jeune homme fort agréable, me dit mistress Gay en
me lançant un regard qui devait avoir une signification, mais
dont le sens m'échappa complétement.

— Je ne sais pas, madame, je connais....

— Oui, assurément, vous connaissez d'autres hommes qui
certes ne sont pas moins agréables; moi aussi. Je me rappelle qu'autrefois je rencontrais souvent dans mes prome-
nades avec ma sœur, un vieux gentleman du meilleur air,
auquel, ne sachant pas comment on l'appelait, nous avions
donné le nom du docteur Jonhson; ne pourrions-nous pas,
par le même motif, désigner ce jeune peintre de paysage
sous celui de Claude Lorrain?

— Mais, madame, il s'appelle....

— Comment le savez-vous? interrompit mistress Gay
avec impatience, le lui avez-vous demandé?

— Non, madame, mais....

— Dès lors, vous n'en savez pas plus que moi? »

Je compris qu'elle voulait ignorer la part de cette aventure qui pouvait la compromettre, et je ne demandai pas mieux que de lui plaire ; elle s'aperçut que je l'avais enfin devinée, en parut satisfaite, et causa librement avec moi du jeune paysagiste qui semblait avoir produit sur elle une impression favorable.

La joie et l'espérance m'avaient complétement bouleversée ; impossible de rien faire, de rester en place, de dormir de la nuit, tant je me sentais heureuse. Mistress Gay semblait elle-même partager ce besoin de locomotion, car le lendemain, nous dînâmes plus tôt qu'à l'ordinaire et nous sortimes dès que le repas fut terminé.

« Où allons-nous, madame ? lui demandai-je.

— Nous ferons bien d'aller à Kenningstone, » répondit-elle avec indifférence.

Une fois aux jardins, elle se dirigea vers un banc, tira son livre, et me conseilla de me promener aux alentours, ce qui ne pouvait, disait-elle, manquer de me faire du bien. Je profitai de la permission pour courir auprès de l'arbre tombé. Cornélius y était déjà, et, comme je l'avais espéré, sa sœur y était aussi.

Kate me prit dans ses bras et me couvrit de baisers ; j'appuyai ma tête sur sa poitrine, et je me sentis si heureuse que je ne pus m'empêcher de fondre en larmes.

« Méchante fille ! dit-elle en m'embrassant de nouveau.

— Ce n'est pas ma faute, Kate, mistress Gay....

— Je le sais bien ; Cornélius m'a tout conté ; mais peu importe, je t'emmène.

— C'est impossible, mistress Gay....

— Et que me fait ta mistress Gay ! Elle ne s'en désolera pas, va ; d'ailleurs, tu es trop pâle.

— Mais la voilà, Kate. »

En effet, mistress Gay s'était impatientée de mon absence ; peut-être avait-elle peur que je ne fusse enlevée par Claude Lorrain ; toujours est-il qu'elle arrivait et qu'elle tomba dans une nouvelle agitation en apercevant miss O'Reilly. Cornélius entreprit de la calmer, ainsi qu'il avait fait la veille, et y parvint complétement. Au bout de quelques minutes, elle était assise auprès de Kate, et jasait avec cette dernière, tandis que je me promenais avec Cornélius. Je ne saurais dire combien le temps passa vite ; il me semblait qu'il n'y avait pas un quart d'heure que nous étions arrivés, lorsque mistress Gay m'appela en me disant qu'il fallait rentrer. Le lendemain était un dimanche, nous ne venions jamais à Kenningstone ce jour-là, et ce fut avec un serrement de cœur profond que je me séparai de mes deux amis.

« Qu'il y a de singulières choses dans ce monde ! s'écria mistress Gay aussitôt que nous les eûmes perdus de vue. Certes, on m'aurait bien étonnée si l'on m'avait dit que je rencontrerais aux jardins une ancienne connaissance comme....

— Vous la connaissez, madame?

— Mais beaucoup.

— Miss O'Reilly ! m'écriai-je tout étonnée. Je compris immédiatement que j'avais fait une imprudence ; mistress Gay, devenue plus audacieuse, me répondit avec calme :

— C'est un nom qui n'a rien d'extraordinaire ; il est très-commun en Irlande.

— Vous la connaissez, madame?

— Ce n'est pas d'hier ; et je l'ai priée de venir demain prendre le thé avec moi.

— Vous connaissez son frère alors?

— Elle a un frère? me demanda mistress Gay d'un air indifférent.

— Mais oui, madame ; le jeune homme qui était avec elle.

— Ce jeune paysagiste? c'est singulier ; non, ma chère, je ne l'avais jamais rencontré. »

Je me suis souvent demandé quels motifs pouvait avoir mistress Gay pour agir de la sorte ; il me serait difficile de l'expliquer, mais elle offrait un singulier mélange de ruse et de bonne foi, d'audace et de timidité, qui la faisait recourir aux expédients les plus bizarres pour se mettre d'accord avec elle-même. Elle avait assez de cœur pour être contente de m'obliger, assez de vanité féminine pour en vouloir à M. Thorntone d'avoir manqué de franchise à son égard ; d'ailleurs elle menait une vie si calme, si fastidieuse, qu'un peu d'agitation et de mystère n'était pas chose à dédaigner ; elle avait en outre une certaine aisance qui en la ren-

dant indépendante, lui permettait de ne pas s'inquiéter d
l'avenir.

Miss O'Reilly venait me voir fréquemment. J'étais heureus
de ses visites, et cependant elles ne me suffisaient pas ; je souf
frais toujours de l'absence de Cornélius, que je ne revoyai
plus.

« Oh ! disais-je à sa sœur, il ne m'a jamais aimée que pa
boutade et maintenant il m'oublie.

— Quelle sottise ! me répondait-elle ; si tu savais combie
il était malheureux quand il apprit que tu n'étais plus che
les demoiselles Clapperton et qu'on ne savait pas où tu étai
placée. Courant sans cesse pour tâcher de découvrir to
adresse, il n'a eu de repos, et n'en a laissé aux autres
que le jour où il est rentré aussi gai qu'une alouette, e
s'écriant : « Je l'ai retrouvée, Kate, je l'ai retrouvée !

— Mais pourquoi ne vient-il pas me voir ?

— Les hommes sont ainsi faits : ils vous aiment et vou
négligent, c'est leur manière ; il faut les prendre comme il
sont. »

Tout cela ne me consolait pas. Cependant un beau jour, a
moment où je m'y attendais le moins, arriva Cornélius qu
venait me chercher pour faire, avec le consentement de mis
tress Gay, cette longue promenade qu'il m'avait promise. I
m'embrassa négligemment ; son visage était fatigué, sa pa
role brève, et il avait l'air peu satisfait. Lorsque nous fûme
sortis du square, il me demanda où je voulais aller, d'un to
peu agréable. Je répondis tout bas que j'irais où il voudrait

« Est-ce que je vous intimide ? demanda-t-il en me regar
dant avec surprise.

— Non, » répliquai-je ; mais en conscience, j'aurais pu dir
que oui. Il fixa de nouveau sur moi des yeux étonnés, pui
après un long silence :

« Comment vous trouvez-vous chez mistress Gay ? m
demanda-t-il.

— Assez bien.

— Cela veut dire assez mal.

— Êtes-vous fatiguée ?

— Un peu.

— Et pas même une boutique où nous puissions nous re
poser ! Pourquoi ne l'avoir pas dit plus tôt ?

— J'avais peur de vous retarder.

— Vous n'avez plus qu'une chose à faire, c'est de m'appeler M. O'Reilly. Je regrette que vous soyez lasse car nous sommes loin d'être arrivés, je vous mène à la campagne. »

Nous continuâmes à marcher, les maisons devenaient de plus en plus rares, on apercevait les champs ; le soleil avait pris de la force, et j'entrai avec plaisir dans une allée ombreuse. Il s'y trouvait un banc, où j'aurais pu me reposer, mais Cornélius avait oublié ma fatigue. Enfin, nous atteignîmes l'extrémité de cette allée verdoyante, et nous entrâmes dans une autre, si pareille à celle qui conduisait à la maison que je m'arrêtai tout à coup.

« Allons, allons! » dit froidement Cornélius.

Je ne m'étais pas trompée : je reconnaissais la haie d'aubépine, les arbres, le fossé plein d'herbe, enfin la petite porte qui m'était si familière. Cornélius l'ouvrit et me fit entrer dans le jardin, nous le traversâmes, je franchis les marches du perron, et j'arrivai dans le parloir où Kate, assise à l'ombre d'une jalousie, travaillait près de la fenêtre.

CHAPITRE XVIII.

Je croyais faire un rêve. Cornélius m'avait lâché la main et je restais immobile, ne sachant pas si je devais avancer, lorsque miss O'Reilly posa son ouvrage et leva les yeux :

« Bonté divine ! s'écria-t-elle avec autant de surprise que je pouvais en avoir moi-même.

— Oui, répondit son frère avec calme, il y a longtemps que je lui promettais de lui faire faire une grande promenade, et ne sachant pas où la conduire, je te l'amène. »

Kate avait les larmes aux yeux et m'embrassait avec effusion: elle était aussi contente que moi.

« Tu vas passer la journée avec nous, dit-elle en m'ôtant mon chapeau.

— C'est toi qui en prends la responsabilité, lui objecta Cornélius.

— Sois tranquille. As-tu faim, Midge ? Dis-moi ce que tu veux.

— Je suis lasse et je voudrais bien m'asseoir. »

J'approchai mon tabouret de sa chaise, et plaçai ma tête sur ses genoux; elle sourit, écarta d'une main les cheveux qui me couvraient la figure, et m'abandonna l'autre que je pressai contre mes lèvres. C'était bien bon de la part de Cornélius, s'il ne pouvait plus m'aimer, de m'avoir conduite auprès de celle dont l'affection ne m'avait jamais fait défaut.

« Eh bien ! s'écria-t-elle en voyant mes larmes, tu ne vas pas pleurer, Daisy !

— Je suis si heureuse de vous voir.

— C'est aujourd'hui mardi et je t'ai vue dimanche dernier.

— Mais pas hier, lui répondis-je.

— Petite flatteuse ! » me dit-elle d'un air satisfait, car pour tout le monde rien n'est plus doux que d'être aimé.

Nous restâmes ainsi pendant quelques instants; puis elle se leva pour aller à ses occupations. Je voulais la suivre, elle me dit de rester avec son frère. J'obéis avec répugnance : être auprès de lui, sans y retrouver l'affection d'autrefois, était plutôt une douleur qu'un plaisir. J'allai m'asseoir sur la chaise que miss O'Reilly venait de quitter, et je regardai par la fenêtre. Il ne m'adressa pas la parole, et quelques instants après je l'entendis sortir du salon; je quittai la chambre à mon tour et j'allai retrouver Kate.

« Qu'est-ce qui t'amène ici? me demanda-t-elle en se retournant vers moi, toute couverte de farine.

— C'est pour être avec vous. »

Elle voulut m'envoyer au jardin; je la suppliai de n'en rien faire. Elle consentit à me garder auprès d'elle, et je ne la quittai pas d'un moment, si ce n'est pour aller dire à son frère que le dîner était servi. Autrefois, ma place à table était à côté de Cornélius; je n'osai pas la reprendre et j'allai me mettre ailleurs, espérant qu'il s'en apercevrait; mais il n'y fit pas la moindre attention, et remonta chez lui aussitôt que le repas fut terminé.

« Va le rejoindre, me dit sa sœur.

— J'aime mieux rester là, répondis-je.

— Fais ce que tu veux, » répliqua miss O'Reilly ; et nous restâmes dans le parloir jusqu'au moment de prendre le thé. J'étais heureuse : le passé m'était rendu, je pouvais m'y croire encore ; mais hélas ! comme le temps marchait vite ! le jour allait s'éteindre, et mon rêve finirait avec lui.

« Il pleut à verse ! s'écria miss Kate en prenant la théière.

— Oui, répondit Cornélius.

— Il est impossible que l'enfant s'en aille d'un temps pareil ; il faut qu'elle couche ici. »

Je lui jetai les bras autour du cou, et l'embrassai mille fois.

« Ce n'est pas une raison pour renverser ma tasse, petite folle ! » me dit-elle d'un air aussi joyeux que le mien.

Nous finîmes de prendre le thé. Je m'attendais à voir arriver miss Russell, ou partir Cornélius ; mais celui-ci prit un livre, et Miriam ne vint pas ; son nom ne fut pas même prononcé. J'allai m'asseoir auprès de Kate, et dans ma joie, il me fut impossible de retenir mes caresses ; elle les souffrit d'abord, mais bien qu'elle fût très-capable d'une affection profonde, elle était peu démonstrative.

« Je te porte dans mon cœur, s'écria-t-elle, toutefois je n'aime pas qu'on m'embrasse ; tu me ferais perdre patience ; je vais te donner un baiser ; puis tu me laisseras tranquille. »

Tout cela fut dit avec une voix si douce, et le baiser fut si tendre qu'il n'y avait pas moyen de se fâcher ; mais elle parlait sérieusement, il fallait obéir ; je me reculai en soupirant et je gardai pour moi-même la joie qui débordait de mon cœur.

Le lendemain matin, je m'éveillai en pensant que mon rêve allait finir. Le soleil inondait ma chambre, le ciel était bleu et sans nuage ; il était impossible de compter sur une seule goutte de pluie. J'avais le cœur bien gros lorsque je descendis pour déjeuner. Ce fut mis O'Reilly, qui la première aborda la question du départ.

« Cornélius, lui dit-elle au moment où ce dernier allait sortir de table, qu'est-ce qui va remener l'enfant ?

— Je sais d'avance toutes les objections que tu vas me faire, répondit-il en hésitant, mais peu importe, j'y suis bien

résolu, Kate, je ne veux pas qu'elle s'en aille, nous allons la
garder.

— Ici !

— Certainement ; c'est pour cela que je suis allé la chercher. L'affaire est arrangée avec M. Thorntone, auquel j'avais
écrit. Elle peut rester si bon lui semble.

— Y as-tu bien pensé, Cornélius? lui demanda sa sœur
d'un air grave.

— Cela n'exigeait pas beaucoup de réflexion..

— Mais au contraire....

— Non ; la chose est bien simple. Lorsque j'ai mis
notre fille chez les demoiselle Clapperton, je croyais me
marier dans six semaines, et la rappeler ensuite ; aujour-
d'hui que mon mariage est reculé d'un an ou deux, c'est
une affaire toute différente ; je n'ai jamais eu l'intention de
renvoyer Daisy pour un pareil laps de temps, et puis elle est
souffrante. Mistress Gay me l'a dit hier, je la trouve moi-
même très-pâle, très-amaigrie ; ce n'est pas une étrangère
qui peut la soigner comme toi, il faut absolument qu'elle
reste à la maison.

— As-tu consulté miss Russell? lui demanda sa sœur en
le regardant fixement.

— Non, répondit-il d'un air embarrassé ; tu crois toujours,
que c'est Miriam qui a voulu que je me séparasse de Daisy,
tu es dans l'erreur ; je te donne ma parole qu'elle n'a pas dit
un mot qui pût m'y déterminer ; au contraire, elle m'a fait
à cet égard de sérieuses remontrances, et je suis sûr qu'elle
sera enchantée d'apprendre que notre enfant est revenue. »

Miss O'Reilly hocha la tête d'un air incrédule, et regardant
par la fenêtre :

« Voilà ta lettre, » dit-elle à Cornélius.

Une minute après, le facteur donna ce coup de marteau
qui a fait tressaillir tant de personnes de crainte ou d'espérance ; une lettre fut apportée, Cornélius l'arracha des
mains de Déborah, en brisa vivement le cachet, et ne vit
plus autre chose que les lignes du papier qu'il tenait à la
main.

Kate réprima un soupir, et se tournant vers moi :

« Eh bien ! reprit-elle gaiement, que dis-tu de ce qui arrive?

— Toute la semaine sera composée de dimanches, répliquai-je en l'embrassant.

— Le dimanche est donc un jour bien agréable?

— Aussi agréable que le samedi était long.

— Tant mieux; nous ferons en sorte que toutes les journées soient courtes, seulement rappelle-toi une chose : si tu t'accroches à moi, comme tu le fais à présent, je te gronderai, prends bien garde.

— Laissez-moi faire et grondez-moi, répondis-je moitié riant, moitié pleurant, et en couvrant ses cheveux de baisers.

— Cela sera pour demain, dit-elle, je ne pourrais pas aujourd'hui.

— Vous êtes trop bonne, repris-je à voix basse. Je n'oublierai jamais que vous ne m'avez pas abandonnée, que vous êtes venue tous les dimanches et que.... je m'arrêtai tout court, en voyant Cornélius prêter l'oreille à mes paroles.

— Je ne pouvais pas faire autrement, » dit-elle avec un sourire. Elle se leva et me défendit de l'accompagner, sous prétexte qu'elle n'aimait pas qu'on la suivît. Mais la joie m'empêchait de rester tranquille, je ne savais que faire de moi-même; je m'approchai de la fenêtre, je regardai les fleurs, les livres, puis enfin Cornélius, qui avait repris sa lettre et la lisait une seconde fois. C'était une écriture de femme; il était facile de deviner quelle en était l'auteur. Quand il eut fini sa lecture, il leva la tête et nos yeux se rencontrèrent.

« Puis-je vous parler? dis-je en faisant un pas vers lui.

— Certainement.

— Je vous remercie de m'avoir ramenée auprès de Kate: je suis si heureuse d'être revenue.

— Tant mieux, je ne m'en serais pas douté.

— Cornélius!

— Pas le moins du monde. J'ai connu autrefois une petite fille que je n'intimidais pas, — je m'approchai un peu plus, — qui, au lieu de me parler debout, venait s'asseoir au près de moi, et que j'appelais mon enfant; — je fus à côté de lui, — un jour que je m'ennuyais, poursuivit-il, je suis allé la chercher pour qu'elle ne me quittât plus; mais, si par hasard il y a quelque bonté dans cette affaire, ce n'est pas à propos des autres que j'ai eu l'intention de l'avoir. »

Il me regardait comme autrefois ; je me suspendis à son cou et l'embrassai avec ardeur.

« Pauvre Kate ! dit-il en riant, elle n'aime pas les caresses ; moi j'en ai l'habitude.

— Je n'aurais pas osé m'approcher si vous ne me l'aviez pas dit.

— Je vous connais, vilaine petite ; que ce soit orgueil ou entêtement, vous n'êtes pas fille à céder la première. Mais vous vous trompez bien si vous pensez que j'ai pu croire que vous aviez pour Kate plus d'affection que pour moi.

— Comme si je ne savais pas que vous étiez sûr du contraire ! m'écriai-je avec l'ingratitude et la franchise de mon âge.

— Merci, enfant, » répliqua une voix légèrement empreinte de tristesse.

Je levai la tête ; miss O'Reilly était derrière nous, elle avait entendu mes paroles ; je devins pourpre de honte, et me cachai la figure sur l'épaule de Cornélius.

« N'en sois pas confuse, me dit-elle avec douceur, ce n'est pas toi que je préfère, pourquoi me préférerais-tu à lui ? D'ailleurs, en l'aimant, c'est moi qu'on rend heureuse, et j'ai toujours su à qui appartient ton affection ; ne t'en inquiète pas, Daisy.

— Vous entendez, reprit son frère en me faisant relever la tête, Kate n'est pas fâchée contre vous.

— Non, c'est à toi qu'elle en veut, Cornélius, répliqua miss O'Reilly d'un air grave ; as-tu l'intention de la gâter comme autrefois ?

— Bien davantage. Au commencement, elle m'était assez indifférente, puis elle s'est éprise pour moi d'une affection particulière, et il est certain, qu'à mon tour, j'ai fini par m'attacher à elle d'une singulière façon. Je l'ai bien senti au vide que son départ m'a laissé ; la maison n'était plus la même ; bref, après avoir hésité pendant huit jours, je suis allé la reprendre, et je ne m'en repens pas, Kate. Elle m'a bien tourmenté, elle me fera encore souffrir, j'en suis sûr ; mais je ne puis m'empêcher d'être joyeux en la revoyant près de moi.

— Je n'ai pas à m'en mêler, répondit miss O'Reilly, mais qu'en pensera M. Thorntone ?

— Il a eu l'impertinence de répondre que si Marguerite Burns était assez folle pour vouloir être avec nous, qu'elle en était la maîtresse.

— A merveille, dit Kate en me regardant ; si tu veux descendre avec moi....

— Pas du tout, dit Cornélius, qui me prenant par la main, me conduisit dans l'atelier. Rappelez-vous, seulement, que je ne veux plus que vous frappiez à la porte comme vous l'avez fait hier au soir.

— Puis-je ranger les portefeuilles ?

— Comme vous voudrez.

— Ils sont tels que je les ai laissés ! m'écriai-je avec surprise au bout de quelques instants.

— On ne peut pas toujours s'occuper de la même chose.»

Je remis les portefeuilles à leur place et regardai autour de moi. La Médora était dans un coin, tout aussi peu avancée qu'à l'époque de mon départ.

« Où donc est le tableau qui a remplacé la Médora? demandai-je à Cornélius.

— Je n'en ai pas fait d'autre ; il a fallu travailler comme un manœuvre.

— Avez-vous gagné beaucoup d'argent?

— Pourquoi demandez-vous cela?

— Parce que, devenant riche, vous pourriez le commencer.

— De quoi parlez-vous ? »

Je le regardai avec surprise ; il me paraissait incroyable qu'il n'eût pas au moins quelque sujet en perspective. Qui avait pu arrêter l'élan de son imagination, autrefois si féconde? Et notre galerie qu'était-elle devenue?

« Grâce à Dieu, j'ai fini ! s'écria-t-il en ôtant de son chevalet la copie qu'il venait de terminer.

— Allez-vous en faire une autre? lui demandai-je.

— Pas aujourd'hui ; mais j'espère avoir de l'ouvrage demain.

— Vous aimez donc cet ouvrage-là, Cornélius?

— Je le déteste. Ah! Daisy, quand aurai-je la liberté! Voulez-vous aller rejoindre ma sœur?

— J'aime mieux vous regarder peindre.

— Puisque je vous dis que je ne peindrai plus. Est-elle entêtée ! qu'est-ce que vous voulez que je peigne ?

— La Médora.

— Miss Russell est chez sa tante ; d'ailleurs, fût-elle ici qu'il y a dix à parier contre un qu'elle ne voudrait pas poser. L'odeur de la peinture lui donne des maux de tête qui frisent la névralgie. Vous pouvez rester, si bon vous semble, mais ne me dérangez pas, j'ai une lettre à écrire. »

J'essayai une ou deux fois de lui adresser la parole, il m'imposa silence d'un ton bref, et la peinture paraissait avoir si peu d'intérêt en comparaison de l'œuvre épistolaire qui l'absorbait tout entier, que je n'osai plus dire un mot. Après le dîner, Cornélius alla porter lui-même sa lettre à la poste, mission précieuse qu'il n'aurait voulu confier à personne.

« Est-ce qu'il ne fera plus de tableaux ? demandai-je à sa sœur, dès qu'il nous eut quittées.

— Tu l'as déjà découvert, répondit Kate avec une certaine amertume ; il a perdu son temps de la manière la plus déplorable, non pas qu'il n'ait rien fait, pauvre garçon ! il a travaillé comme un nègre, afin, espérait-il, de l'épouser tout de suite, mais elle a changé d'avis ; elle s'est aperçue un beau matin qu'il était trop jeune, qu'il fallait attendre au moins une année, et l'abandonnant à la déception qu'il devait en ressentir, elle est partie pour Hastings, où elle est depuis une quinzaine. Il a d'abord été au désespoir, puis il en a pris son parti, du moins en apparence ; mais il éprouve un dégoût réel pour un travail qui ne mène à rien, pas même au but qui le lui faisait accepter. »

Le lendemain matin, Cornélius sortit de bonne heure pour aller chercher l'ouvrage qu'on lui avait promis. La première chose qu'il fit en rentrant ce fut de lire la lettre qui l'attendait ; nous étions à table et ce n'est qu'après avoir terminé la seconde lecture de cette lettre qu'il consentit à manger. Kate lui demanda s'il avait réussi dans la démarche qu'il venait de faire.

« Non, répondit-il d'un air profondément vexé ; M. Redmont n'était pas même chez lui ; j'aurai le plaisir d'y retourner une seconde fois. Ah ! pauvre sœur ! combien tout cela me répugne ! »

Il soupira profondément, reprit sa lettre, et nous quitta.

« Oui, pauvre fou ! va lui écrire, murmura Kate lorsqu'il eut fermé la porte, va perdre ta journée, c'est là tout ce qu'elle demande. Midge, veux-tu bien ne pas écouter ce que je dis ; monte auprès de Cornélius, mais ne lui parle pas, il s'en irait, sois-en sûre. »

J'ouvris la porte bien doucement et me glissai dans l'atelier sans faire le moindre bruit.

« Chère enfant, me dit Cornélius qui m'avait entendue malgré toutes mes précautions, je ne peindrai pas aujourd'hui.

— Est-ce que je vous dérange ?

— Non, mais il faudra que je sorte dès que j'aurai fini cette lettre, et jusque-là vous ne devrez pas parler.

— En aurez-vous pour longtemps ?

— Je n'ai plus qu'un mot à dire et je termine. »

Ce mot devait avoir une bien grande importance, car il fallut je ne sais combien de pages pour le contenir. J'étais allée me coucher sur le petit lit de repos ; il faisait une chaleur accablante, mes yeux se fermèrent malgré moi et je m'endormis au bruit monotone de la plume de Cornélius, dont le zèle épistolaire ne se ralentissait pas. Il y avait probablement deux ou trois heures que je dormais lorsque je fus à demi réveillée par le murmure d'une voix impatiente :

« Le dîner ne vaudra rien, disait Kate.

— Qu'est-ce qu'un dîner en comparaison d'un dessin ? répondait Cornélius.

— Je m'en inquiète peu ; une cuisinière n'a de sentiments que pour sa broche et ses casseroles.

— Encore une heure !

— Veux-tu la rendre malade et toi aussi ?

— Je ne connais pas la faim lorsque je travaille, et quant à Daisy, elle ne jeûne pas puisqu'elle dort.

— Tu finiras demain matin.

— Est-ce que tu ne vois pas combien cette attitude est charmante ? Je n'ai jamais rien rencontré d'aussi gracieux, d'aussi pittoresque ; le moindre mouvement de sa part enlèverait à cette pose tout ce qu'elle a de ravissant.

— Mais je viens de la voir remuer.

— J'espère bien que non. » Il s'approcha du divan, se pencha au-dessus de moi ; je sentis son haleine effleurer ma figure, mais je n'ouvris pas les yeux et je restai immobile. Cornélius alla reprendre sa place, dit tout bas à sa sœur que jamais sommeil n'avait été plus profond, et se remit à l'ouvrage après avoir renvoyé Kate. Il était bien heureux pour moi que j'eusse l'habitude de poser, car sans cela je n'aurais pas supporté l'heure suivante qui me parut éternelle. Enfin, Cornélius termina son esquisse et m'appela. Je soulevai mes paupières, il était auprès de moi.

« Savez-vous, dit-il, que la belle au bois **dormant n'avait** pas le sommeil plus dur que vous. »

Je me levai sans rien dire ; j'étais brisée.

« Tu crois qu'elle a dormi ! s'écria sa sœur qui était revenue le chercher. N'avez-vous pas de honte de tromper Cornélius, vilaine petite ! » Elle me sermonna longtemps sur ce texte fécond et ne manqua pas d'y revenir lorsque le dîner fut fini. « J'espère bien, dit-elle à son frère que tu ne l'encourageras pas à la dissimulation.

— Sois tranquille, répondit Cornélius, j'ai déjà songé à l'en punir.

— Ne sois pas trop sévère, interrompit Kate, elle avait une bonne intention.

— La faute n'en est pas moins réelle, et je tiens à la lui faire expier ; elle reprendra ses études ce soir-même, au lieu d'avoir les huit jours de vacances que je voulais lui donner, et de peur que tu ne sois trop indulgente, c'est moi qui me charge de l'examen qu'on doit lui faire subir. »

Je l'embrassai de tout mon cœur.

« Pauvre fou, murmura Kate, pauvre fou ! »

J'allai chercher un monceau de livres que je lui apportai bien vite, et je lui demandai ce que nous allions apprendre. J'aimais l'étude et j'adorais mon maître ; je me sentais d'humeur à étudier l'algèbre avec plaisir. Il me répondit qu'il fallait d'abord qu'il vit si j'avais fait des progrès depuis que je l'avais quitté ; l'examen fut long et ennuyeux, mais Cornélius déclara qu'il me faisait le plus grand honneur ; il me donna des devoirs pour le jour suivant, et alla fumer un cigare dans le jardin qui, vu de la fenêtre du parloir, semblait froid et brumeux.

« As-tu mis ta lettre à la poste? » lui demanda tout à coup miss Kate.

Il rougit vivement et s'écria d'un air contristé :

« Que va-t-elle dire ! c'est mon dessin qui en est cause. Ah ! bah ! elle comprendra mon excuse et me pardonnera, n'est-ce pas, Kate?

— J'en doute fort.

— Oh ! que si, tu verras ; » et il retourna dans le jardin pour achever son cigare.

Le jour suivant, Cornélius sortit de bonne heure pour aller chercher l'ouvrage qu'on lui avait promis et ne revint que très-tard, sans l'avoir obtenu.

« J'y renonce, s'écria-t-il avec impatience, après avoir raconté sa déception. J'aime mieux ne manger que du pain et boire de l'eau que de gagner de l'argent qui coûte si cher. Ce travail est odieux, je le déteste; Miriam a beau dire, je ne vois rien de tel que d'écouter sa propre inspiration.

— Et que dit Miriam? demanda Kate en posant son ouvrage.

— Pas grand'chose, mais je vois qu'elle pense comme toi; vous avez peut-être raison l'une et l'autre, car je n'ai rien fait pour vous inspirer de la confiance. Il n y a qu'une petite folle comme Daisy qui puisse me prendre au sérieux et avoir foi en mon avenir.

— Quelle autre carrière voudrait-elle te voir suivre?

— Aucune; elle trouve seulement que je suis trop enthousiaste.

— On ne l'est jamais trop à l'égard de sa profession, répondit Kate avec chaleur ; si tu es né pour être peintre, fais des tableaux, mais consacres-y toutes tes forces, toutes tes facultés.

— C'est là tout ce que je demande !

— Oui, mais il faut vivre.

— J'ai gagné quelque argent.

— Et quand il sera dépensé?

— J'aurai recours à ta bourse, Kitty ; tu me prêteras bien quelque chose.

— Pas un shilling ; à moins que tu ne me donnes ta parole d'honneur de ne plus t'adresser à M. Redmond et de travailler sérieusement.

— C'est facile, tu peux m'en croire, mais pourquoi cet air grave ?

— Je pense, dit-elle, qu'en agissant ainsi, je retarde ton mariage.

— Pas le moins du monde ; chaque tableau que je fais est un degré qui me conduit à l'autel. Et puis, ajouta-t-il avec philosophie, je n'ai que vingt-trois ans, il n'y a pas de temps de perdu.

— Ils sont tous les mêmes ! reprit Kate avec indignation. Tu étais fou de désespoir il y a huit jours, parce que ton mariage était différé, et tu trouves aujourd'hui qu'il n'y a pas de temps de perdu !

— Puisqu'il faut que j'attende, un peu plus ou un peu moins, c'est toujours la même chose. J'ai été tout d'abord furieux contre Miriam, mais à présent....

— Bah ! dit sa sœur.

— Assurément, Kate, c'était perdre mon avenir, et je suis persuadé qu'elle n'a pas eu d'autre motif pour retarder notre union. Je l'ai compris ; désormais elle n'aura plus à souffrir de ma folle impatience ; il ne suffit pas d'inspirer de l'amour à une femme, il faut qu'elle soit fière de vous, et je suis bien résolu à ne pas songer au mariage avant de pouvoir donner à celle que j'épouserai un nom dont elle puisse s'enorgueillir.

— Ils sont tous les mêmes ! tous les mêmes ! répéta miss Kate : amoureux quelques jours, ambitieux toute la vie ! »

Cornélius se mit à rire.

« Elle me mépriserait, dit-il, si elle me voyait sans ambition ; d'ailleurs, l'amour est un sentiment, non pas une tâche à remplir ; il peut être éternel, mais ne saurait nous occuper tout un jour sans fatigue et sans ennui. Vois-tu, Kate, il n'y a rien au monde comme le travail.

— Quand vas-tu reprendre tes pinceaux ?

— Demain sans faute.

— Et ta lettre ?

— Je l'écrirai ce soir. Maintenant, ajouta-t-il en se tournant de mon côté, voyons si nous avons bien travaillé et prenons notre leçon »

Le lendemain matin, j'étais à peine habillée lorsque

j'entendis la voix de Cornélius qui m'appelait avec impatience.

« Allons donc, petite paresseuse, me criait-il de l'escalier ; après avoir dormi comme vous l'avez fait hier, ne pourriez-vous pas vous lever plus tôt ? il y a deux heures qu'il fait jour.

— Je ne savais pas que vous aviez besoin de moi, lui répondis-je.

— Est-ce que je le savais moi-même ! Entrez bien vite et donnez-moi votre opinion, mais parlez-moi franchement. »

Toutes les fois que Cornélius vous demandait un conseil pur et simple, vous pouviez lui répondre tout ce que bon vous semblait ; mais quand il faisait appel à votre franchise, il ne tolérait d'autre opinion que celle qu'il avait lui-même. Je me préparai donc à être de son avis, chose qui m'était d'autant plus facile que j'en arrivais toujours là, quelle que fût ma première impression.

« J'avais oublié ce tableau, dit Cornélius en me désignant ses bohémiens qu'il avait remis sur le chevalet, mais ne pouvant pas travailler à la Médora, j'ai pris cette toile qui sera une excellente étude, qu'en pensez-vous ?

— Une très-belle étude, en effet.

— Et pourquoi ne serait-ce pas un tableau ?

— Ce n'est pas assez bien pour cela.

— Petite sotte ! il faut que vous ayez perdu tout ce que vous saviez en peinture ; un enfant de trois ans verrait tout de suite que je n'ai jamais rien ébauché qui promît davantage. Pauvre Daisy ! Dans tous les cas, si vous n'êtes pas un bon critique, vous êtes un excellent modèle ; je n'ai pas besoin de vos baillons, c'est à la figure que je vais travailler. »

Je m'éloignai de quelques pas et je repris mon ancienne attitude.

« Parfait, quelle pose ! dit Cornélius, vous êtes pour moi d'une valeur inappréciable. »

Il travailla jusqu'au déjeuner avec un entrain sans pareil, et ne causa pendant tout le repas que de ses bohémiens qu'il mit au-dessus de tout ce qu'il avait fait jusqu'alors.

« Un motif excellent, bien supérieur à la Médora ; on a tant abusé des femmes de Byron !

— Est-ce que tu n'achèveras pas l'autre? demanda miss Kate.

— Si, j'espère bien avoir deux tableaux à l'exposition; je travaillerai d'autant plus et d'autant mieux que je serai pressé par l'époque de l'ouverture.

— Lequel des deux finiras-tu le premier.

— Les bohémiens.

— Je ne crois pas, répondit Kate, ce sera la Médora.

— C'est impossible, Miriam est absente pour deux mois.

— Elle est partie avec cette intention, continua miss O'Reilly, mais je suis persuadée que le voisinage de la mer ne lui conviendra pas longtemps.

— Je ne vois rien qui puisse te le faire supposer; d'ailleurs j'aurai bientôt fini mes bohémiens; Daisy est un si bon modèle.

— Aussi folle que toi. Vois plutôt **comme elle avale son** thé pour ne pas te faire attendre.

— Bonne petite fille!

— Je suis prête, lui répondis-je.

— Comment n'es-tu pas plus raisonnable, cria miss O'Reilly à son frère. » Je n'entendis pas le reste de la phrase, je montais l'escalier quatre à quatre, suivie de Cornélius qui faisait semblant de se presser pour m'atteindre sans pouvoir y parvenir.

« C'est moi qui suis arrivée la première, » lui dis-je en me tournant vers lui hors d'haleine.

Il s'arrêta et fixant sur mon visage des yeux étonnés :

« Elle serait jolie si elle avait des couleurs, dit-il. Pauvre enfant! je voudrais bien pouvoir conserver cette teinte de rose à votre figure pâle et délicate; mais la voilà déjà qui s'efface, et je le regrette, c'est dommage.

— Pas du tout, répondis-je; il vaut bien mieux pour votre tableau que je sois pâle.

— C'est vrai, » dit-il, et persuadé qu'il n'y avait pas de sacrifice que l'art ne méritât, il ne fut pas surpris du désintéressement que je venais de lui exprimer.

Quand vint le soir, miss O'Reilly qui nous voyait avec déplaisir reprendre nos anciennes habitudes, s'informa de ce que j'avais étudié depuis la veille.

« Elle a fait peu de chose, répondit Cornélius, mais pour

réparer le temps perdu, je vais l'aider à faire ses devoirs et travailler avec elle.

— Et ta lettre !

— Je veillerai un peu plus tard.

— Pauvre garçon ! reprit sa sœur d'un air compatissant, peintre, professeur et amoureux, voilà plus qu'il n'en faut pour occuper un homme. »

CHAPITRE XIX.

Cornélius avait repris ses pinceaux avec une nouvelle ardeur. Je me suis bien souvent étonnée de la méprise que Miriam avait faite en pensant qu'elle l'avait complétement éloigné de la peinture ; la passion qu'il avait pour l'art faisait partie de lui-même, et il n'était au pouvoir de personne de l'arracher de son cœur.

Elle ne s'était pas moins trompée à mon égard. Cornélius m'aimait d'une affection trop profonde pour m'oublier aussi vite qu'elle l'avait espéré ; d'ailleurs, pouvait-il renoncer au culte que j'avais pour lui ? mieux qu'un autre, il connaissait la sincérité, la force de ma tendresse, et rien n'est plus doux à l'orgueil d'un homme que de se sentir le maître absolu d'un cœur tendre et dévoué. C'était au moment où je paraissais avoir le moins de chances de regagner son affection, au moment où l'on pensait que je n'étais plus rien pour lui, qu'il s'était incliné devant mon grand-père et lui avait redemandé l'enfant dont on avait cru qu'il s'était débarrassé. Rien au monde ne pouvait lui coûter davantage, et cette preuve d'affection effaçait tous les griefs dont j'avais pu souffrir.

D'un caractère souple et facile en apparence, il n'en était pas moins très-opiniâtre au fond ; il cédait tout d'abord, mais il revenait bientôt à sa première idée, et cela d'une manière d'autant plus irritante qu'il ne paraissait pas en

avoir conscience. Je suis sûre que malgré les avertissements
de Kate, il ne se doutait pas qu'en reprenant ses pinceaux
et en me ramenant à la maison, il avait fait quelque chose
qui pût déplaire à Miriam. Celle-ci d'ailleurs n'exprimait
dans ses lettres qu'une entière approbation de la conduite
qu'il avait tenue. « Vous avez eu bien raison, disait-elle, de
reprendre cette chère enfant; je suis enchantée de savoir
qu'elle est retournée près de vous, etc. » Cornélius avait
bien soin de me lire tous ces passages, dans l'espérance
qu'ils m'inspireraient des sentiments plus affectueux pour sa
fiancée; mais c'était complétement inutile; mes dispositions
à l'égard de miss Russell ne pouvaient pas être modifiées
par des paroles auxquelles je ne croyais pas; d'ailleurs, ce
n'était pas de la haine que j'éprouvais pour la fiancée de
Cornélius, c'était de la jalousie, et l'absence de Miriam
avait seule le pouvoir de détruire mon animosité. Dès l'instant où je ne voyais plus ma rivale, je n'enviais pas le
moins du monde la préférence dont elle était l'objet. Tous
les soirs, je donnais à Cornélius la plume et l'encre dont il
se servait pour lui écrire; c'était moi qui, chaque matin, portais à celui-ci la lettre de son amante, et je prenais une part
sincère à la joie qu'il éprouvait en la lisant. Mon attache-
ment pour lui avait toute la vivacité de la passion, mais
aussi toute l'innocence de mon âge. Cornélius en était persuadé et c'est pour cela qu'il y trouvait tant de charme:
quand ses lèvres effleuraient mon front, il sentait bien que
jamais il n'inspirerait de tendresse à la fois plus ardente et
plus désintéressée. Grâce à lui, mon intelligence se dévelop-
pait rapidement; j'étais chaque jour plus capable de le comprendre, et chaque jour il devenait plus cordial, plus expan-
sif avec moi.

Nous étions assis tous les deux à côté du vieux porche;
je me souviens de l'ombre que la maison répandait sur le
banc où nous nous trouvions alors; nos regards plongeaient
dans l'atmosphère embrasée, qui paraissait tressaillir sous
les rayons du soleil; les fleurs, inondées de lumière, avaient
cet éclat radieux qu'elles perdent à l'ombre, où elles l'é-
changent, il est vrai, pour une grâce plus pensive. Tout
respirait la gaieté, jusqu'au vieux cadran qui semblait mar-
quer les heures sans s'inquiéter de leur fuite. Chaque feuille

des peupliers frémissait légèrement sous l'influence de la vie; la porte du jardin était ouverte, et laissait entrevoir le sentier fauve, la haie chatoyante et l'horizon bleuâtre qui se confondait avec le ciel. Ce n'était pas un paysage, pas un site que l'on pût dessiner ou décrire, mais il était impossible de ne pas trouver une beauté réelle dans cette lumière éblouissante qui faisait resplendir tous les objets répandus autour de nous. Si l'été n'a pas la verte espérance du printemps ou la mélancolie touchante de l'automne, il possède un prestige, une exubérance de sève qui n'appartient qu'à lui seul; la terre s'anime, le soleil s'épanche, et tous les deux semblent jouir dans toute leur plénitude : l'un de sa force, l'autre de sa beauté féconde.

« Quelle bonne et belle chose ! s'écria Cornélius; un jour d'été ne peut jamais être trop chaud, ni durer trop longtemps, n'est-ce pas, Daisy?

— C'est vrai, mais ce n'est pas pour moi que vous restez dans le jardin, je ne suis plus fatiguée.

— Ce qui veut dire qu'il faut que je reprenne mes pinceaux.

— Ne m'avez-vous pas dit cent fois qu'il n'y avait en ce monde rien au-dessus de la peinture?

— Et je le répète encore; il faut que vous appreniez à peindre.

— Quel besoin ai-je de faire des tableaux? vous en créez, cela suffit.

— Mais pour être mon élève, pour avoir un chevalet....

— Près du vôtre, Cornélius ! oh! comme je serais heureuse !

— Oui, dit une voix aussi douce qu'elle était froide et claire, on a pour l'artiste plus d'amour que pour l'art. »

Nous levâmes les yeux vers la fenêtre d'où ces paroles étaient tombées, et j'aperçus Miriam; son écharpe de cachemire découvrait ses épaules; d'une main, elle tenait sa capote de dentelle, de l'autre, qui était nue et d'une blancheur d'albâtre, elle s'appuyait sur le fer noirci du balcon. Son regard et son sourire étaient si paisibles que l'on croyait voir un magnifique portrait. Cornélius jeta un cri joyeux, franchit en bondissant les trois marches du perron, disparut dans l'ombre et se trouva auprès d'elle.

« Oh! s'écria-t-il, et son accent révélait une joie folle; oh! merci! je ne vous attendais pas avant cinq semaines.

— J'ai laissé ma tante là-bas; j'ai été obligée de revenir; l'air de la mer me faisait mal, répondit miss Russell.

— Vous ne m'aviez pas dit cela!

— Pourquoi vous alarmer? »

Cornélius l'avait entraînée au fond de la chambre où elle l'avait suivi en souriant; et moi, toute tremblante d'émotion, je courus m'enfermer dans l'atelier. Avec Miriam, hélas! revenaient, comme le cortége infernal d'une sorcière maudite, les odieux sentiments qui me torturaient jadis; sa voix avait suffi pour les réveiller tous; je sentais avec douleur qu'ils me rendaient mauvaise; je me souvenais avec désespoir de l'amertume qu'ils avaient mise entre Cornélius et moi; je me rappelai sa colère, puis sa froideur et mon exil, mais aussi la bonté qu'il avait eue en me ramenant auprès de lui, sans condition, sans me faire promettre de me corriger de mes défauts. Généreux comme toujours, il s'était fié à moi et comptait sur mon cœur, et m'adressant à Dieu, le seul qui pût me secourir dans cette extrémité, je jetai vers le ciel une prière sans paroles, un cri de détresse où je demandai la force de ne pas succomber à la tentation.

J'étais depuis peu de temps dans l'atelier quand ils entrèrent; peut-être Cornélius fut-il inquiet de la manière dont j'allais recevoir sa fiancée, car la conduisant à son chevalet avec précipitation : « Voyez, lui dit-il, combien j'ai travaillé; en l'absence de Médora, j'ai repris mes bohémiens.

— Et l'enfant perdue, où est-elle? demanda Miriam.

— Me voici, » lui répondis-je à demi-voix, en glissant ma main dans la sienne. Elle frissonna comme si elle avait reçu l'attouchement d'un insecte nuisible; toutefois Cornélius m'avait vue, il me souriait avec reconnaissance, et surmontant son dégoût, elle me répondit avec grâce :

« Est-il possible que vous me donniez la main? Bientôt ce sera un baiser. »

Triomphant de ma répugnance, je lui présentai ma figure, elle s'inclina après un instant d'hésitation, mais ses lèvres n'effleurèrent pas ma joue :

« Vous le voyez, dit-elle en se tournant vers Cornélius, me voilà au mieux avec cette chère petite; je vous disais bien que ces enfantillages passeraient avec le temps; mais reprenez vos pinceaux, je reste avec vous toute la journée.

— Pas ici, Miriam, l'odeur de la peinture vous incommode et....

— Je ne m'en suis pas encore aperçue, continuez; quelle douceur éloquente vous avez donnée au visage de cette petite !

— Vous trouvez ! s'écria Cornélius dans toute la joie de son âme; Daisy effectivement a la figure très-douce, et j'ai fait de mon mieux pour l'embellir, je suis bien aise que vous l'ayez remarqué. »

J'eus assez de force pour me conduire de manière à satisfaire Cornélius. Lorsque vint le diner, je cédai à Miriam la place que j'occupais à côté de lui, et le soir, j'allai prier Kate de vouloir bien me donner ma leçon, tandis que son frère se promenait dans le jardin avec sa fiancée. Cornélius ne savait pas combien ces bagatelles m'avaient coûté, mais il m'approuva du regard et eut pendant toute la soirée l'air d'un homme bien heureux.

Après le départ de Miriam, il alla s'asseoir près de la fenêtre qui laissait entrer dans la chambre les pâles rayons de la lune; je me glissai à côté de lui sans parler, il posa sa main sur mon épaule, et sa sœur lui dit subitement :

« Tu vois que j'avais raison, l'air de la mer ne convient pas à miss Russell.

— Et pourtant quelle fraîcheur ! elle est plus ravissante que jamais, dit Cornélius.

— Tu vas pouvoir continuer ta Médora.

— Non, puisque la peinture lui fait mal.

— Elle n'en souffrira plus; elle la supportait bien autrefois.

— Je n'y tiens pas essentiellement, répondit Cornélius, j'aime mieux finir mes bohémiens; ma Médora leur est bien inférieure, elle a quelque chose de forcé qui me déplait.

— Je ne suis pas de cet avis-là, » répondit Kate.

Il ne dit rien, sa figure changea tout à coup, sans qu'on eût pu deviner quelle était l'émotion que reflétait son visage; il se mit à rire et voulut plaisanter; mais son rire était factice, et les paroles sortaient avec peine de ses lèvres. On aurait dit qu'il s'efforçait de braver une douleur secrète; son regard s'arrêta dans le vide pendant quelques instants, puis, revenant à lui-même : « Non, dit-il du son de voix qui lui était ordinaire, l'autre tableau est bien meilleur, et c'est lui que je dois finir d'abord. »

Miriam abonda dans le même sens; elle venait tous les jours à l'atelier, et ne le quittait jamais sans avoir admiré les bohémiens, et déprécié la Médora.

« Quelle différence entre ces deux visages, dit-elle une fois en comparant les deux toiles; je ne peux pas en revenir : tant d'expression chez cette petite, et de froideur chez l'héroïne de Byron!...

— Vous êtes bien sévère, interrompit Cornélius qui devint pourpre; je donne, comme vous, la préférence aux bohémiens, et cependant ma sœur, qui est assez impartiale, aime mieux l'héroïne qui vous paraît si froide. »

On parla d'autre chose, et cette discussion parut être complétement oubliée; mais lorsque j'arrivai le lendemain matin, la Médora était sur le chevalet, et Cornélius l'étudiait avec soin.

« Daisy, dit-il, sans détourner les yeux, parlez-moi franchement, cette figure est-elle aussi inférieure à l'autre qu'on le prétend?

— Non, m'empressai-je de répondre.

— Elle la dénigre toujours; hier au soir encore elle insistait pour me la faire abandonner.

— Mais croyez-vous, me hasardai-je à lui dire, qu'elle s'y connaisse en peinture?

— A parler franchement, me répondit-il d'un air confidentiel, je ne le pense pas; elle a du goût, mais peu d'expérience. Après tout, poursuivit Cornélius, il ne faut pas désespérer, elle a du tact et je finirai par éclairer son jugement. Cette Médora n'est vraiment pas mauvaise, plus on la regarde.... »

L'entrée de miss Russell, qui arrivait plus tôt qu'à l'ordinaire, interrompit sa phrase.

« Eh bien! s'écria-t-il d'un air triomphant, la chose est décidée contre vous; j'ai fait appel à Daisy : comme moi elle trouve peu de différence entre la Médora et les bohémiens, et si vous étiez assez généreuse pour m'accorder une séance de temps à autre.... »

Bref, elle refusa d'abord, se fit prier, accorda vingt minutes, et posa deux heures, au bout desquelles je pressentis vaguement que nous étions bien simples, Cornélius et moi.

Il était assez bon, assez grand de sa nature pour avoir quelques faiblesses, telles qu'un amour un peu trop paternel pour ses œuvres, et une confiance trop aveugle dans la femme qu'il adorait ; c'est je crois cette ingénuité qui faisait qu'on l'aimait, et qu'on avait pour lui une si grande indulgence. Il cédait aux entraînements de sa nature avec tant d'abandon, qu'il ne paraissait jamais dégradé comme le sont, après leur chute, les orgueilleux personnages qui ont la prétention d'être des anges ; aussi, malgré le mépris sévère que la jeunesse éprouve à l'égard des dupes, je n'en respectais pas moins Cornélius, bien que sachant qu'il se laissait tromper.

Toutes mes tribulations recommencèrent. Miriam après m'avoir enlevé de nouveau ma place dans l'atelier, me priva de mes leçons du soir, avec non moins d'adresse ; ce furent d'abord des railleries à mot couvert, auxquelles mon professeur ne parut pas sensible, puis la mise en œuvre de l'intérêt que ma santé délicate lui avait toujours inspiré.

« Vous avez raison, finit-il par répondre ; elle est trop avancée pour son âge ; je ne veux pas qu'elle se fatigue, elle met avec moi trop d'ardeur au travail, et c'est ma sœur qui désormais s'en occupera.

Je m'opposai vainement à cette résolution, il fallut se résigner. La seule chose qui diminuât mon chagrin, c'était de penser qu'il renonçait à m'instruire non pas par dégoût ou par indifférence, mais par sollicitude à mon égard. Je continuai de faire bon visage à Miriam, et Kate me crut guérie de mes sentiments d'autrefois. Il est vrai que j'avais maintenant assez de force pour dissimuler ; je me tenais sur mes gardes, et ne permettais pas à miss Russell de me faire retomber dans mes anciennes fautes. Mais hélas ! si j'étais parvenue à me dominer extérieurement, je ne cherchais pas même à gouverner mon cœur, où l'amertume s'amassait en silence, et qui chaque jour s'aigrissait de plus en plus.

CHAPITRE XX.

Les choses allaient ainsi depuis un mois, lorsque Cornélius vendit le tableau qu'il avait exposé. Kate lui fit promettre de ne pas faire d'extravagance, et le seul acte de
folie dont il se rendit coupable ne fut pas très-dispendieux.
Un matin, au moment où Miriam venait d'arriver, il tira de
sa poche deux bracelets de filigrane, chacun dans un étui,
et la pria d'accepter celui qu'elle préférait.

« Je n'ose vraiment pas choisir ! dit-elle, votre sœur....

— Le second n'est pas pour Kate, répondit-il, c'est pour
Daisy. »

Je vis sur la figure de Miriam un mouvement impercep-
tible, mais elle ne fit aucune observation, jeta sur les deux
bracelets un regard indifférent, et désigna d'un ton bref celui
qu'elle choisissait.

« Voilà pour vous, ma chère, » dit Cornélius en posant
l'autre écrin devant moi ; et il se consacra tout entier à la
délicieuse occupation d'attacher le bracelet que Miriam avait
bien voulu accepter ; mais le fermoir n'était pas bon, difficile
à mettre, il s'ouvrait trop facilement ; il fallait essayer de
mille manières, et l'opération fut aussi longue qu'elle était
agréable.

« C'est fort joli ! dit-elle avec nonchalance quand il eut
enfin réussi dans son entreprise.

— Est-ce de la main que vous parlez ? demanda-t-il en
souriant.

— C'est du bracelet, Cornélius.

— Aimez-vous les bijoux ? lui demanda-t-il avec vivacité.

— Non.

— Vous n'aimez pas les diamants, les perles, les rubis ?
C'est impossible ; il faut au moins que je puisse songer, avec

bonheur, qu'un jour viendra où je serai assez riche pour vous en faire hommage.

— Il est fâcheux qu'ils ne soient pas de mon goût, » répondit-elle.

Et Cornélius alla se remettre à la besogne.

Miss Russell nous quitta quelques instants après ; tous les deux s'arrêtèrent sur le palier ; la porte était ouverte, et j'entendis malgré moi quelques bribes de leur conversation.

« Elle est bien pâle, disait Cornélius avec anxiété, j'ai peur qu'elle ne soit souffrante.

— Je ne la trouve pas plus mal que d'habitude, répondit Miriam ; elle a toujours le teint blème, et les personnes laides n'ont jamais l'air bien portant.

— C'est un peu vrai, » dit Cornélius que ce raisonnement sembla rassurer.

Je n'en écoutai pas davantage ; mon sang brûlait mes veines. J'étais laide ; je ne le savais que trop bien ; fallait-il le lui répéter chaque jour au point d'en arriver à le lui faire reconnaître ! La laideur est-elle donc une chose tellement exceptionnelle que je fusse le premier laidron qu'on ait vu ici-bas ? La race devait-elle s'en éteindre avec moi ? J'étais d'autant plus exaspérée que Miriam ne supposait pas que je pusse l'entendre ; ce n'était pas avec l'intention de me blesser qu'elle l'avait dit ; elle avait constaté un fait, qui pour elle ne faisait pas le moindre doute, et qu'il avait admis sans conteste. De telles réflexions sont désagréables à tout âge ; mais la jeunesse, avec l'acuité de ses sensations et la susceptibilité de son amour propre, ne les supporte pas.

Cornélius rentra dans l'atelier sans avoir conscience de l'orage qui bouleversait mon âme. Il paraissait d'humeur aussi joyeuse que la mienne était sombre, et il travaillait d'un air satisfait, lorsque tout à coup il me fit venir auprès de lui :

« Trouvez-vous qu'elle avance ? me demanda-t-il en regardant sa Médora.

— Elle sera bientôt finie, répondis-je en cherchant à m'éloigner.

— Regardez-la donc, me dit-il ; n'est-ce pas, comme elle est belle ! »

Il ne pouvait pas me faire une question plus fâcheuse

C'était du tableau qu'il parlait; mais je savais bien qu'il
pensait à la femme.

« Cette figure me déplaît, répliquai-je en retournant à ma
place.

— Il y aurait plus de franchise à répondre que vous la
détestez, reprit-il avec irritation.

— Je n'ai jamais dit que je l'aimais.

— Vous êtes toujours jalouse, pauvre enfant ! Si vous pouviez savoir combien c'est ridicule. »

J'éclatai en sanglots.

« A votre place, poursuivit-il avec indifférence, au lieu
de pleurer de cette façon-là, je ferais tous mes efforts pour
déraciner cet odieux sentiment. Pauvre Daisy ! croyez-moi,
c'est une chose affreuse que la haine.

— Cornélius, répondis-je en arrêtant mes larmes, je n'ai
pas pour miss Russell la moitié de la haine qu'elle éprouve à
mon égard.

— Elle vous haïr ! Vous ne savez ce que vous dites.

— Si elle ne me déteste pas, pourquoi vous dit-elle
chaque jour que je suis laide ? pourquoi m'a-t-elle fait
mettre en pension ? pourquoi est-elle revenue aussitôt que je
suis rentrée chez vous ? pourquoi cherche-t-elle à m'enlever
votre tendresse ? Vous dites que je suis jalouse, continuai-je
en le regardant à travers mes larmes, et vous avez raison;
mais elle l'est plus que moi, et pourtant je vous aime dix
fois plus qu'elle ne vous aimera jamais. Je conçois que
vous la préfériez, je ne lui en veux pas de cette préférence;
pourquoi cherche-t-elle à m'arracher votre affection ? pourquoi pâlit-elle quand vous m'embrassez ? Oh ! Cornélius,
elle me haït de toutes ses forces.

— Pauvre enfant ! dit-il avec un profond soupir, quelle
erreur est la vôtre ! Comment pouvez-vous supposer que Miriam, qui est si bonne, si bienveillante, puisse éprouver de la
haine ! Promettez-moi de ne plus entretenir une pareille
idée.

— Je ne peux pas, Cornélius; je la connais mieux que
vous; elle ne passe pas un jour sans me torturer.

— C'est vous qui êtes votre propre bourreau. Vous torturer ! Mais regardez ce beau visage, et demandez-vous si la
chose est possible.

— Je vous ai dit que sa figure me déplaisait.

— Assez, répondit-il en se levant tout à coup ; le regard que vous avez jeté sur cette toile indique suffisamment que s'il n'est pas en votre pouvoir de nuire à celle qu'elle représente, vous n'en avez pas moins la volonté ; mais rappelez-vous que je ne souffrirai pas que vous trahissiez d'une façon quelconque l'odieux sentiment dont vous devriez rougir, et que vous avez eu l'audace de me révéler. M'avez-vous bien compris ?

— Oui, Cornélius ; mais s'il est au-dessus de mes forces de le réprimer, comment ferez-vous pour m'empêcher de le trahir ?

— Nous verrons bien, » dit-il en jetant sur moi un regard où la fureur étincela.

J'avais eu l'intention d'implorer son indulgence, il avait cru que je bravais sa colère ; toutefois j'avais trop d'orgueil pour tenter de me justifier. Je quittai la chambre, miss Russell était à la porte, elle me regarda entre ses paupières demi-closes, et entra dans l'atelier.

Le soir Cornélius ne fit pas attention à moi ; par contre Miriam, qui dînait avec nous, fut remplie de bonté à mon égard ; il était évident qu'elle avait appris tout ce qui s'était passé le matin. Kate, ne soupçonnant pas l'orage qu'il y avait eu, admira les bracelets, et voyant qu'après le dîner je rôdais autour d'elle, au lieu d'aller dans le jardin, me dit gaiement qu'elle n'avait pas besoin de ma société, car elle allait sortir. Je supposai qu'elle me renvoyait et j'obéis, mais pour aller dans ma chambre, où je déplorai amèrement l'imprudence que j'avais commise ; il avait suffi d'un instant de colère pour me faire perdre le fruit de mes efforts et de ma résignation. A la chute du jour, il me sembla que Miriam traversait le corridor ; j'attendis un peu et je montai dans l'atelier ; je voulais faire ma paix avec Cornélius ; le cœur me battit bien fort lorsque j'ouvris la porte ; mais la pièce était vide. J'allai m'asseoir auprès de la table, espérant qu'il allait venir. Je restai quelque temps, il ne vint pas. Quand on servira le thé, pensai-je, il montera pour m'avertir et je pourrai m'expliquer ; mais il m'appela du premier étage.

« Que faisiez-vous là-haut ? me demanda-t-il d'une voix brève.

— Je voulais vous parler, Cornélius.

— Dites plutôt que vous aviez un accès de bouderie, cela vaudra mieux que de mentir. »

Nous prîmes le thé en silence; ils retournèrent dans le jardin, et je me trouvai toute seule. Un instant après, Déborah entr'ouvrit la porte pour me dire qu'elle sortait:

« Monsieur a-t-il besoin de quelque chose? demanda-t-elle en élevant la voix.

— Non, répondit Cornélius, qui passait avec Miriam au-dessous de la fenêtre ouverte; » et Déborah ferma la porte.

Il faisait nuit; les amants n'étaient pas rentrés; je crus d'abord qu'ils avaient quitté le jardin, mais je les découvris bientôt près du cadran. Miriam, vêtue de la robe blanche de Médora, s'appuyait sur le socle de pierre. A la clarté de la lune qui l'enveloppait complétement, on croyait voir la statue du Repos ou du Silence, et je fus obligée de reconnaître combien elle était belle.

Cornélius la contemplait avec admiration; il tenait une de ses mains entre les siennes, et y posa lentement ses lèvres.

« Vous l'avez encore perdu, lui dit-il après être resté quelque temps sans parler.

— Cherchez-le! » répondit-elle avec indifférence.

Il s'agissait probablement du bracelet de filigrane, mais je n'étais pas d'humeur à les écouter, ni à les voir, et j'allai dans la pièce qui donnait sur la cour. Quelques instants après, Miriam traversa le parterre qui était devant la maison, cueillit une rose et s'en alla chez elle. Je pouvais enfin parler à Cornélius, m'expliquer et lui demander pardon. J'allai bien vite au jardin, mais il n'y était plus; je montai dans sa chambre, il ne s'y trouvait pas; je le cherchai dans l'atelier, je ne fus pas plus heureuse; il était évident qu'il était sorti, et que j'étais seule dans la maison. Je n'avais pas peur; mais le découragement s'empara de moi, et j'allai m'asseoir sur la dernière marche de l'escalier dans un état de désolation impossible à décrire. Il y avait à peu près vingt minutes que j'étais là quand des pas se firent entendre; c'était Cornélius qui montait.

« Est-ce vous, Daisy? demanda-t-il sèchement.

— Oui, répondis-je.

— Que faites-vous là?

— Je croyais que vous étiez dans l'atelier.

— Vous savez bien que j'étais sorti.

— Non, Cornélius.

— C'est étrange! Miriam a entendu votre réponse.

— Elle était dans l'erreur.

— C'est bien, laissez-moi passer. Qu'avez-vous fait des allumettes? s'écria-t-il avec impatience au bout de quelques instants.

— Je n'y ai pas touché, répliquai-je; si vous avez besoin de quelque chose, dites-le-moi, je le trouverai bien sans lumière.

— Merci, répondit-il, j'ai ce qu'il me faut; seulement je vous prie une autre fois de ne plus toucher à mes livres; je viens de trouver par terre celui que j'avais laissé sur la table. Je ne devine pas ce que vous êtes venue faire dans l'atelier à cette heure-ci. »

En disant ces mots, il ferma la porte, mit la clef dans sa poche et s'éloigna sans m'adresser la parole. J'étais tellement déconcertée que je ne souhaitais plus avoir d'explication; d'ailleurs, l'aurais-je désiré que la chose n'aurait pas été possible. Lorsque j'arrivai dans le salon, Cornélius était avec Kate, et s'étonnait de ce que Déborah ne fût pas de retour.

« Pourquoi m'avez-vous dit qu'elle était rentrée? me demanda-t-il.

— Je ne vous ai jamais dit cela, répondis-je.

— Miriam vous a entendue.

— C'est impossible, puisque je n'ai pas parlé; vous pourriez me croire tout aussi bien que Miriam.

— Comme elle est pâle! dit Kate en laissant tomber un soupir. Viens te mettre au lit, » ajouta-t-elle.

Je ne demandais pas mieux; elle m'embrassa; Cornélius affecta de continuer sa lecture, et je montai dans ma chambre sans lui souhaiter le bonsoir.

Je m'éveillai le lendemain matin plus malheureuse que jamais. A déjeuner, Kate remarqua de nouveau ma pâleur et fut frappée de ma tristesse.

« Je voudrais bien savoir ce qui lui est arrivé! » dit-elle avec impatience.

Je baissai les yeux sans répondre; quand je relevai la tête, je vis le regard de Cornélius attaché sur ma figure, je me sentis rougir et pâlir tour à tour, et me détournai vivement. Il nous quitta aussitôt qu'il eut déjeuné, et sa sœur commençait à me faire un sermon au sujet de mon triste caractère, lorsque j'entendis Cornélius m'appeler d'une voix étrange.

Il m'attendait, et ferma la porte dès que je fus entrée dans l'atelier ; son front était pâle, ses sourcils contractés, ses yeux brillaient d'un feu sombre, ses lèvres blanches étaient frémissantes. Je ne l'avais jamais vu ainsi ; il me prit par la main, et me conduisant devant son chevalet :

« Regardez, » me dit-il à voix basse.

J'obéis machinalement, et me reculai avec effroi : à la place où, la veille encore, était le visage de Médora, se trouvait un barbouillage informe d'ocre jaune.

« Comment cela s'est-il fait? lui dis-je quand la parole me fut revenue.

— Vous le demandez ! s'écria-t-il en croisant les bras d'un air indigné.

— Mais oui, Cornélius ; il n'est venu personne et....

— C'est vous ou moi, Daisy : je vous laisse à deviner lequel des deux. »

Son regard flamboya, ses lèvres tremblèrent, et se détournant avec dégoût :

« Sortez ! » dit-il froidement.

Je compris qu'il m'accusait, et je restai foudroyée.

« Sortez donc ! répéta-t-il en me désignant la porte.

— Vous croyez que c'est moi? lui dis-je enfin.

— Je vous ai priée de sortir, reprit-il en se levant.

— Le pensez-vous, Cornélius? » demandai-je en me plaçant en face de lui. J'étais calme, à peine émue ; je ne voulais qu'une chose, c'est qu'il me répondît.

« J'en suis sûr, me dit-il.

— Ce n'est pas moi pourtant, repris-je avec vivacité.

— Et qui est-ce donc, si ce n'est vous?

— Comment le saurais-je?

— La chose est prouvée, ne niez pas.

— Vous n'avez donc pas entendu que je vous ai dit que ce n'était pas moi?

— Le tableau était intact hier au soir, lorsque je suis sorti d'ici?

— Oui, Cornélius; je l'ai même regardé après votre départ, il n'avait rien encore.

— Vous l'avouez?

— Pourquoi pas?

— Vous êtes venue ici après moi; vous y étiez encore lorsqu'on a servi le thé.

— Oui, Cornélius.

— Vous êtes restée seule dans la maison.

— C'est vrai.

— Quand je suis rentré, n'est-ce pas à la porte de cette
chambre que vous étiez assise?

— Oui, sur la dernière marche de l'escalier.

— Ne m'avez-vous pas empêché de me procurer de la lumière?

— Je vous ai dit que je n'en aurais pas besoin pour trouver ce que vous cherchiez.

— Sans m'en rendre compte, j'ai fermé la porte et j'en ai
pris la clef, ce qui ne m'est point ordinaire, vous l'avez vu,
n'est-ce pas?

— Oui, Cornélius. »

Je parlais comme en rêve; les paroles me tombaient sans
effort de la bouche, et pourtant je comprenais qu'à chacune
de mes réponses les preuves qui s'élevaient contre moi devenaient plus évidentes.

« Eh bien! reprit Cornélius avec sévérité, qu'avez-vous
à dire en face de ces faits accablants que vous confessez
vous-même?

— Rien, excepté que ce n'est pas moi. »

Je me sentis défaillir, et fus obligée de m'appuyer à une
chaise pour ne pas tomber par terre. Cornélius s'en aperçut;
il parcourut deux ou trois fois la pièce de long en large,
s'arrêta devant moi après un instant d'hésitation, et prenant
ma main que je lui abandonnai sans résistance, il me conduisit sur le lit de repos où il me fit asseoir.

« Je vous ai fait peur, dit-il d'une voix plus douce, j'ai eu
tort; vous n'osez pas m'avouer le fait, convenez-en. »

Je détournai la tête.

« Vous craignez d'être punie? »

Je fis un signe négatif.

« C'est la honte qui vous retient?

— Ce n'est pas moi, Cornélius.

— Prenez garde ; j'ai de la patience, mais je peux la perdre, reprit-il d'une voix menaçante, en dépit de sa douceur. Je peux pardonner un acte de colère, je serais impitoyable pour le mensonge.

— Vous ai-je quelquefois menti ? répondis-je en le regardant en face.

— Jamais, dit-il avec émotion ; je ne considère pas votre réponse comme un manque de sincérité, mais comme le résultat de la crainte, de l'entêtement ou d'un orgueil mal entendu. J'ajouterai même que je vous crois incapable de tromper ; hier vous m'avez exprimé vos sentiments, à l'égard de ce tableau et de celle qu'il représente, avec une singulière imprudence, et, depuis lors, votre figure porte le témoignage de la faute que vous avez commise. Écoutez-moi bien, Daisy : vous avez détruit celle de mes œuvres que je préférais entre toutes, effacé l'image de la personne que j'aime, vous m'avez profondément blessé, et pourtant je vous pardonne ; je ferai plus, Miriam et Kate ignoreront toujours ce qui est arrivé ; je vous épargnerai cette humiliation, car je vous aime encore en dépit de vos fautes si nombreuses ; je n'y mets qu'une condition bien facile à remplir : confessez tout avec franchise.

— Je n'ai rien à confesser, m'écriai-je.

— Ne persistez pas dans votre entêtement, Daisy. Je parle avec douceur, mais je suis bien irrité. Ne présumez pas trop de mon affection pour vous, ne niez pas davantage. »

Son regard plein de fureur, ses lèvres qu'il mâchait convulsivement, prouvaient assez que la colère bouillonnait sous sa tranquillité apparente, et pourtant je ne pouvais pas avouer une faute que je n'avais pas commise. Un désespoir étrange, une espèce de folie s'empara de moi, je me précipitai vers Cornélius, je me suspendis à son cou, et j'appuyai ma tête sur sa poitrine, voulant au moins être sur son cœur au moment où sa colère viendrait à m'accabler. Au lieu de me repousser, il me serra dans ses bras.

« Oh ! oui, dit il, je vous aime bien, pauvre enfant ; vous n'avez pas besoin de venir dans mes bras pour que je le sente ; jamais je ne le sais mieux qu'au moment où vous me faites le plus souffrir. Si tout à l'heure je venais à vous perdre, je vous pleurerais pendant longtemps, Daisy ; mais je n'en suis pas moins irrité, et vous ferez bien de ne pas exaspérer ma colère.

— Fâchez-vous, Cornélius, autant qu'il vous plaira, je n'ai pas peur, je ne crains rien, puisque vous m'aimez et que vous le dites.

— Méchante enfant ! vous abusez de votre influence ; mais pensez-y : je vous pardonne de la façon la plus entière si vous convenez du fait, et je serai sans pitié si vous persistez dans votre entêtement. »

Je regardai son visage ; malgré le sourire qui errait sur ses lèvres, je vis clairement que sa résolution était inébranlable. Mon sort était arrêté, il se dressait devant moi dans toute sa désolation : Cornélius ne m'aimerait plus.... Je fus au moment de céder, mais ma conscience se révolta et mon orgueil ne put y consentir. Mes yeux s'emplirent de larmes ; jamais, en dépit de sa cruauté, la tendresse que j'avais pour Cornélius n'avait été plus vive.

« Eh bien ! reprit-il avec impatience ; car je ne pouvais me détacher de ses bras, où je me sentais pour la dernière fois.

— Soyez bénis, vous et votre sœur, pour toutes les bontés que vous avez eues pour moi, lui dis-je à travers mes sanglots, et en lui baisant la main.

— Que signifient ces paroles, enfant ?

— Je n'ai plus qu'une chose à vous demander, Cornélius : embrassez-moi une dernière fois.

— Je vous donnerai vingt baisers, quand vous m'aurez tout dit.

— Un seul, Cornélius.

— Vous l'avouez, n'est-ce pas ? dit-il en m'embrassant. Il est impossible que vous me condamniez à ne plus vous aimer ; j'en aurais trop de chagrin. »

Je détachai mes bras sans répondre ; j'acceptais ma destinée.

« Daisy, poursuivit-il, j'entends monter quelqu'un ; avouez-le avant qu'on entre ; dites un mot.... cela suffira. »

Je gardai le silence.

« Comme vous voudrez, » s'écria-t-il en se détournant avec colère.

Au même instant on ouvrit la porte, et Miriam entra pâle et calme, enveloppée de sa robe blanche.

« Je viens de bonne heure comme je l'avais promis;... qu'y a-t-il donc? ajouta-t-elle de sa voix douce et claire en nous regardant tous les deux.

— Approchez, Miriam, et voyez, répondit Cornélius dont l'émotion faisait trembler la voix.

— C'est dommage, répliqua miss Russell en tournant les yeux de mon côté; mais après tout ce n'est qu'une toile et un peu de temps perdus.

— Qu'une toile! s'écria Cornélius.

— Oui; je poserai de nouveau tant qu'il faudra; vous recommencerez et vous ferez mieux.

— Mais ce n'est pas la perte du tableau qui m'exaspère, reprit Cornélius avec chaleur.

— Qu'est-ce donc, alors?

— Vous le demandez, Miriam! Vous ne savez donc pas.... Oh! non, personne ne sait ce que cette enfant était pour moi. Je l'ai veillée pendant qu'elle était malade, j'ai senti que si elle mourait je perdrais quelque chose que rien ne pourrait remplacer. Tout enfant qu'elle est, j'en avais fait mon amie; elle connaît mieux qu'un autre mes pensées et mes aspirations; j'ai développé son intelligence, et j'y ai pris plaisir; je l'ai entourée de mes soins; je l'ai d'autant plus aimée que je le faisais librement; j'éprouvais un charme réel à sentir qu'elle m'était étrangère, et que je n'avais nul intérêt à lui donner mon affection; même aujourd'hui, après sa faute, je sens combien il me sera difficile de l'arracher de mon cœur.

— Pardonnez-lui, répliqua Miriam.

— Mais elle rejette le pardon. Orgueilleuse et entêtée, elle persiste à ne pas avouer sa faute; et moi qui, ce matin encore, au moment où je l'appelais, furieux contre elle, moi qui aurais engagé mon honneur sur la foi de sa parole! Je la savais obstinée, jalouse, vindicative; mais la pensée ne me serait jamais venue de l'accuser d'un mensonge.

— L'avez-vous prise sur le fait? demanda Miriam d'un air pensif.

— Non, mais il est impossible que ce soit un autre.

— Ce n'est pas un motif pour qu'elle soit condamnée; c'est

à vous de prouver la faute, non pas à elle de démontrer son innocence; dès qu'il y a doute, c'est à l'inculpé que le bénéfice doit en revenir.

— Un doute! s'écria-t-il; ah! plût au ciel que je pusse en avoir un, je me garderais bien de l'accuser; mais impossible. Que penser? ajouta-t-il après avoir récapitulé toutes les charges qui pesaient contre moi.

— Que vous avez un ennemi inconnu, répondit miss Russell.

— Est-il sorcier? demanda Cornélius. En admettant, ce qui serait absurde, qu'un homme aussi obscur que moi pût avoir un ennemi implacable, il est matériellement impossible qu'il ait pénétré jusqu'ici; la chaise que j'avais placée contre la fenêtre y est toujours. Non, l'ennemi dont j'ai à me plaindre n'est pas venu du dehors; c'est moi qui l'ai apporté dans cette maison, qui l'ai nourri de mon pain, qui l'ai aimé, caressé pendant trois ans. »

Mon cœur se brisa, et n'en put supporter davantage; je sortis de l'engourdissement où j'étais plongée depuis l'arrivée de Miriam, et tout aveuglée par mes pleurs, j'allai me placer devant lui:

« Cornélius, m'écriai-je, ce n'est pas moi. »

Je tombai à genoux en levant les mains pour attester mon innocence. Les paroles me manquaient; mais l'esprit devait parler à l'esprit, et brisant les liens du corps, la vérité que j'avais dans l'âme devait s'implanter dans la sienne et y porter la lumière.

Il me releva en silence; une chaise était près de lui, il alla s'y asseoir et m'attira dans ses bras; jamais son regard n'avait été plus affectueux; je pleurai de joie, croyant qu'il était persuadé; mais il n'était qu'ému.

« Vous m'avez rappelé sans le vouloir, dit-il, la promesse que je vous ai faite de vous pardonner, quelle que fût la faute que vous ayez commise, en souvenir de la confiance que vous m'aviez témoignée. Je vous pardonne sur ma foi de chrétien, sur mon honneur de gentilhomme. N'avouez pas si vous voulez, peu importe; je ne fais appel ni à votre gratitude à l'égard du passé, ni à votre crainte de l'avenir; pas plus à votre conscience qu'à votre amour; je vous pardonne sans condition, et vous conserve ma tendresse. »

Je l'avais trop bien compris; dans sa grandeur et sa générosité, il se disait que je ne pouvais pas céder à la menace, mais qu'en s'adressant aux nobles instincts de mon âme, je ferais spontanément l'aveu que je refusais à sa colère. Ainsi j'étais condamnée à m'avilir à ses yeux: il me croyait orgueilleuse et jalouse, ce n'était rien; j'en étais réduite à tromper sa confiance; il attendait ma réponse avec un regard qui semblait dire : « Je savais bien que vous ne résisteriez pas à ces paroles; vous bravez ma disgrâce, mais je vous défie de ne pas répondre à ma générosité. » A la fin, cependant quand il désespéra de vaincre mon silence, il m'éloigna sans rudesse, et d'un accent de reproche dont la douceur me navra :

« Vous ne pouvez pas m'empêcher de vous pardonner, » dit-il.

Miriam, immobile sur le divan, où sa main de statue soutenait sa belle tête, nous avait regardés sans rien dire.

« Qu'allez-vous faire ? demanda-t-elle à Cornélius qui venait de prendre une toile de la même grandeur que celle de la Médora.

— Recommencer , dit-il, à moins que vous n'ayez quelque objection....

— Vous êtes bien vite consolé, répondit-elle.

— N'en soyez pas surprise, Miriam ; c'est pour moi cesser de regretter une chose que de savoir qu'elle est définitivement perdue. L'œuvre de plusieurs mois est détruite, le seul moyen de la faire revivre n'est-ce pas de la recommencer ? »

Miriam se leva, et se dirigeant vers Cornélius, elle lui demanda, en lui prenant la main, si vraiment il m'avait pardonné.

« De tout mon cœur, répondit-il avec franchise ; elle est libre de se taire si bon lui semble ; mais je vous en prie, n'en parlons plus.

— Elle n'a pas avoué, reprit Miriam avec insistance; mais elle a cessé toutes ses dénégations. »

Le regard de Cornélius eut un éclair de joie. «C'est vrai ! » dit-il; et dans son désir de me réhabiliter à ses yeux, il ajouta : « Vous ne le niez plus, Daisy ? »

J'étais restée calme dans mon désespoir; j'avais béni mon

accusateur et baisé la main de mon juge; à trois reprises différentes je lui avais dit que je n'étais pas coupable; je ne possédais que ma parole; que pouvais-je faire de plus que d'attester mon innocence? Il n'avait pas voulu me croire, je m'étais resignée à son manque de foi, je lui avais immolé mon orgueil; mais je me révoltais enfin, et je dédaignais de me justifier de nouveau.

« Non, Cornélius, répondis-je sans même lever les yeux, je ne nie plus, c'est inutile. » Et je sortis de l'atelier.

FIN DU TOME PREMIER.

TUTEUR

ET

PUPILLE

COULOMMIERS. — TYP. ALBERT PONSOT ET P. BRODARD.

www.ingramcontent.com/pod-product-compliance
Lightning Source LLC
Chambersburg PA
CBHW051820020726
47502CB00005B/1556